U0097425

古典詩歌研究彙刊

第十五輯

龔鵬程　主編

第 14 冊

金詞「吳蔡體」研究（下）

柯　正　容　著

國家圖書館出版品預行編目資料

金詞「吳蔡體」研究（下）／柯正容 著 — 初版 — 新北市：
花木蘭文化出版社，2014〔民 103〕
目 2+234 面；17×24 公分
（古典詩歌研究彙刊 第十五輯；第 14 冊）
ISBN 978-986-322-602-4（精裝）
1.（金）吳激 2.（金）蔡松年 3. 金代文學 4. 詞論
820.91　　　　　　　　　　　　　　103001202

ISBN-978-986-322-602-4

9 789863 226024

古典詩歌研究彙刊
第十五輯　第十四冊　　　　　　ISBN：978-986-322-602-4

金詞「吳蔡體」研究（下）

作　　者　柯正容
主　　編　龔鵬程
總 編 輯　杜潔祥
副總編輯　楊嘉樂
編　　輯　許郁翎
出　　版　花木蘭文化出版社
社　　長　高小娟
聯絡地址　235 新北市中和區中安街七二號十三樓
　　　　　電話：02-2923-1455／傳眞：02-2923-1452
網　　址　http://www.huamulan.tw 信箱 hml 810518@gmail.com
印　　刷　普羅文化出版廣告事業
初　　版　2014 年 3 月
定　　價　第十五輯 20 冊（精裝）新台幣 30,000 元

金詞「吳蔡體」研究（下）

柯正容　著

目

次

附錄一：蔡松年友人資料表

序　號	姓　　名	出現次數	出現詞作編號
1	陳詠之	2	12、25
2	曹　浩	1	2
3	范季霑	5	5、15、45、46、47
4	梁愼修	5	7、12、41、57、72
5	張　浩	2	8、63
6	杜伯平	1	11
7	許　探	4	12、36、59、65
8	田唐卿	3	12、17、21
9	吳　傑	1	14
10	高德輝	2	18、55
11	李　彧	1	19
12	施宜生	1	20
13	吳　激	1	21
14	楊邦基	1	21
15	高士談	6	22、24、28、30、48、58
16	李舜臣	1	23

17	王　競	3	27、39、40
18	邢具瞻	4	33、42、43、56
19	趙松石	2	37、67
20	張子華	1	51
21	陳公輔	1	53
22	趙伯璘	1	54
23	楊仲亨	1	64
24	揚子能	1	68
25	趙愿恭	1	71

註：1. 以上友人排列，以出現詞作順序為主。
　　2. 出現詞作編號即箋注的詞作編號，詳見附錄二。
　　3. 友人相關資料在箋注中已有考證，此處不再贅述。而其資料則統一見於
　　　最早出現詞作的箋注之中。如陳詠之的相關資料，可參見蔡松年詞作第
　　　2闋〈水調歌頭〉（雲間貴公子）。
　　4. 友人姓名以考證所得為主，不知其名者以字號代替。

附錄二：吳激、蔡松年詞箋注

凡　例

一、本論文以唐圭璋《全金元詞》爲底本，共得吳激詞 10 闋、蔡松年詞 84 闋，殘句 2 闋。

二、重複出現之詞句、典故，均於第一次出現時加以註解，後則以「參見前注」之方式處理，不再另行說明。

三、本論文之箋注，除《全金元詞》外，尚參考清・王鵬運一八八八年出版《四印齋所刻》本、吳重熹一九〇九年出版《九金人集》本、民國趙萬里一九三二年出版《校輯宋金元人詞》本。以下分別簡稱爲：王本、吳本、趙本。魏道明之注則簡稱爲魏注。諸本有異文者，增列「校勘」一項；然通同字，如「灑」、「洒」等，皆不列出。

四、本箋注尚包括對詞意、詞句之解釋，期對整闋作品，有更通徹之理解。

五、對於作品有確切年代可考者，則予以編年。

蔡松年《蕭閑老人明秀集》箋注

一、水調歌頭　送陳詠之[1]歸鎮陽[2]

　　東垣步秋水，幾曲冷玻璨[3]。沙鷗一點晴雪，知我老無機[4]。共約經營五畝[5]，臥看西山[6]煙雨，窗戶舞漣漪[7]。雅志易華髮[8]，歲晚羨君歸[9]。　　月邊梅，湖底石，入新詩。飄然東晉奇韻，此道賞音稀[10]。我有一峯明秀[11]，尚戀三升春酒[12]，辜負綠蓑衣[13]。為寫倦遊[14]興，說與水雲知[15]。

【箋注】

1. 陳詠之：陳沂，字詠之。松年子壻。天眷（1138～1140）中官承德。《金史》卷五十二〈選舉志二〉：「舊制，狀元授承德郎。」又卷五十五〈百官志一〉：「正七品上曰承德郎。」

2. 鎮陽：漢為東桓縣，趙地。在恆山之陽。唐為鎮州。宋初亦為鎮州，後升真定府。金時為真定府，為河北西路兵馬總管。今河北省正定縣治。

3. 東垣步秋水，幾曲冷玻璨：東垣星已走到秋天位置，此時湖水即如玻璨般澄澈。東垣，太微垣的左垣。《漢書》卷七十五〈李尋傳〉：「天官上相上將，皆顓面正朝。」顏師古注引三國・魏

孟康曰：「朝太微宮垣也。西垣爲上將，東垣爲上相，各專一面而正天之朝事也。」《史記》卷二十七〈天官書〉：「南四星，執法。」唐張守節正義：「端門西第一星爲右執法……其東垣北左執法。」秋水，秋天的湖水、雨水。《莊子・秋水》：「秋水時至，百川灌河。」玻璨，亦作「玻璃」。比喻平靜澄澈的水面。宋・毛滂〈清平樂〉：「天連翠瀲，九折玻璨軟。」即以「玻璨」喻「水」。此二句化用蘇軾〈清溪詞〉：「雁南歸兮寒蜩嘶，弄秋水兮挹玻璃。」

4. 沙鷗一點晴雪，知我老無機：在晴空下、白雪中棲息之沙鷗，知道我並無機心。沙鷗，棲息於沙灘、沙洲上的鷗鳥。唐・孟浩然〈夜泊宣城界〉：「離家復水宿，相伴賴沙鷗。」晴雪，天晴後之積雪。杜甫〈謁眞諦寺禪師〉：「凍泉依細石，晴雪落長松。」無機，任其自然，沒有心計。唐・張說〈龍池聖德頌〉：「非常而靈液涓流，無機而神池浸廣。」《列子・黃帝》：「海上之人有好漚鳥者，每旦之海上，從漚鳥游，漚鳥之至者，百住而不止。其父曰：『吾聞漚鳥皆從汝游，汝取來，吾玩之。』明日之海上，漚鳥舞而不下也。」

5. 共約經營五畝：一同相約安排、謀畫自己之屋宅。五畝，《孟子・梁惠王上》：「五畝之宅，樹之以桑，五十者可以衣帛矣。」吳本魏注：「五畝謂宅也。」此指歸隱。蘇軾〈六年正月二十日，復出東門，仍用前韻〉：「五畝漸成終老計，九重新埽舊巢痕。」

6. 臥看西山煙雨：西山，山名。指首陽山，在今山西省永濟縣南。相傳伯夷、叔齊隱居於此。《世說新語・簡傲》：「王子猷作桓車騎參軍。桓謂王曰：『卿在府久，比當相料理。』初不答，直高視，以手版拄頰云：『西山朝來，致有爽氣。』」松年以此喻有隱居之意。西山煙雨，蘇軾〈遠樓〉：「西山煙雨捲疏簾，北戶星河落短簷。不獨江天解空闊，地偏心遠似陶潛。」

7. 漣漪：亦作「漣猗」，指水面波紋、微波。《詩經・魏風・伐檀》：

「坎坎伐檀兮，寘之河之干兮，河水清且漣猗。」按：屈萬里先生以爲「猗」字聲與「兮」近，猶今語之「啊」。「漣」即有「風行水成文」之意。

8. 雅志易華髮：平生志向無著落，已變成滿頭白髮。雅志，平素之意願。《三國志‧魏志》卷四〈高貴鄉公髦傳〉：「關內侯王祥履仁秉義，雅志淳固。」《晉書》卷七十九〈謝安傳〉：「安雖受朝寄，然東山之志始末不渝，每形於顏色。及鎮新城，盡室而行，造汎海之裝，欲須經略粗定，自江道還東。雅志未就，遂欲疾篤。」華髮，花白的頭髮。《墨子‧修身》：「華髮墮顛，而猶弗舍者，其唯聖人乎？」

9. 歲晚羨君歸：年歲已晚，羨慕你能歸田。蘇軾〈游淨居寺〉：「回首吾家山，歲晚將焉歸。」蘇軾〈寄題梅宣義園亭〉：「羨君欲歸去，此未報恩。」

10. 飄然東晉奇韻，此道賞音稀：東晉奇韻，吳本魏注：「晉司馬氏，始都長安。自元帝渡江，號東晉。當時王謝諸人，祖尚玄虛，不以世故嬰心。其光風勝韻，映照千古。」賞音，知音。魏‧曹植〈求自試表〉之一：「夫臨博而企竦，聞樂而竊忭者，或有賞音而識道也。」金‧段成己〈望月婆羅門引〉：「風流已置，撫遺編，三歎賞音稀。」吳本魏注：「適丁亂世，人多非之，故言賞歎其風聲者幾稀也。」

11. 明秀：明淨秀美。《晉書》卷四十三〈王衍傳〉：「衍字夷甫，神情明秀，風姿詳雅。」此爲湖山名，指松年鎮陽別墅之「明秀峯」。吳本魏注：「（明秀峯）公家所蓄，其峯甚妙，故公之詩曲必言及之。」松年並以「明秀」爲其詞集之名，可見對「明秀峯」之喜愛。

12. 尙戀三升春酒：還貪戀三升冬釀之春酒。《新唐書》卷一九六〈隱逸‧王績傳〉：「高祖武德初，以前官待詔門下省。故事，官給酒日三升，或問：『待詔何樂邪？』答曰：『良醞可戀耳！』侍中陳

叔達聞之，日給一斗，時稱『斗酒學士』。」春酒，冬釀春熟之
酒。《詩經・國風・豳風》：「爲此春酒，以介眉壽。」

13. 辜負綠蓑衣：辜負從事農漁工作者。蓑衣，用草或棕製成，披在
　　身上的防雨用具。晉・葛鴻《抱朴子・鈞世》：「至於麗錦麗而且
　　堅，未可謂之減於蓑衣。」劉禹錫〈插田歌〉：「農婦白紵裙，農
　　夫綠蓑衣。」

14. 倦游：亦作「倦遊」。厭倦游宦生涯。《史記》卷一百一十七〈司
　　馬相如列傳〉：「今文君已失身司馬長卿，長卿故倦游。」裴駰集
　　解引郭璞曰：「厭游宦也。」

15. 說與水雲知：說給此地之水雲瞭解。吳本魏注：「公作詞欲令鎮
　　州水雲知此心也。」蘇軾〈留別釋迦院牡丹呈趙倅〉：「應問使君
　　何處去，憑花說與春風知。」

二、其二

　　曹侯浩然[1]，人品高秀，玉立而冠[2]。其問學文章，落盡貴驕之
氣[3]，藹然在寒士右[4]。惜乎流離頓挫[5]，無以見於事業。身閑勝日[6]，
獨對名酒，悠然得意，引滿徑醉[7]。醉中出豪爽語[8]，往往冰雪逼人[9]，
翰墨淋漓[10]，殆與海岳[11]並驅爭先[12]。雖其平生風味[13]，可以想見。
然流離頓挫之助，乃不爲不多[14]。東坡先生云：士踐憂患，焉知非
福，浩然有焉。老子於此，所謂興復不淺者，聞其風而悅之[15]。念方
問舍於蕭閑[16]，陰求老伴[17]：若加以數年得相從乎？林影水光之閒，
信足了此一生[18]。猶恐君之嫌俗客也，作水調歌曲以訪之。

　　雲間貴公子[19]，玉骨秀橫秋[20]。十年流落冰雪，香靉紫
貂裘[21]。燈火春城咫尺[22]，曉夢梅花消息[23]，繭紙寫銀鉤[24]。
老矣黃塵眼[25]，如對白蘋洲[26]。　　世間物，唯有酒，可忘
憂[27]。蕭閑一段歸計[28]，佳處著君侯[29]。翠竹江村月上[30]，但
要綸巾鶴氅[31]，來往亦風流[32]。醉墨薔薇露[33]，洒遍酒家樓。

【編年】

　　若以「十年流落冰雪」一句來看，曹浩因汴京不守而流落北方，則以靖康之難 1126 年推算，可能在 1136 年後；王慶生則以詞「念方問舍於蕭閑」，推估應作於 1138 年，卜居眞定之時。

【箋注】

1. 曹浩然：吳本魏注：「曹浩，字浩然，宋駙馬曹寔之子，武惠王彬六世之孫。」按：檢索《宋史》，未見曹寔其人。而崇德帝姬，徽宗女，初封和慶公主，嫁將軍曹湜。推測「曹寔」應爲「曹湜」之誤。武惠王彬，指曹彬，《宋史》有傳，頗爲顯貴。

2. 玉立而冠：玉立，比喻姿態修美。賀鑄〈惜奴嬌〉：「玉立家人，韻不減，吳蘇小。」冠玉，裝飾帽子的美玉。《史記》卷五十六〈陳丞相世家〉：「絳侯灌英等閒讒陳平曰：『平雖美丈夫，如冠玉耳，其中未必有也。』」裴駰集解引《漢書音義》：「飾冠以玉，光好外見，中非所有。」後多用以形容男子之美貌。《新唐書》卷一百八十二〈崔珙傳〉：「璵子澹，舉止秀峙，時謂玉而冠者。」

3. 落盡貴驕之氣：沒有驕貴之態度。《新唐書》卷九十七〈魏徵傳〉：「夫貴不與驕期而驕自至，富不與奢期而奢自至，非徒語也。」

4. 藹然在寒士右：態度和善，在一般寒士之上。藹然，溫和、和善貌。《管子‧侈靡》：「藹然若夏之靜雲，乃及人之體。」寒士，魏、晉、南北朝時稱出身寒微的讀書人。《晉書》卷九十一〈儒林‧范弘之傳〉：「下官清寒微寒士，謬得廁在俎豆，實懼辱累清流，惟塵聖世。」後多指貧苦的讀書人。杜甫〈茅屋爲秋風所破歌〉：「安得廣廈千萬間，大庇天下寒士具歡顏。」右，親近。《戰國策‧魏策二》：「張儀相魏，必右秦而左魏。」高誘注：「右，親也，左，踈（ㄕㄨ，疏）外也。」

5. 流離頓挫：言輾轉離散、經歷坎坷。流離，因災荒戰亂流轉離散。

《漢書》卷三十六〈楚元王・劉向傳〉:「死者恨於下,生者愁於上,怨氣感動陰陽,因之以饑饉,物故流離以十萬數。」顏師古注:「流離,謂亡其居處也。」頓挫,坎坷、挫折。南朝梁・沈約〈怨歌行〉:「坎壈元叔賦,頓挫敬通文。」

6. 勝日:親友相聚或風光美好之日。《晉書》卷三十六〈衛玠傳〉:「及長,好言玄理。其後多病體羸,母恒禁其語。遇有勝日,親友時請一言,無不咨嗟,以爲入微。」金・劉仲尹〈秋日東齋〉:「勝日一樽能笑客,更須官鼓候晨撾。」

7. 引滿徑醉:斟滿酒而飲,飲了便醉。引滿,謂斟酒滿杯而飲。《漢書》卷一百〈敘傳上〉:「自大將軍薨後,富平、定陵侯張放、淳于長等始愛幸,出爲微行,行則同輿執轡;入侍禁中,設宴飲之會,及趙、李諸侍中皆引滿舉白,談笑大噱。」徑,即、就。徑醉,《史記》卷一百二十六〈滑稽列傳〉:「賜酒大王之前,執法在傍,御史在後,髡恐懼俯伏而飲,不過一斗徑醉矣。」

8. 豪爽:豪放爽直。《晉書》卷九十八〈桓溫傳〉:「溫豪爽有風概,姿貌甚偉。」

9. 冰雪:形容高雅清新。孟郊〈送竇盧策歸別墅〉:「一卷冰雪文,避俗常自攜。」

10. 翰墨淋漓:翰墨,筆墨。漢・張衡〈歸田賦〉:「揮翰墨以奮藻,陳三皇之軌模。」淋漓,盛多、充盛。唐・宋之問〈龍門應制〉:「鑿龍近出王城外,羽從淋漓擁軒蓋。」

11. 海岳:亦作「海嶽」,即「海岳高深」之意。海之深,山之高,形容極爲高深。唐・竇臮〈述書賦〉下:「如海岳高深,青分孤島。」宋・米芾號爲「海岳外史」。此應將曹浩比作米芾。

12. 並驅爭先:並駕齊驅之意。《蘇軾文集》卷六十八:「七言之偉麗者。杜子美云:『旌旗日暖龍蛇動,宮殿風微燕雀高』、『五更曉角聲悲壯,三峽星河影動搖』。爾後寂寞無聞焉。直至歐陽永叔:『滄波萬古留不盡,白鶴雙飛意自閑;萬馬不嘶聽號令,諸蕃無

事樂耕耘。」可以並驅爭先矣。」

13. 風味：風度、風采。《宋書・自傳序》：「(伯玉) 溫雅有風味，和而能辯，與人共事，皆爲深交。」

14. 不爲不多：即「多」。《孟子・梁惠王上》：「萬乘之國，弒其君者，必千乘之家；千乘之國，弒其君者，必百乘之家。萬取千焉，千取百焉，不爲不多矣。」

15. 老子於此，所謂興復不淺者，聞其風而悅之：我對此境遇仍感興致，聞其風範而覺喜悅。《晉書》卷七十三〈庾亮傳〉：「諸佐吏殷浩之徒，乘秋夜往共登南樓，俄而不覺亮至，諸人將起避之。亮徐曰：『諸君少住，老子於此處興復不淺。』」聞其風而悅之，《莊子・天下》：「宋鈃、伊文聞其風而悅之，作爲華山之冠以自表。」

16. 問舍於蕭閑：於蕭閑堂求田問舍。問舍，即「求田問舍」，指專營家產而無遠大志向。《三國志・魏書》卷七〈陳登傳〉：「汜曰：『昔遭亂過下邳，見元龍。元龍無客主之意，久不相與語，自上大床臥，使客臥下床。』備曰：『君有國士之名，今天下大亂，帝主失所，望君憂國忘家，有救世之意，而君求田問舍，言無可采，是元龍所諱也，何緣當與君語？如小人，欲臥百尺樓上，臥君於地，何但上下床之間邪？』」蕭閑，圃名、堂名。吳本魏注：「公作圃於鎮陽，號蕭閑圃。又公始寓汴都，其第有蕭閑堂，因自號蕭閑老人。」

17. 陰求老伴：暗地要求老來友伴。陰求，暗地要求。蘇軾〈往在東武，與人往反作粲字韻詩四首，今黃魯直亦次韻見寄，復和答之〉：「陰求我輩人，規作林泉伴。」

18. 信足了此一生：眞足以度過此生。《晉書》卷四十九〈畢卓傳〉：「卓嘗謂人曰：『得酒滿數百斛船，四時甘味置兩頭，右手持酒杯，左手持蟹螯，拍浮酒船中，便足了一生矣。』」

19. 雲間貴公子：來自雲間之高貴男子。《晉書》卷五十四〈陸雲

傳〉:「雲與荀隱素未相識,嘗會華坐,華曰:『今日相遇,可勿為常談。』雲因抗手曰:『雲間陸士龍。』隱曰:『日下荀鳴鶴。』」李白〈江上贈竇長使〉:「聞道青雲貴公子,錦帆遊戲西江水。」

20. 玉骨秀橫秋:清瘦身子如置於秋日之中。玉骨,清瘦秀麗的身架,多形容女子體態,此讚美曹浩然清瘦的身材。李商隱〈偶成轉韻七十二句贈四同舍〉:「天官補吏府中趨,玉骨瘦來無一把。」橫秋,充塞秋天的空中。南朝齊‧孔稚珪〈北山移文〉:「風情張日,霜氣橫秋。」

21. 十年流落冰雪,香靉紫貂裘:吳本魏注:「言宋京不守,浩然流寓於朔漠冰雪之地,而衣裘故弊也。」流落,漂泊外地,窮困失意。唐‧錢起〈秋夜作〉:「流落四海間,辛勤百年半。」冰雪,此指冰和雪,即北地。靉,香烟繚繞貌。蘇軾〈滿庭芳〉:「香靉雕盤,寒生冰箸,畫堂別是風光。」紫貂,貂的一種。毛棕黑色,軟而輕,毛皮珍貴,為我國東北特產之一。亦指貂裘衣物。南朝‧梁元帝〈謝東宮賚貂蟬啓〉:「東平紫貂之賜,非聞暖額;中山黃金之錫,豈曰附蟬。」

22. 燈火春城咫尺:吳本魏注:「言京師元宵將近也。」燈火,指燈彩。宋‧周密《武林舊事‧元夕》:「一入新正,燈火日盛。」春城,春天的城市。咫尺,形容距離近。周制八寸為咫,十寸為尺。《左傳‧僖公九年》:「天威不違顏咫尺,小白余敢貪天子之命,無下拜?」

23. 曉夢梅花消息:拂曉時所作之梅花夢。曉夢,拂曉時之夢,多短而迷離,故常以喻人生短促,世事紛雜。李商隱〈詠史〉:「三百年間同曉夢,鍾山何處有龍盤?」此句典出柳宗元《龍城錄》:「隨開皇中,趙師雄遷羅浮。一日天寒日暮,在醉醒間,因憩僕車於松林間。酒寺旁舍,見一女人淡妝素服,出迓師雄。時以昏黑殘雪未消,月色微明,師雄喜之。與之語但覺芳香襲人,語言極清

麗。因與之扣酒家門，得數杯，相與共飲。少頃，有一綠衣童子
來，笑歌戲舞，亦自可觀。師雄醉寐，但覺風寒相襲，久之東方
已白。師雄起視，乃在大梅花樹下，上有翠羽啾嘈、相顧月落參
橫，但惆悵而已。」

24. 繭紙寫銀鉤：用繭紙寫下遒勁之書法。繭紙，用蠶繭製作之
紙。唐·韓偓〈紅芭蕉賦〉：「謝家之麗句難窮，多烘繭紙；洛浦
之下裳頻換，剩染鮫綃。」銀鉤，亦作「銀鈎」。比喻遒媚剛勁
的書法。杜甫〈陳拾遺故宅〉：「到今素壁滑，灑翰銀鉤連。」黃
庭堅〈次韻錢穆父贈松扇〉：「銀鉤玉唾明繭紙，松箋輕涼并送
似。」

25. 老矣黃塵眼：年老而看透塵世。《論語·微子》：「吾老矣，不能
用也。」黃塵，比喻俗世、塵世。唐·聶夷中〈題賈氏林泉〉：「豈
知黃塵內，迴有白雲蹤。」王安石〈雜咏〉五首之一：「勳業無
成照水羞，黃塵入眼見山愁。」

26. 白蘋洲：泛指長滿白色蘋花的沙洲。唐·李益〈柳楊送客〉：「青
楓江畔白蘋洲，楚客傷離不待秋。」

27. 世間物，唯有酒，可忘憂：世間只有「酒」可以忘卻煩憂。《晉
書》卷六十八〈顧榮傳〉：「恒縱酒酣暢，謂友人張翰曰：『惟酒
可以忘憂，但無如作病何耳。』」

28. 歸計：回家之打算。唐人常用此詞，如孟浩然〈將適天台留別臨
安李主簿〉：「江海非墮遊，田園失歸計。」

29. 佳處著君侯：於美好之地等你。佳處，勝境。杜甫〈次空靈岸〉：
「迴帆覷賞延，佳處領其要。」君侯，秦漢時稱列侯而為丞相者；
漢以後，用為對達官貴人的敬稱。魏·曹丕〈與鍾大理書〉：「近
日南陽宗惠叔，稱君侯昔有美玦，聞之驚喜。」

30. 翠竹江村月上：翠竹，即綠竹。南朝齊·謝朓〈游後園賦〉：「積
芳兮選木，幽蘭兮翠竹。」杜甫〈南鄰〉：「白沙翠竹江村路，相
對柴門月色新。」

31. 綸巾鶴氅：綸巾，冠名。古代用青色絲帶做成之頭巾。一說配有青色絲帶之頭巾。相傳三國蜀諸葛亮在軍中服用，故又稱諸葛巾。《晉書》卷七十九〈謝萬傳〉：「萬著白綸巾，鶴氅裘，履版而前。既見，與帝共談移日。」鶴氅，鳥羽製成之皮裘。用作外套。《世說新語・企羨》：「孟昶未達時，家在京口，嘗見王恭乘高輿，披鶴氅裘。」

32. 來往亦風流：交往之士，亦灑脫放逸。風流，灑脫放逸、風雅瀟灑。《後漢書》卷八十二〈方術傳〉：「漢世之所謂名士者，其風流可知矣。」杜甫〈記贊上人〉：「與子成二老，來往亦風流。」

33. 醉墨薔薇露：醉時用薔薇水所作之詩畫。醉墨，醉中所作之詩畫。唐・陸歸蒙〈奉和襲美醉中偶作見寄次韻〉：「憐君醉墨風流甚，幾度題詩小謝齋。」薔薇露，即薔薇水，香水名。唐・馮贄《雲仙雜記・大雅之文》：「柳宗元得韓愈所寄詩，先以薔薇露灌手，燻玉蕊香後發讀，曰大雅之文，正當如是。」

三、其三　閨八月望夕[1]有作

空涼萬家月[2]，搖蕩菊花期[3]。飄飄六合清氣[4]，欲喚紫鸞[5]騎。京洛花浮酒市[6]，初把兩螯風味[7]，橙子半青時[8]。莫話舊年夢，聊賦倦遊詩[9]。　　玉盤高[10]，金屬小[11]，笑相窺。市朝聲利場裏[12]，誰肯略忘機[13]。庾老南樓佳興，陶令東籬高詠，千古賞音稀[14]。手撚冷香碎[15]，和月卷玻璃[16]。

【編年】

詞序言作於「閨八月」，而對照陳垣《二十史閨朔表》，松年一生（1107～1159）僅有三次閨八月，即1110、1129、1148年，松年分別為4歲、23歲、42歲。然四歲之時不可能作詞，故排除。而1129、1148年相比，筆者推測較可能成於1148年。因松年於1131

年始赴令使之職，故 1129 年應較無「倦游」之感。

【箋注】

1. 望夕：指舊曆十五日之夜晚。《太平廣記》卷八十二引唐・薛用弱《集異記・李子牟》：「江陵舊俗，孟春望夕，尙列影燈。」

2. 空涼萬家月：萬家月亮看來均寂靜清涼。空涼，寂靜清涼。韓愈〈和崔舍人咏月〉：「清潔雲間路，空涼水上亭。」歐陽修〈赴集禧宮祈雪追憶從先皇駕幸泫然有感〉：「千騎清塵回輦路，萬家明月放燈天。」

3. 搖蕩菊花期：逢著菊花盛開之時期。搖蕩，搖擺晃蕩。司馬相如〈上林賦〉：「汎淫泛濫，隨風澹淡，與波搖蕩，奄薄水渚。」杜甫〈九日曲江〉：「晚來高興盡，搖蕩菊花期。」

4. 飄飄六合清氣：宇宙間之清氣令人倍感輕盈脫俗。飄飄，輕盈舒緩，超塵脫俗的樣子。《史記》卷一百一十七〈司馬相如列傳〉：「相如既奏〈大人之頌〉，天子大說，飄飄有凌雲之氣，似游天地之閒意。」六合，即天地四方，整個宇宙的巨大空間。《莊子・齊物論》：「六合之外，聖人存而不論；六合之內，聖人論而不議。」成玄英疏：「六合者，謂天地四方也。」清氣，天空中清明之氣。《楚辭・九歌・大命》：「高飛兮安翔，乘清氣兮御陰陽。」王逸注：「言司命常乘天清明之氣，御持萬民死生之命也。」

5. 紫鸞：傳說中之神鳥。杜甫〈秋日夔府咏懷奉寄鄭監李賓客一百韻〉：「紫鸞無近遠，黃雀任翩翾。」

6. 京洛花浮酒市：吳本魏注：「言菊花浮動於酒肆閒。」京洛，亦作「京雒」。洛陽的別稱。因東周、東漢均建都於此，故名。亦泛指國都。唐・張說〈應制奉和〉：「總爲朝廷巡幸去，頓敎京洛少光輝。」此應解爲「國都」。吳本魏注：「京洛，洛陽。蓋指汴都也。」花浮，蘇轍〈寒食游南湖三首〉之二：「浪泛歌聲遠，花浮酒氣香。」酒市，指酒家、酒店。北周・庾信〈周大將軍司

馬裔神道碑〉:「王成之藏李燮,爲傭酒市。」

7. 兩螯風味:螯,蟹之第一對足。蘇軾〈老饕賦〉:「嘗項上一臠,嚼霜前之兩螯。」黃庭堅〈代二螯解嘲〉:「不比二螯風味好,那堪把酒對西山。」風味,美味。亦指一地特有之食品口味。《晉書・王彬傳》:「彬爲人樸素方直,乏風味之好,雖居顯貴,常布衣蔬食。」

8. 橙子半青時:橙子,橙樹之果實。《宋史》卷二百八十七〈趙安仁傳〉:「(韓杞)舉橙子曰:『此果嘗見高麗貢。』」半青,農作物未熟。毛滂〈浣溪沙〉:「碧戶朱窗小洞房,玉醅新壓嫩鵝黃,半青橙子可憐香。」吳本魏注:「蘇軾:朱柑綠橘半青時。」按:此首應爲〈與毛令方尉遊西菩寺二首〉其二:「黑黍黃粱初熟候,朱柑綠橘半甜時。」「半青」、「半甜」之別,可能爲文字版本之不同。蟹與橙皆此季之時令美味,故言。

9. 莫話舊年夢,聊賦倦游詩:莫談昔日夢想,姑且作一首倦游之詩歌。吳本魏注:「公於東國遇秋,憶昔京師花酒之事,恍然如夢。不欲話之,但賦詩以排悶也。」聊,姑且、暫且、勉強。倦游,見〈水調歌頭〉(東垣步秋水)注 14。

10. 玉盤:喻圓月。李白〈古朗月行〉:「小時不識月,呼作白玉盤。」

11. 金靨:喻菊花。宋・蘇舜欽〈和聖俞庭菊〉:「類妝翠羽枝,已喜金靨小。」

12. 市朝聲利場裡:市朝,指爭名逐利之所。《戰國策・秦策一》:「臣聞爭名者於朝,爭利者於市。今三川、周室,天下之市朝也。」或偏指「朝」,謂朝廷、官府。陶潛〈歲暮和張常侍〉:「市朝悽舊人,驟驥感悲泉。」聲利場,爭名逐利的場所。陸游〈夜宴即席作〉:「癡人走死聲利場,我獨感此惜流光。」蔡松年〈七月還析〉詩:「暫去聲利場,樂佚猶無窮。」

13. 忘機:消除機巧之心。常用以指甘於淡泊,與世無爭。王勃〈江曲孤鳧賦〉:「爾乃忘機絕慮,懷聲弄影。」

14. 庾老南樓佳興，陶令東籬高詠，千古賞音稀：如庾亮登上南樓之
美好興致、淵明於東籬邊之高聲吟詠，懂得這般情致之知音太
少。吳本魏注：「言陶庾風流千載，而下無知音者。」庾老，指
庾亮。南樓，古樓名，在今湖北省鄂城縣南。又名玩月樓。佳興，
饒有興味的情趣。王維〈崔濮陽兄季重前山興〉：「秋色有佳興，
況君池上閑。」南樓佳興，《世說新語・容止》：「庾太尉（庾亮）
在武昌，秋夜氣佳景清，使吏殷浩、王胡之之徒登南樓理詠。」
《晉書》卷七十三〈庾亮傳〉亦有記載，見上闋詞作注 15。陶
令，指陶潛。東籬，陶潛〈飲酒〉詩之五：「採菊東籬下，悠然
見南山。」後因以指種菊之處；菊圃。唐・楊炯〈庭菊賦〉：「憑
南軒以長嘯，坐東籬而盈把。」高詠，朗聲吟咏。王羲之〈與謝
萬書〉：「余亦能高詠，斯人不可聞。」千古，久遠的年代。賞音，
見〈水調歌頭〉（東垣步秋水）注 10。

15. 手撚冷香碎：撚，用手指捏取。冷香，指清香的花。唐・王建〈野
菊〉：「晚豔出荒籬，冷香著秋水。」

16. 卷玻瓈：言以玻璃盛酒而飲也。玻瓈，亦作「玻璃」，此指玻璃
製作之酒杯。吳本魏注：「言飲之爵也。」

四、其四　丙辰九日，從獵涿水[1]道中

星河淡城闕，疏柳轉清流[2]。黃雲南卷千騎，曉獵冷貂裘[3]。我欲幽尋節物，只有西風黃菊，香似故園秋[4]。俛仰十年事，華屋幾山邱[5]。　　倦游客，一樽酒，便忘憂。擬窮醉眼何處，還有一層樓[6]。不用悲涼今昔，好在西山寒碧，金屑酒光浮[7]。老境玩清世，甘作醉鄉侯[8]。

【編年】

丙辰，即 1136 年，金熙宗天會十四年。

【箋注】

1. 涿水：水名，源出河北省涿鹿縣涿鹿山。《漢書》卷二十八〈地理志上・涿郡〉：「縣二十九：涿。」顏師古注引應劭曰：「涿水出上谷涿鹿縣。」吳本魏注：「涿州有涿水，即古涿鹿，黃帝與蚩尤戰處。」

2. 星河淡城闕，疎柳轉清流：吳本魏注：「宮天曉，行柳隄開，柳拂清波也。」星河，即銀河。晴天夜晚，天空呈現之銀白色光帶。由大量恆星構成。古亦稱「雲漢」，又名「天河」、「天漢」、「星河」、「銀漢」。南朝齊・張融〈海賦〉：「湍轉則日月似驚，浪動而星河如覆。」城闕，城門兩邊之望樓。《詩經・鄭風・子衿》：「佻兮達兮，在城闕兮。」孔穎達疏：「謂城上之別有高闕，非宮闕也。」清流，清澈流水。《漢書》卷二十二〈禮樂志〉：「鄭衛之聲興則淫辟之化流，而欲黎庶敦樸家給，猶濁其源而求其清流，豈不難哉！」

3. 黃雲南卷千騎，曉獵冷貂裘：吳本魏注：「涿水在都南，故云南卷。冷貂裘，言早寒。」黃雲，黃塵、沙塵。南朝宋・謝靈運〈擬魏太子《鄴中集》詩・阮瑀〉：「河州多沙塵，風悲黃雲起。」千騎，言人馬很多。一人一馬稱爲一騎。南朝梁・簡文帝〈採菊篇〉：「東方千騎從驪駒，更不下山逢故夫。」蘇軾〈江城子〉（老夫聊發少年狂）：「錦帽貂裘，千騎卷平岡。」

4. 我欲幽尋節物，只有西風黃菊，香似故園秋：吳本魏注：「故園指汴都。言涿之與汴，節候物態雖殊，其菊花香色則同也。」節物，各個季節之風物景色。晉・陸機〈擬明月何皎皎〉：「踟躕感節物，我行永已久。」故園，舊家園、故鄉。唐・駱賓王〈晚憩田家〉：「唯有寒潭菊，獨似故園花。」

5. 俛仰十年事，華屋幾山邱：吳本魏注：「言倏忽十年間，貴人幾許淪逝也。」俛仰，亦作「俛卬」、「俯仰」。指低頭、抬頭之間，比喻時間倏忽。《晉書》卷八十〈王羲之傳・蘭亭集序〉：「向之

所欣，俯仰之間，已爲陳跡。」華屋山邱，亦作「華屋山丘」、「華屋丘墟」。言壯麗之建築化爲土丘，喻興亡盛衰迅速。魏・曹植〈箜篌引〉：「生在華屋處，零落歸山丘。」

6. 擬窮醉眼何處，還有一層樓：將醉後迷濛之眼，望向更高之處。醉眼，醉後迷糊之眼。杜甫〈九日登梓州城〉：「弟妹悲歌裏，乾坤醉眼中。」一層樓，王之渙〈登鸛雀樓〉：「欲窮千里目，更上一層樓。」

7. 不用悲涼今昔，好在西山寒碧，金屑酒光浮：毋須爲今昔之轉變悲哀，因山林隱逸之風光，能免除爲官之恐懼。悲涼，亦作「悲涼」。悲傷淒涼。班固《白虎通・崩薨》：「黎庶殞涕，海內悲涼。」今昔，現在與過去。韓愈〈和裴僕射相公假山十一韻〉：「樂我盛明朝，於焉傲今昔。」此句化自蘇軾〈八聲甘州〉（有情風、萬里捲潮來）：「不用思量今古，俯仰昔人非。」而東坡實化自《晉書》卷八十〈王羲之傳・蘭亭集序〉（見註 5）句意。好在，表示問候的意思。白居〈代人贈王員外〉：「好在王員外，平生記得不」。吳本魏注：「問訊之意。」西山，見〈水調歌頭〉（東垣步秋水）注 6。寒碧，給人以清冷感覺的碧色。指代叢叢濃密的綠蔭。杜甫〈庭草〉：「楚草經寒碧，逢春入眼濃。」金屑，即金屑酒。爲古代帝王賜死之酒。《晉書》卷三十一〈后妃傳上・惠賈皇后〉：「倫乃矯詔，遣尚書劉弘等持節齎金屑酒賜后死。」吳本魏注：「輞川有金屑泉，初寮金屑爛光彩，此謂屑菊如碎金投酒杯中然。晉代以下以金屑酒賜臣下自盡，恐非佳意。」

8. 老境玩清世，甘作醉鄉侯：我這般衰老之身，能以輕鬆態度面對塵世，甘願沈浸於美酒之中。吳本魏注：「公嘗自稱玩世酒狂，故有此句。」老境，年老的情境。《禮記・曲禮》疏：「耋，至也。言至老之境。」蘇軾〈甘蔗〉：「老境於吾漸不佳，一生拗性舊秋崖。」玩世，以不嚴肅的態度對待現實生活。《漢書》卷六十五〈東方朔傳・贊〉：「依隱玩世，詭時不逢。」清世，太平時代。

《呂氏春秋・序意》：「蓋聞古之清世，是法天地。」醉鄉侯，戲稱嗜酒者。蘇軾〈喬將行，烹鵝鹿出刀劍以飲客，以詩戲之〉：「便可先呼報恩子，不妨仍帶醉鄉侯。」

五、其五

僕以戊申之秋，始識吾季霑[1]兄於燕市稠人[2]中，軒昂簡貴，使人神竦[3]。既而過之，未嘗不彌日[4]忘歸。至於一邱一壑，心通神解，殆不容聲[5]。自是朝夕與之期，鄰里與之游者，蓋十有二年。己未五月，復別於燕之傳舍[6]。及其得官汴梁[7]，僕已去彼，悵然[8]之情，日日往來乎心也。

西山六街碧，嘗憶酒旗秋[9]。神交一笑千載，冰玉洗雙眸[10]。自爾一觴一詠，領略人間奇勝，無此會心流[11]。小驛高槐晚，綠酒照離憂[12]。　　木樨開，玉溪冷，與誰游[13]？酒前豪氣千丈，不減昔時不[14]？誰識昂藏野鶴，肯受華軒羈縛，清唳白蘋洲[15]。會趁梅橫月，同典錦宮裘[16]。

【編年】

己未年與季霑別，即 1139 年；而季霑得官汴梁，松年卻已離開，而蔡松年至汴梁應在 1140～1142 年間，故此詞應作於 1142 以後。

【箋注】

1. 季霑：姓范，范仲淹四世孫。家許昌，聚圖書萬餘卷，知名當世。松年心友之。
2. 燕市稠人：燕市，戰國時燕國首都。亦指燕京，即今北京市。金・元好問〈人日有懷愚齋張兄緯文〉：「明月高樓燕市酒，梅花人日草堂詩。」稠人，眾人。《晉書》卷八十九〈嵇紹傳〉：「或謂王戎曰：『昨於稠人中始見嵇紹，昂昂然如野鶴之在雞群。』」
3. 軒昂簡貴，使人神竦：其精神態度高貴不凡，使人敬肅。軒昂，

形容精神飽滿，氣度不凡。王安石〈示蔡天啓〉：「忽然變軒昂，慎勿學哥舒。」歐陽修言蘇舜欽：「其志獨軒昂，其人獨憔悴。」簡貴，簡傲高貴。《世說新語・傷逝》：「王子敬與羊綏善，綏清純簡貴，爲中書郎，少亡。」神竦，肅敬貌。

4. 彌日：終日。《後漢書》卷八十〈文苑下・邊讓傳〉：「登瑤臺以回望兮，冀彌日而消憂。」李賢注：「彌，終也。」

5. 至於一邱一壑，心通神解，殆不容聲：至於隱逸於山林，心神皆通達，不需藉助言語表達。邱壑，亦作「丘壑」。此指「隱逸」。《晉書》卷四十九〈謝鯤傳〉：「嘗使至都，明帝在東宮見之，甚相親重。問曰：『論者以君方庾亮，自謂何如？』答曰：『端委廟堂，使百僚準則，鯤不如亮。一丘一壑，自謂過之。』」按：吳本魏注「謝鯤」作「謝琨」。然檢閱《晉書》，無「謝琨」此人，唯「謝鯤」與「謝混」二人。然「一丘一壑」實乃謝鯤之語，因此推測魏注有誤。容聲，使用語言，說話。《莊子・田子方》：「仲尼曰：『若夫人者，目擊而道存矣，亦不可以容聲矣。』」郭象注：「目纔往，意已答，無所容其德音也。」

6. 傳舍：古時供行人休息住宿的處所。《戰國策・魏策四》：「令鼻之入秦之傳舍，舍不足以舍之。」

7. 汴梁：古地名，即今河南省開封市。戰國時爲魏都大梁，簡稱梁。隋唐改置汴州，簡稱汴。五代梁、晉、漢、周及北宋皆建都於此，金元以後合稱汴梁。

8. 悵然：失意不樂貌。宋玉〈神女賦・序〉：「惆兮不樂，悵然失志。」

9. 西山六街碧，嘗憶酒旗秋：吳本魏注：「燕都迫於西山，雨晴氣爽，光射六街。公以五字道盡，真名言也。」六街，泛指京都的大街和鬧市。後蜀・韋莊〈秋霽晚景〉：「秋霽禁城晚，六街煙雨殘。」酒旗，即酒簾，酒店的標幟。唐・劉長卿〈春望寄王涔陽〉：「依微水戍聞鉦鼓，掩映沙村見酒旗。」《韓非子・外儲說右上》

卷三十四：「宋人有酤酒者，升概甚平，遇客甚謹，為酒甚美，縣幟甚高。」吳本魏注：「酒市有旗，始見於此。」

10. 神交一笑千載，冰玉洗雙眸：吳本魏注：「公與季霑神交情契，欣然而笑。千載一時，見其冰清玉潔，眼明如洗也。」神交，謂心意投合，深相結托而成忘形之交。《三國志·吳書》卷五十二〈諸葛瑾傳〉：「子瑜之不負孤，猶孤之不負子瑜也。」裴松之注引晉·虞溥〈江表傳〉：「孤與子瑜，可謂神交，非外言所間也。」一笑，《漢書》卷八十三〈薛宣傳〉：「曹雖有公職事，家亦望私恩意。掾宜從眾，歸對妻子，設酒肴，請鄰里，一笑相樂，斯亦可矣！」千載，千年。形容歲月長久。《漢書》卷九十九上〈王莽傳〉：「於是群臣乃盛陳『莽功德至周成白雉之瑞，千載同符。』」《晉書》卷一百一十四〈載記·王猛傳〉：「朕奇卿於暫見，擬卿為臥龍，卿亦異朕於一言，迴考槃之雅志，豈不精契神交，千載之會！」冰玉，冰和玉，常用以比喻高尚貞潔的人品或其他潔淨的事物。李白〈寄遠十一首〉之十一：「憐君冰玉清迥之明心，情不及兮意已深。」

11. 自爾一觴一詠，領略人間奇勝，無此會心流：從此與你飲酒歌詠，領會人間美景，沒有人比我們更情意相合。自爾，從此。北魏·酈道元《水經注·溱水》：「東江又西，與利水合……名曰韶石，古老言昔有二仙，分而憩之，自爾年豐，彌歷一紀。」一觴一詠，《晉書》卷八十〈王羲之傳·蘭亭集序〉：「此地有崇山峻嶺，茂林修竹，又有清流激湍，映帶左右，引以為流觴曲水，列坐其次。雖無絲竹管絃之盛，一觴一詠，亦足以暢敘幽情。」領略，領會、理解。南朝梁·江淹〈雜體詩·效張綽〈雜述〉〉：「領略歸一致，南山有綺皓。」會心，情意相合，知心。《世說新語·言語》：「簡文入華林園，顧謂左右曰：『會心處不必在遠，翳然林水，便自有濠、濮間想也，覺鳥獸禽魚自來親人。』」

12. 小驛高槐晚，綠酒照離憂：吳本魏注：「序所謂復別於燕之傳舍

也。」綠酒，美酒。陶潛〈諸人共游周家墓柏下〉：「清歌散新聲，
綠酒開芳顏。」唐・武元衡〈送唐次〉：「青槐驛路直，白日離亭
晚。」離憂，蘇轍〈水調歌頭・徐州中秋作〉（中秋離別一何久）：
「今夜清樽對客，明夜孤帆水驛，依舊照離憂。」按：吳本魏注
記爲東坡詞，實誤；「清樽」作「青樽」，應爲筆誤。

13. 木樨開，玉溪冷，與誰游：木樨，同「木犀」，指木樨花。花可
用爲香料及潤髮。又稱爲「金粟」、「丹桂」、「桂花」。朱敦儒〈菩
薩蠻〉：「新窨木樨沈，香遲斗帳深。」玉溪，吳本魏注：「玉溪
館在汴之龍德宮。」龍德宮，宋徽宗時建，在今河南省開封縣，
爲後代皇帝所居之處。按：檢閱史傳，「玉溪」爲人之號或河名，
未見「玉溪館」。玉溪河在今河南省濟源市西北王屋山，李商隱
隱居於此，號「玉溪生」。而《金史》卷一百一十三〈赤盞合喜
傳〉：「龍德宮造砲石，取宋太湖、靈璧假山爲之，小大各有斤重，
其圓如燈毬之狀……而城上樓櫓皆故宮及芳華、玉谿所拆大木爲
之。」可見「玉溪館」又作「玉谿館」。

14. 酒前豪氣千丈，不減昔時不：飲酒之壯闊豪氣，能夠和當年一般
乎？豪氣，桀驁蠻橫的習氣。《三國志・魏書》卷七〈陳登傳〉：
「汜曰：『陳元龍湖海之事，豪氣不除。』」金・元好問〈劉氏明
遠庵〉之一：「豪氣元龍百尺樓，功名場上早抽頭。」

15. 誰識昂藏野鶴，肯受華軒羈縛，清唳白蘋洲：誰知這般出群的野
鶴，不受富貴人家拘束，在白蘋洲上放聲鳴叫。此處用指范季潞
才能出眾，不受名利羈束。肯，表反問語氣，意義同「豈」。昂
藏，超群出眾貌。野鶴，常喻隱士。鶴居林野，性孤高。昂藏野
鶴，見本闋詞注 2「燕市稱人」〈嵇紹傳〉。華軒，指富貴者所乘
華美之車。《左傳・閔公二年》：「衛懿公好鶴，鶴有乘軒者。」
清唳，清越的叫聲。李白〈鳴皋歌送岑徵君〉：「寡鶴清唳，饑鼯
顚呻。」白蘋洲，見〈水調歌頭〉（雲間貴公子）注 26。

16. 會趁梅橫月，同典錦宮裘：趁著梅枝橫月的景色，一同將官服典

當；此處借指兩人襟懷之灑脫。南朝梁‧何遜〈詠早梅詩〉：「枝橫卻月觀，花繞凌風臺。」按：吳本魏注「花繞」作「香動」，推測為異文。典衣，杜甫〈曲江二首〉之二：「朝回日日典春衣，每日江頭盡醉歸。」錦裘，用錦縫製的皮衣。唐‧高適〈部落曲〉：「老將垂金甲，關支著錦裘。」

六、其六　鎮陽北潭[1]，追和老坡韻[2]

玻璨北潭面，十丈藕花秋[3]。西樓爽氣千仞[4]，山障夕陽愁。誰謂弓刀塞北，忽有冷泉高竹，坐我澤南州[5]。準備黃塵眼，管領白蘋洲[6]。　　老生涯，向何處，覓莵裘[7]。倦游歲晚一笑，端為野梅留[8]。但得白衣青眼，不要問囚推按，此外百無憂[9]。醉墨薔薇露，洒遍酒家樓[10]。

【箋注】

1. 北潭：北潭在鎮陽，官園府之勝境。
2. 追和老坡韻：此闋詞韻腳為秋、愁、州、洲、裘、留、憂、樓，與東坡〈水調歌頭〉（安石在東海）詞韻腳相同（東坡詞有兩「州」字，松年詞為「州、洲」），故知此闋為松年和東坡〈水調歌頭〉（安石在東海）詞。
3. 玻璨北潭面，十丈藕花秋：北潭湖面如玻璨澄徹，秋天藕花也盛開著。玻璨，見〈水調歌頭〉（東垣步秋水）注3。韓愈〈古意〉：「太華峯頭玉井蓮，開花十丈藕如船。」按：吳本魏注：「太華山頭玉井蓮，花開十丈藕如船。」
4. 西樓爽氣千仞：西樓，吳本魏注：「府園又有西樓制度，宏敞以覽西北諸山。」爽氣，見〈水調歌頭〉（東垣步秋水）注6。千仞，言其高。晉‧張載〈劍閣銘〉：「是曰劍閣，壁立千仞。」
5. 誰謂弓刀塞北，忽有冷泉高竹，坐我澤南州：吳本魏注：「鎮陽

在宋爲河北塞徼，囤積弓兵，以備邊隅。公言此雖邊鎮，亦有水竹之勝，如江南諸州，故愛之以卜居焉。」弓刀，執弓帶刀，乃塞北人士之裝扮。唐・盧綸〈和張僕射塞下曲〉：「欲將輕騎逐，大雪滿弓刀。」塞北，指長城以北。亦泛指我國北邊地區。《後漢書》卷四十五〈袁安傳〉：「北單于爲耿夔所破，遁走烏孫，塞北地空，餘部不知所屬。」冷泉，吳本魏注：「錢塘有冷泉亭。」澤南州，杜牧〈憶齊安郡〉：「平生睡足處，雲夢澤南州。」

6. 準備黃塵眼，管領白蘋洲：已看透塵世，而轉爲管轄田園自然。黃塵眼，見〈水調歌頭〉（雲間貴公子）注25。管領，亦作「莞領」。管轄統領。唐・李群玉〈贈人〉：「雲雨無情難管領，任他別嫁楚襄王。」白蘋洲，見〈水調歌頭〉（雲間貴公子）注26。

7. 老生涯，向何處，覓菟裘：我這年老的生命，應向何處尋找退隱的居處。生涯，人生命之止境。老生涯，黃庭堅〈木蘭花令〉：「共君商略老生涯，歸重玉田秧白石。」菟裘，地名。今山東省泗水縣。《左傳・隱公十一年》：「羽父請殺桓公，以求大宰。公曰：『爲其少故也，吾將授之矣。使營菟裘，吾將老焉。』」後因以稱告老退隱的居處。蘇軾〈和子由四首・韓太祝送游太山〉：「聞道逢春思濯錦，更需到處覓菟裘。」

8. 倦游歲晚一笑，端爲野梅留：我厭倦爲官生涯，年歲已晚，只爲野梅綻放而露出笑容。倦游，見〈水調歌頭〉（東垣步秋水）注14。歲晚，見〈水調歌頭〉（東垣步秋水）注9。一笑，見〈水調歌頭〉（西山六街碧）注10。端，特地、故意。野梅，杜甫〈西郊〉：「市橋官柳細，江路野梅香。」

9. 但得白衣青眼，不要問囚推按，此外百無憂：希望成爲一介平民，得青眼對待，而不願爲官。除此之外，再無其他憂愁。白衣，古代平民服。因指平民。亦指無功名或官職之士人。《史記》卷一百二十一〈儒林列傳・序〉：「及竇太后崩，武安侯田蚡爲丞相，絀黃老、刑名百家之言，延文學儒者數百人，而公孫弘以春秋白

衣爲天子三公，封以平津侯。」青眼，指對人喜愛或器重。與「白眼」相對。《晉書》卷四十九〈阮籍傳〉：「籍又能爲青白眼，見禮俗之士，以白眼對之。及嵇喜來弔，籍作白眼，喜不懌而退。喜弟康聞之，乃齎酒挾琴造焉，籍大悅，乃見青眼。」推按，推究審問。《三國志‧吳書》卷六十一〈陸凱傳〉：「先帝每察竟解之奏，常留心推按，是以獄無冤囚。」吳本魏注：「問囚推按，吏道也。」蘇軾〈虔州八境圖八首〉之一：「坐看奔湍繞石樓，使君高會百無憂。」

10. 醉墨薔薇露，洒遍酒家樓：見〈水調歌頭〉（雲間貴公子）注 33。

七、其七　虎茵居士梁愼修生朝[1]

　　丁年跨生馬，玉節度流沙[2]。春風北卷燕趙，無處不桑麻[3]。一夜蓬萊清淺，卻守平生黃卷，冰雪做生涯[4]。惟有天南夢，時到曲江花[5]。　　瘦筇枝，輕鶴背，醉為家[6]。倦游笑我黃塵，昏眼簿書遮[7]。千古東坡良史，一段葛洪嘉處，莫種故侯瓜[8]。賦就五噫曲，金狄看年華[9]。

【箋注】

1. 虎茵居士梁愼修生朝：吳本魏注：「梁兢，字愼修，宋中官，道號虎茵。宣和癸卯，自中山廉訪移燕山廉使。明年天兵臨府，遂降於軍前，因見閑廢。寓居鎭陽，以詩書自娛。」廉訪、廉使，皆宋代廉訪使之簡稱。主管監察事物。宣和癸卯，爲西元 1123年，宣和五年。中山，《宋史》卷二十一〈徽宗本紀‧政和三年〉：「丙午，升定州爲中山府。」燕山，《宋史》卷二十二〈徽宗本紀‧宣和四年〉：「冬十月庚寅，改燕京爲燕山府。」生朝，生日。

2. 丁年跨生馬，玉節度流沙：丁壯之時即跨馬、持玉節出使塞外。

丁年，丁壯之年。李陵〈答蘇武書〉：「丁年奉使，皓首而歸。」
吳本魏注作：「丁年初使，白首方還。」生馬，杜甫〈戲贈友二
首〉之一：「自誇足臂力，能騎生馬駒。」玉節，玉製的符節。
古代天子、王侯使者持以爲憑。《周禮・地官司徒第二》：「掌守
邦節而辨其用，以輔王命。守邦國者用玉節，守都鄙者用角
節。」流沙，沙漠。沙常因風吹而流動，故稱。《尚書・禹貢》：
「導弱水至於合黎，餘波入於流沙。」又指西域地區。金・李純
甫〈雜詩〉之四：「空譯流沙語，難參少室禪。」吳本魏注：「梁
官於燕而云度流沙者，意取遠塞不言方所然。幽薊之北，亦有沙
漠之號。」

3. 春風北卷燕趙，無處不桑麻：吳本魏注：「言時尚太平，春風滿
   野。燕趙諸郡，處處桑麻，人著業也。」

4. 一夜蓬萊清淺，卻守平生黃卷，冰雪做生涯：雖世事變換，卻能
   守著書本，在這裡度過一生。吳本魏注：「此以滄海變易，比人
   世更換，謂宋室失國也。」蓬萊，蓬萊山。古代傳說中的神山名。
   亦常泛指仙境。《史記》卷二十八〈封禪書〉：「自威、宣、燕昭
   使人入海求蓬萊、方丈、瀛洲，此三神山者，其傳在渤海中。」
   東晉・葛洪《神仙傳》卷七〈麻姑〉：「麻姑自說云：『接待以來，
   已見東海三爲桑田。向到蓬萊，水又淺于往者會時略半也。豈將
   復還爲陵陸乎？』方平笑曰：『聖人皆言，海中復揚塵也。』」蘇
   軾〈乞數珠一首贈南禪湜老〉：「適從海上回，蓬萊又清淺。」黃
   卷，書籍。東晉・葛洪《抱朴子・疾謬》：「雜碎故事，蓋是窮巷
   諸生，章句之士，吟詠而向枯簡，匍匐以守黃卷者所宜識。」楊
   明照校箋：「古人寫書用紙，以黃蘗汁染之防蠹，故稱書爲黃卷。」
   冰雪，見〈水調歌頭〉（雲間貴公子）注21。生涯，見〈水調歌
   頭〉（玻瓈北潭面）注7。吳本魏注：「言梁既見廢，守以閑寂，
   卻尋平昔文史舊學，冷淡生活也。」

5. 惟有天南夢，時到曲江花：吳本魏注：「梁既廢，留不得去，故

唯有夢到鄉國也。天南、曲江皆指汴都。」曲江，即曲江池。在
今陝西省西安市東南。秦為宜春苑，漢為樂游原，有河水水流曲
折，故稱。隨文帝以曲名不正，更名芙蓉園。唐復名曲江，為都
人中和、上巳等盛節游賞勝地。曲江花，白居易〈和春深二十首〉
之十：「唯求太常第，不管曲江花。」

6. 瘦筇枝，輕鶴背，醉為家：吳本魏注：「言梁君唯當枝筇、駕鶴，
以醉酒為家鄉也。」筇枝，即筇竹杖。筇竹因高節實中，常用以
為手杖，為杖中珍品。唐・張祜〈贈僧雲栖〉：「塵尾與筇枝，幾
年離石壇。」鶴背，鶴的背脊。傳說為修道成仙者騎坐處。司空
圖〈雜題〉之二：「世間不為蛾眉誤，海上方應鶴背吟。」金・
元好問〈步虛詞〉之一：「三更月底鸞聲急，萬里風頭鶴背高。」
蘇軾〈次韻袁公濟謝芎椒詩〉：「羨君清瘦真仙骨，更助飄飄鶴背
軀。」醉為家，杜甫〈陪王侍御宴通泉東山野亭〉：「狂歌過于勝，
得醉即為家。」

7. 倦游笑我黃塵，昏眼簿書遮：吳本魏注：「公自以宋人而強顏仕
路，故謂梁云：君應笑我倦游於黃埃之陌，老眼昏花而困於簿書
也。」倦游，見〈水調歌頭〉（東垣步秋水）注 14。黃塵，見〈水
調歌頭〉（雲間貴公子）注 25。簿書，官署中的文書簿冊。《漢
書》卷四十八〈賈誼傳〉：「而大臣特以簿書不報，期會之間，以
為大故。」

8. 千古東坡良史，一段葛洪嘉處，莫種故侯瓜：如東坡成為良史、
葛洪悠遊山水一般，莫學東陵種瓜。吳本魏注：「言東坡文史，
輝映千古。」東坡良史，東坡嘗直史館。《宋史》卷三百三十八
〈蘇軾傳〉：「英宗曰：『試之未知其能否，如軾有不能邪？』琦
猶不可，及試二論，復入三等，得直史館。」良史，《漢書》卷
六十二〈司馬遷傳〉：「然自劉向、揚雄博極群書，皆稱遷有良史
之材。」一段葛洪嘉處，吳本魏注：「圖經：葛洪山，在定武軍
地鎮西北十里。下有葛洪村，俗傳稚川（葛洪字）少所居也。慎

修之在定武，屢游焉。愛其泉石，欲卜居於此，故云爾。」按：
定武金屬河北西路，《金史》卷二十五〈地理志中‧河北西路〉：
「中山府。宋府，天會七年降爲定州博陵郡定武軍節度使，後復
爲府。」故侯瓜，即東陵瓜。故侯，指西漢‧召平。《史記》卷
五十三〈蕭相國世家〉：「召平者，故秦東陵侯。秦破，爲布衣，
貧，種瓜於長安城東，瓜美，故世俗謂之『東陵瓜』，從召平以
爲名也。」常用爲失意隱居之典。吳本魏注：「今梁无罪而廢，
甘於退閑，但以東坡書史、葛洪山水自娛，夫復何恨？故云莫種
故侯瓜也。」

9. 賦就五噫曲，金狄看年華：創作一首隱逸之歌，追尋佛教眞理來
度過一生。吳本魏注：「愼修自言鴻後，故其小印曰：伯鸞之裔。」
五噫曲，即五噫歌。詩歌篇名，相傳爲東漢‧梁鴻所作。全詩五
句，句末均有「噫」字。《後漢書》卷八十三〈逸民傳‧梁鴻〉：
「梁鴻字伯鸞……因東出關，過京師，作五噫之歌曰：『陟彼北
芒兮，噫！顧覽帝京兮，噫！宮室崔嵬兮，噫！人之劬勞兮，噫！
遼遼未央兮，噫！』」此有隱逸義。金狄，指佛或佛教。《舊唐書》
卷十八上〈武宗紀〉：「一朝隳殘金狄，燔棄胡書，結怨於膜拜之
流，犯怒於鄙夫之口。」蘇軾〈贈梁道人〉：「採藥壺公處處過，
笑看金狄手摩挲。」

八、其八　浩然[1]生朝，作步虛語[2]，爲金石壽[3]

年時海山國，今日酒如川[4]。思君領略風味，笙鶴渺三山
[5]。還喜綠陰清晝，薝蔔香中爲壽，彩翠羽衣斑[6]。醉語嚼冰
雪，樽酒玉漿寒[7]。　　世間樂，斷無似，酒中閑[8]。冷泉高
竹幽棲，佳處約淇園[9]。君有仙風道骨，會見神游八極，不
假九還丹[10]。玉佩碎空闊，碧霧翳蒼鸞[11]。

【箋注】

1. 浩然：張浩，字浩然，遼陽渤海人。《金史》有傳。浩然自金太祖時即為官，歷太宗、熙宗、海陵、世宗五朝，均受重用。為相二十餘年。

2. 步虛語：即步虛詞。步虛，道士唱經禮贊。李白〈題隨州紫陽先生壁〉：「喘息飡妙氣，步虛吟真聲。」王琦注引《異苑》：「陳思王遊山，忽聞空裏誦經聲，清遠遒亮，解音者則而寫之，為神仙聲。道士效之，作步虛聲。」《樂府解題》：「步虛詞，道觀所唱，言眾仙縹緲輕舉之美。」

3. 金石壽：如金石一般長久之壽命。曹植〈飛龍篇〉：「壽同金石，永世難老。」吳本魏注作「畢世難老」。

4. 年時海山國，今日酒如川：吳本魏注：「欲言今朝，先敘去年此日，為壽於遼陽海山之國，有酒如川河之廣。」年時，當年、昔日。唐・盧殷〈雨霽登北岸寄友人〉：「憶得年時馮翊部，謝郎相引上樓頭。」海山，白居易〈客有說〉：「近有人從海上迴，海山深處見樓臺。」酒如川，黃庭堅〈和張沙河招飲〉查：「誰料丹徒布衣得，今朝忽有酒如川。」

5. 思君領略風味，笙鶴渺三山：思念你並且體會你的風采，如仙人乘鶴往仙山去一般。領略，見〈水調歌頭〉（西山六街碧）注 11。風味，見〈水調歌頭〉（雲間貴公子）注 13。笙鶴，漢・劉向《列仙傳》：「周靈王太子晉（王子喬），好吹笙，作鳳鳴，游伊洛間，道士浮丘公接上嵩山，三十餘年後乘白鶴駐緱氏山頂，舉手謝時人仙去。」後以「笙鶴」指仙人乘騎之鶴。蘇軾〈十月十四日以病在告獨酌〉：「泠然心境空，彷彿來笙鶴。」三山，傳說中的海上三仙山。《列子・湯問第五》：「渤海之東……其中有五山焉：一曰岱輿，二曰員嶠，三曰方壺，四曰瀛洲，五曰蓬萊。……而五山之根，無所連著，常隨潮波……帝恐流於西極，失群仙聖之居，乃命禺彊，使巨鼇十五，舉首而戴之……五山始峙而不動。而龍伯之國有大人，舉足不盈數步，而暨五山之所，一釣而連六

鼇。合負而趣歸其國，灼其骨以數焉。於是岱輿、員嶠二山，流
於北極，沈於大海。」

6. 還喜綠陰清晝，薝蔔香中爲壽，彩翠羽衣斑：吳本魏注：「綠陰
清晝，五月時。此敘今年事也。」綠陰清晝，唐·劉滄〈訪友人
郊居〉：「空塞山當清晝晚，古槐人繼綠陰餘。」薝蔔，梵語 Campaka
音譯。又譯作瞻蔔伽、旃波迦、瞻波等。義譯爲郁金花。或以爲
即梔子花。薝，音ㄓㄢ。明·李時珍《本草綱目·木三·卮子》
（集解）引蘇頌：「今南方及西蜀郡皆有之……二三月生白花，
花皆六出，甚芬香，俗說即西域薝蔔也。」《維摩經》：「天女言
佛，以大乘法化眾生，如入薝蔔林中，唯嗅此花，不及餘香。」
唐·盧綸〈送靜居法師詩〉：「薝蔔名花飄不斷，醍醐法味灑何濃。」
彩翠，吳本魏注引《畫譜》：「邊鸞設色，彩翠生動。」按：邊鸞，
唐花鳥畫大家，擅畫孔雀，彩翠生動。羽衣，以羽毛織成之衣。
《史記》卷十二〈孝武本紀〉：「天子又刻玉印曰：『天道將軍』，
使使衣羽衣，夜立白茅上。」亦指道士或神仙所著衣。

7. 醉語嚼冰雪，樽酒玉漿寒：嚼著冰雪，飲醉談天，杯中美酒也爲
之冷冽。醉語，蘇軾〈劉莘老〉：「邂逅成一歡，醉語出天眞。」
冰雪，見〈水調歌頭〉（雲間貴公子）注 21。蘇軾〈次韻周邠寄
雁蕩山圖二首〉之一：「眼明小閣浮烟翠，齒冷新詩嚼雪風。」
黃庭堅〈次韻子瞻春菜〉：「北方春蔬嚼冰雪，妍暖思採南山蕨。」
玉漿，神話傳說中仙人之飲。魏·曹操〈氣出唱〉之一：「仙人
玉女，下來翱遊。驂駕六龍飲玉漿。」又喻美酒。

8. 世間樂，斷無似，酒中閑：吳本魏注：「言人雖忙迫，得酒則忘
之，自閑適也。」李白〈贈歷陽褚司馬〉：「人間無此樂，此樂世
中稀。」白居易〈詠家醞十韻〉：「能銷忙事成閒事，轉得憂人作
樂人。」

9. 冷泉高竹幽棲，佳處約淇園：吳本魏注：「蓋嘗與浩然約，同隱
於淇上也。」冷泉，見〈水調歌頭〉（玻璨北潭面）注 5。幽棲，

隱居。《宋書》九十三〈隱逸傳・宗炳〉:「南陽宗炳、雁門周續
之,並植操幽棲,無悶巾褐,可下辟召,以禮屈之。」淇園,古
代衛國園林名。產竹。在今河南省淇縣西北。《史記》卷二十九
〈河渠書〉:「是時東郡燒草,以故薪柴少,而下淇園之竹以爲
楗。」裴駰集解引晉灼曰:「淇園,衛之苑也,多竹篠。」蘇軾
〈題過所畫枯木竹石三首〉之三:「惟有長身六君子,依依猶得
似淇園。」吳本魏注作「漪漪猶得」。

10. 君有仙風道骨,會見神游八極,不假九還丹:你有超凡姿態,將
　　能神遊遠處,而不需九還丹之幫助。仙風道骨,道教語。指有仙
　　人及得道者之氣質神采。李白〈大鵬賦〉序:「余昔於江陵見天
　　臺司馬子微,謂余有仙風道骨,可與神遊八極之表。」神游,即
　　神遊。謂形體不動而心神嚮往,如親游其境。《列子・黃帝》:「晝
　　寢而夢遊於華胥氏之國。華胥氏之國在弇州之西,台州之北,不
　　知斯齊國幾千萬里。蓋非舟車足力之所及,神遊而已。」八極,
　　八方極遠之地。《莊子・田子方》:「夫至人者,上闚青天,下潛
　　黃泉,揮斥八極,神氣不變。」蘇軾〈水龍吟〉（古來雲海茫茫）
　　詞序亦載有李白〈大鵬賦〉序所言之事。九還丹,即九轉丹。道
　　教謂經九次提煉、服之能成仙的丹藥。吳本魏注:「仙傳:魏伯
　　陽有九轉大丹歌,曰:九還七返三五七,龍虎相交入魂室。九還
　　大丹可以轉凡成聖者也。」

11. 玉佩碎空闊,碧霧翳蒼鸞:吳本魏注:「此言縹緲輕舉之事。」
　　玉佩,亦作「玉珮」。古人配掛的玉製裝飾品。《詩經・秦風・渭
　　陽》:「我送舅氏,悠悠我思;何以贈之?瓊瑰玉佩。」《禮記・
　　玉藻》:「君子無故,玉不去身,君子於玉比德焉。天子佩白玉而
　　玄組綬,公侯佩山玄玉而朱組綬,大夫佩水蒼玉而純組綬,世子
　　佩瑜玉而綦組綬,士佩瓀玟而縕組綬。」蒼鸞,鳥名,即青鸞。
　　傳說中之神鳥。《漢武帝內傳》:「其次藥有……蒙山白鳳之肺,
　　靈邱蒼鸞之雪。」

九、滿江紅　　安樂嵒[1]夜酌，有懷恆陽[2]家山

半嶺雲根，溪光淺、冰輪新浴[3]。誰幻出、故山邱壑，慰予心目[4]。深樾不妨清吹度，野情自與游魚熟[5]。愛夜泉、徽外兩三聲，琅然曲[6]。　　　人間世，爭蠻觸[7]。萬事付，金荷釀[8]。老生涯、猶欠謝公絲竹[9]。好在斜川三尺玉，暮涼白鳥歸喬木[10]。向水邊、明秀倚高峯，平生足。

【箋注】

1. 安樂嵒：嵒，音一ㄢˊ，通「巖」。吳本魏注：「安樂嵒，公家奇石。」似在蔡松年汴京故居。安樂嵒，應取邵雍「安樂窩」之意。因邵雍安樂窩在蘇門山，蔡松年即買田於蘇門山下，欲於此處渡過餘生。

2. 恆陽：吳本魏注：「恆陽，眞定地名。」又〈滿江紅〉（春色三分）吳本魏注云：「恆陽，公園亭所在。」可知恆陽即鎮陽。

3. 半嶺雲根，溪光淺、冰輪新浴：半嶺上山石高聳，溪水清淺，月亮如出浴般明亮。半嶺，半山腰。《晉書》卷四十九〈阮籍傳〉：「至半嶺，聞有聲若鸞鳳之音，響乎巖谷，乃登之嘯也。」雲根，山石。宋·梅堯臣〈次韻答吳長文內翰遺石器〉：「山工日斲器，殊匪事樵牧。絕地取雲根，剖堅如剖玉。」溪光，指溪流水色。杜牧〈題白蘋洲〉：「山鳥飛紅帶，亭薇拆紫花。溪光初透徹，秋色正清華。」冰輪，指明月。唐·王初〈銀河〉：「歷歷素榆飄玉夜，涓涓清月濕冰輪。」蘇軾〈宿九仙山〉：「夜半老僧呼客起，雲峯缺處擁冰輪。」

4. 誰幻出、故山邱壑，慰予心目：誰能變化出故國山水，來安慰我心？吳本魏注：「幻，化也。故山，指江左也。」邱壑，見〈水調歌頭〉（西山六街碧）注5。心目，內心、想法和看法。《禮記·中庸》：「故至誠如神。」朱熹集注：「然惟誠之至極，而無一毫

私僞流於心目之間者，乃能有以察其幾焉。」慰予心目，唐‧宋之問〈綠竹引〉：「含情傲睨慰心目，何可一日無此君。」

5. 深樾不妨清吹度，野情自與游魚熟：不妨在濃蔭下乘著清風，以閒適不受拘束的心情，去親近自然萬物。深樾，濃蔭。《淮南子‧人間訓》：「武王蔭喝人於樾下，左擁而右扇之，而天下懷其德。」韓愈〈送文暢師北游〉：「三年竄荒嶺，守縣坐深樾。」清吹，猶清風。《初學記》卷三十引南朝梁‧徐勉〈鵲賦〉：「逢翳薈而翔集，乘清吹而西東。」野情，不受世事人情拘束的閒散心情。唐‧包佶〈送日本國聘賀使晁巨卿東歸〉：「野情偏得禮，木姓本含眞。」游魚熟，《莊子‧秋水》：「莊子與惠子遊於濠梁之上。莊子曰：『儵魚出遊從容，是魚之樂也。』惠子曰：『子非魚，安知魚之樂？』莊子曰：『子非我，安知我不知魚之樂？』」蘇軾〈和文與可洋川園池三十首湖橋〉：「橋下龜魚晚無數，識君拄杖過橋聲。」

6. 愛夜泉、徽外兩三聲，琅然曲：愛聽取夜間泉水聲，就像琴聲般瀏亮。夜泉，吳本魏注：「夜泉，以比琴聲，亦琴名。」杜牧〈金谷懷古〉：「徒想夜泉流客恨，夜泉流恨恨無窮。」歐陽修〈憶滁州幽谷〉：「誰與援琴親寫取，夜泉聲在翠微中。」徽，繫琴弦的繩。《漢書》卷八十七下〈揚雄傳〉：「今夫弦者，高張急徽，追趨竹者，則坐者不期而附矣。」顏師古注：「徽，琴徽也。」後亦指七弦琴琴面十三個標示音節的標誌。此處借代爲「琴」。琅然，聲音清朗貌。歐陽修《歸田錄》卷二：「（宋公垂）諷誦之聲，琅然聞於遠近。」此三句化自蘇軾〈醉翁操〉：「琅然。清圓。誰彈？響空山。……翁今爲飛仙。此意在人間。試聽徽外三兩弦。」吳本魏注作「更聽徽外三兩弦」。

7. 人間世，爭蠻觸：人世間之塵事，常因微小之事而起爭執。《莊子》有〈人間世〉篇。蠻觸，《莊子‧則陽》：「有國於蝸之左角者曰觸氏，有國於蝸之右角者曰蠻氏，時相與爭地而戰，伏尸數

萬，逐北旬有五日而後反。」後以喻爲小事而爭鬥者。白居易〈禽
蟲〉之七：「蟭螟殺敵蚊巢上，蠻觸交爭蝸角中。」

8. 萬事付，金荷醁：所有事情都交付予美酒。蘇軾〈病中聞子由得
告不赴商州三首〉其三：「萬事悠悠付杯酒，流年冉冉入霜髭。」
金荷，即金荷葉，指金制蓮葉形之杯皿。歐陽修〈唐崇徽公主和
韓內翰〉：「蕭條兩鬢霜後草，瀲灩十分金卷荷。」醁，美酒。故
指以金荷葉杯盛裝之美酒。又作「淥」。《晉書》卷三〈武帝本紀〉：
「丁卯，薦酃淥酒于太廟。」

9. 老生涯、猶欠謝公絲竹：生涯，見〈水調歌頭〉（玻瓈北潭面）
注 7。謝公絲竹，《晉書》卷八十〈王羲之傳〉：「謝安嘗謂羲之
曰：『中年以來，傷於哀樂，與親友別，輒作數日惡。』羲之曰：
『年在桑榆，自然至此。頃正賴絲竹陶寫，恒恐兒輩覺，損其歡
樂之趣。』」

10. 好在斜川三尺玉，暮涼白鳥歸喬木：吳本魏注：「公意言潔身而
退，如白鳥之歸林也。」好在，吳本魏注：「問訊之意。」蘇軾
〈滿庭芳〉（歸去來兮）：「好在堂前細柳，應念我，莫翦柔柯。」
斜川，古地名。一在江西省星子、都昌二縣縣境。瀕鄱陽湖，風
景秀麗，陶潛曾游於此，作〈游斜川〉詩并序。另一在河南省浹
縣境。蘇軾子蘇過居舍之名。蘇過移家潁昌，營湖陽水竹數畝，
名爲小斜川，自號斜川居士。三尺玉，吳本魏注：「許丹房置園
亭於眞定，號小斜川，以擬淵名之斜川也。眞定北潭有漱玉亭，
即彫木入苑處。其水瑩碧如玉之三尺也。公〈贈蕭顯之〉詩云：
『樓枕月溪三尺玉，眼橫松雪一山春。』」按：今本《全金詩》
及《中州集》均無蔡松年此首詩作，疑爲已亡佚作品。許丹房，
即許採，字師聖。松年之舅。喜方外丹鼎之術，自號丹房老人。
按：「丹房」本指神仙居住之地，或指道家煉丹藥、修道之所。
暮涼白鳥，宋·釋惠洪《冷齋夜話》卷三「詩說煙波縹緲處」：
「又嘗暮寒歸見白鳥，作詩曰：剩水殘山慘澹間，白鷗無事釣舟

閑。」

十、其二　細君[1]生朝

春色三分，壺觴為、生朝自勸[2]。清夢斷、歲華良是，此身流轉[3]。花底少逢如意酒，人生幾日春風面[4]。算古來、誰似五噫君[5]，情高遠。　　年年約，常相見。但無事，身強健[6]。老生涯、分付藥爐經卷[7]。聞道恒陽松雪好，遊山服要新針線[8]。但莫遣、雅志困黃塵，違人願[9]。

【箋注】

1. 細君：妻子。《漢書》卷六十五〈東方朔傳〉：「朔來！朔來！受賜不待詔，何無禮也！拔劍割肉，壹何壯也！割之不多，又何廉也！歸遺細君，又何仁也！」吳本魏注：「公之夫人王氏，乃履道相公之季女，早卒。繼室□氏，並封吳國夫人。」按：檢閱《宋史》、《金史》，唯宋·王安中、金·移次履二人字「履道」。安中為宋徽宗時人，曾與郭藥師同知府事，與松年父靖年歲相近，且為王姓；移次履為遼東丹王突欲七世孫，金世宗時人。故推測松年妻王氏應為王安中之季女。王慶生亦以為是。

2. 春色三分，壺觴為、生朝自勸：趁著春天的景色，為生日勸酒慶賀。春色三分，蘇軾〈水龍吟〉（似花還似非花）：「春色三分，二分塵土，一分流水。」壺觴，酒器。陶潛〈歸去來辭〉：「引壺觴以自酌，眄庭柯以怡顏。」

3. 清夢斷、歲華良是，此身流轉：吳本魏注：「言往時清貴之夢，於今已斷。歲序春華良同昔日，但此身流轉於朔方也。」清夢，猶美夢。唐·王初〈送葉秀才〉：「行想北山清夢斷，重遊西洛故人稀。」良，確實、果然、很。良是，蘇軾〈題毛女真〉：「霧鬚風鬢木葉衣，山川良是昔人非。」流轉，運行變遷。杜甫〈曲江〉

之二：「傳語風光共流轉，暫時相賞莫相違。」亦爲佛教用語。
指因果相續而生起的一切世界現象，包括眾生生死在內。《瑜珈
師地論》卷五十二：「諸行因果相續不斷性，是謂流轉。」

4. 花底少逢如意酒，人生幾日春風面：指人生如意、快樂時少。吳
本魏注：「言人多憂患，花時少遇杯酒如意也。」春風，喻喜悅
快樂的神情。如「滿面春風」。

5. 五噫：見〈水調歌頭〉（丁年跨生馬）注9。

6. 年年約，常相見。但無事，身強健：吳本魏注：「公祝夫人之語，
如此甚得體。」馮延巳〈長命女〉：「春日宴，綠酒一杯歌一遍。
再拜陳三願。　　一願郎君千歲，二願妾身長健。三願如同樑上
燕，歲歲長相見。」吳本魏注記爲白居易作品〈贈夢得〉：「前日
君家飲，昨日王家宴。今日過我廬，三日三會面。當歌聊自放，
對酒交相勸。爲我盡一杯，與君發三願。一願世清平，二願身強
健。三願臨老頭，數與君相見。」

7. 老生涯、分付藥爐經卷：我已年老，將藥、書等雜事囑咐於你。
生涯，見〈水調歌頭〉（玻璨北潭面）注7。分付，囑咐。唐・
方干〈尚書新創敵樓二首〉之二：「直須分付丹青手，畫出旌幢
隴謫仙。」藥爐經卷，蘇軾〈朝雲〉：「經卷藥爐新活計，舞山歌
扇舊因緣。」吳本魏注：「此妾事借用。」

8. 聞道恒陽松雪好，遊山服要新針線：聽聞恆陽此處的風景好，遊
山還需要你幫我縫製新衣裳。吳本魏注：「恆陽，公園亭所在。」
聞道，唐・張籍〈送僧往金川〉：「聞道谿陰山水好，師行一一遍
經過。」松雪，南朝宋・顏延之〈贈王太常〉：「庭昏見野蔭，山
明望松雪。」遊山服要新針線，吳本魏注記東坡詞〈青玉案〉（三
年枕上吳中路）：「春衫猶是，小蠻針線，曾濕西湖雨。」

9. 但莫遣、雅志困黃塵，違人願：吳本魏注：「公言莫令素志不
遂，困於塵土違我願。心與夫人爲壽而言此者，意謂世人多爲妻
子之計，不得早退。故欲令夫人勸成之。」雅志，見〈水調歌頭〉

（東垣步秋水）注 8。黃塵，見〈水調歌頭〉（雲間貴公子）注 25。

十一、其三　伯平舍人親友 [1]，得意西歸

老境駸駸，歸夢繞、白雲茅屋 [2]。何處有、可人襟韻，慰子①心目 [3]。猶喜平生佳友戚，一杯情話開幽獨 [4]。愛夜闌、山月洗京塵，頹山玉 [5]。　　天香近，清班肅。公袞裔，千鍾祿 [6]。笑年來遊戲，寄身糟麴 [7]。富貴尋人知不免，家園清夏聊休沐 [8]。向暮涼、風簟焖茶煙，眠修竹 [9]。

【編年】

王慶生因詞言「天香近，清班肅。公袞裔，千鍾祿」，以爲應作於皇統二年於上京之時。故推爲 1142 年。

【校勘】

①子，吳本作「予」。

【箋注】

1. 伯平舍人親友：伯平，吳本魏注：「姓杜，相臺人。右揆定國莊敏公充公美之子。蕭閑妹婿也。」按：杜充，字公美。《宋史》有傳。相臺，即相州，金屬河北西路彰德府，今河南省安陽市。叛金後官至右丞相。伯平即杜充之子。《劉豫事跡》：「廢齊後差除：杜充男杜崇兵部郎中」，然《宋史》中記杜充子爲「嵩、岩、崑」，而未見「杜崇」之名。故王慶生以爲，或伯平即杜崇之字，皇統中在朝。舍人，宋元以來俗稱顯貴子弟爲舍人。

2. 老境駸駸，歸夢繞、白雲茅屋：年老情境已快速來到，我思鄉之夢卻圍繞著白雲茅屋。駸駸，音ㄑㄧㄣ，疾速。南朝梁・簡文帝〈納涼〉：「斜日晚駸駸，池塘半生陰。」歸夢繞，蘇軾〈滿庭芳〉

（三十三年漂流江海）：「家何在？因君問我，歸夢繞松杉。」白雲茅屋，杜甫〈秦州雜詩二十首〉之十四：「何時一茅屋，送老白雲邊。」

3. 何處有、可人襟韻，慰子心目：何處有可愛人，安慰我心？可人，指有才德者。引申爲可愛之人、稱心如意之人。《禮記・雜記下》：「其所與游辟也，可人也。」孔穎達疏：「可人也者，謂其人性行是堪可之人也。」襟韻，胸懷氣度。杜牧〈自宣城赴官上京〉：「千里雲山何處好，幾人襟韻一生休？」慰子，應爲「慰予」之誤。且〈滿江紅〉（半嶺雲根）亦作「慰予心目」，見該詞注 4。

4. 猶喜平生佳友戚，一杯情話開幽獨：「猶喜」句，《資治通鑑》卷一百八十五〈唐紀一・高祖武德元年〉：「（六月）上曰：『昔漢光武與嚴子陵共寢，子陵加足於帝腹。今諸公皆名德舊齒，平生親友，宿昔之歡，何可忘也。』」幽獨，杜甫〈久雨期王將軍不至〉：「天雨蕭蕭滯茅屋，空山無以慰幽獨。」此兩句化自陶潛〈歸去來兮〉：「悅親戚之情話，樂琴書以消憂。」

5. 愛夜闌、山月洗京塵，頹山玉：我喜歡夜深之時，看山中明月洗盡京城塵埃，我亦酒醉欲倒。夜闌，夜殘；夜將盡時。漢・蔡琰〈胡笳十八拍〉：「山高地闊兮，見汝無期；更深夜闌兮，夢汝來斯。」京塵，即「京洛塵」。晉・陸機〈爲顧彥先贈婦〉之一：「京洛多風塵，素衣化爲緇。」後以「京洛塵」比喻功名利祿等塵俗之事。頹山玉，即玉山頹、玉山倒。《世說新語・容止》：「嵇叔夜之爲人也，巖巖若孤松之獨立；其醉也，傀俄若玉山之將崩。」後因以形容人酒醉欲倒之態。

6. 天香近，清班肅。公袞裔，千鍾祿：成爲宮廷中之文學侍從，有著顯要職位，享有優厚俸祿。天香，宮廷中用的薰香；御香。唐・皮日休〈送令狐補闕歸朝〉：「朝衣正在天香裡，諫草應焚禁漏中。」清班，清貴的官班。多指文學侍從一類臣子。白居易〈初授拾遺

獻書〉：「豈意聖慈，擢居近職……未申微功，又擢清班。」公袞，上公之命服。亦指三公一類的顯職。范仲淹〈祭呂相公文〉：「謹致祭於故相贈太師令公呂公之靈……幽勞疾生，辭去台衡，命登公袞，以養高年，如處嘉遁。」袞，音ㄍㄨㄣˇ古代帝王、上公之禮服。千鍾，指優厚的俸祿。《史記》卷四十四〈魏世家〉：「魏成子以食祿千鍾，什九在外，什一在內。」

7. 笑年來遊戲，寄身糟麴：嘲笑自己這一年來遊戲度日，沈迷酒中。糟麴，酒母。亦泛指酒。蘇軾〈次韻子由種杉竹〉：「糟麴有神薰不醉，雪霜誇健巧相沾。」

8. 富貴尋人知不免，家園清夏聊休沐：我知富貴尋人免不了，但仍希望在清夏之時，休假在家。吳本魏注：「言伯平謁告湯沐，得休暇也。」富貴尋人，唐・貫休〈獻錢上父〉：「貴逼人來不自由，龍驤鳳翥勢難收。」吳本魏注作：「貫休上錢王詩：富貴尋人不自由。」不免，《晉書》卷七十九〈謝安傳〉：「安妻，劉惔妹也，既見家門富貴，而安獨靜退，乃謂曰：『丈夫不如此也？』安掩鼻曰：『恐不免耳。』」休沐，休息洗沐，猶休假。《漢書》卷六十八〈霍光傳〉：「光臨休沐出，桀輒入，代光決事。」

9. 向暮涼、風簟炯茶煙，眠修竹：傍晚天涼，風吹竹簟，茶煙此時特別明顯，使我欲眠於修竹下。向暮，傍晚。簟，竹席。炯，同「炯」，顯著、明白。茶煙，杜牧〈題禪院〉：「今日鬢絲禪榻畔，茶煙清颺落花風。」修竹，杜甫〈佳人〉：「天寒翠袖薄，日暮倚修竹。」

十二、念奴嬌

僕來京洛三年，未嘗飽見春物[1]。今歲江梅始開，復事遠行。虎茵、丹房、東岫諸親友，折花酌酒於明秀峯下，仍借東坡先生赤壁詞韻[2]，出妙語以惜別。輒亦繼作，致言歡不足之意。

倦游老眼，負梅花京洛，三年春物[3]。明秀高峯人去後，冷落清輝絕壁[4]。花底年光，山前爽氣，別語揮冰雪[5]。摩娑庭檜，耐寒好在霜傑[6]。　　人世長短亭中，此身流轉，幾花殘花發[7]。只有平生生處樂，一念猶難磨滅[8]。放眼南枝，忘懷樽酒，及此青青髮[9]。從今歸夢，暗香千里橫月[10]。

【編年】

若「京洛」指汴京，則松年 1140 年至汴，1142 年離開，恰好三年，符合「僕來京洛三年」；且 1142 年松年欲自汴京至上京，符合「復事遠行」之語。故推測應作於 1142 年。然亦可能作於 1140 年，因此年亦曾至汴，又有上京之行，且曾於恆陽家中盤桓；但若作於此年，即不符「僕來京洛三年」之語。

【箋注】

1. 僕來京洛三年，未嘗飽見春物：京洛，見〈水調歌頭〉（空涼萬家月）注 6。春物，春時風物。歐陽修〈班班林間鳩寄內〉：「今年來鎮陽，滯留見春物。」

2. 虎茵……仍借東坡先生赤壁詞韻：虎茵，見〈水調歌頭〉（丁年跨生馬）注 1。丹房，見〈滿江紅〉（半嶺雲根）注 10。東岫，即田唐卿。赤壁詞韻，指〈念奴嬌〉（大江東去）一闋。

3. 倦游老眼，負梅花京洛，三年春物：厭倦官場生涯，老眼竟然辜負了京洛盛開之梅花，連續三年皆未看見。倦游，見〈水調歌頭〉（東垣步秋水）注 14。老眼，年老之眼。白居易〈無夢〉：「老眼花前闇，春衣雨後寒。」負，辜負。

4. 明秀高峯人去後，冷落清輝絕壁：吳本魏注：「言將別明秀峯也。」明秀峯，見〈水調歌頭〉（東垣步秋水）注 11。清輝，清光，多指日月的光輝。晉·葛洪《抱朴子·博喻》：「否終則承之以泰，晦極則清輝晨耀。」絕壁，陡峭的山壁。南朝宋·謝靈運

〈登石門最高頂〉：「晨策尋絕壁，夕息在山棲。」

5. 花底年光，山前爽氣，別語揮冰雪：面對花底春光、山前爽氣之景，我們用冰雪舉杯對飲，互道別離。年光，年華、歲月。又指春光。唐・王績〈春桂問答〉之一：「年光隨處滿，何事獨無花？」爽氣，見〈水調歌頭〉（東垣步秋水）注 6。揮，謂舉杯飲酒。陶潛〈還舊居〉：「撥置且莫念，一觴聊可揮。」南朝梁・范雲〈贈張徐州謖〉：「恨不具雞黍，得與故人揮。」冰雪，見〈水調歌頭〉（雲間貴公子）注 21。

6. 摩挲庭檜，耐寒好在霜傑：撫摸庭中檜木，讚賞它耐寒而不畏霜雪之特色。摩挲，亦作「摩莎」、「磨娑」。言撫摸。《釋名・釋姿容》：「磨娑，猶末殺也，手上下之言也。」吳本魏注：「《釋氏要覽》：玄奘以武德初遊西域，於長安靈感寺手摩亭松曰：『吾西去，汝可西長；吾歸即東回。』奘去年年西長，至數尺。一年，忽東引。弟子曰：『教主歸矣！』西迎之，果逢師於蔥嶺，時號摩頂松。」霜傑，陶潛〈和郭主簿詩二首〉之二：「懷此真秀姿，卓為霜下傑。」吳本魏注作：「卓為霜中傑」，誤。

7. 人世長短亭中，此身流轉，幾花殘花發：吳本魏注：「言人生長苦，道途中流轉不已，幾經花落花開，時景速也。」長短亭，即長亭與短亭之合稱。古時於道路每隔十里設長亭、五里設短亭，供行旅停息。近城者常為送別之處。北周・庾信〈哀江南賦〉：「十里五里，長亭短亭。」流轉，見〈滿江紅〉（春色三分）注 3。幾花殘花發，宋・葉清臣〈賀聖朝〉（滿斟綠留君住）：「花開花謝，都來幾許？」吳本魏注：「葉少蘊：花開花謝，都來幾日」，然葉夢得（字少蘊）作品中未見，應誤。

8. 只有平生生處樂，一念猶難磨滅：吳本魏注：「公本杭人，長於汴都，言其思鄉也。」生處樂，《新五代史》卷二十一〈梁臣傳・寇彥卿〉：「紇干山頭凍死雀，何不飛去生處樂。」吳本魏注《新五代史》作「漢志」，似誤。一念，一動念之間。《文選・李陵・

答蘇武書〉：「每一念至，忽然忘陵。」磨滅，消失、湮滅。《文
選‧司馬遷〈報任安書〉》：「古者富貴而名磨滅，不可勝記，唯
倜儻非常之人稱焉。」《漢書》本傳作「摩滅」。

9. 放眼南枝，忘懷樽酒，及此青青髮：縱目向南，將自己忘懷於杯
酒之中，放眼，縱目，放開視野。白居易〈洛陽有愚叟〉：「放眼
看青山，任頭生白髮。」南枝，〈古詩十九首‧行行重行行〉：「胡
馬依北風，越鳥巢南枝。」因以指故土、故國。青青髮，即濃黑
之髮。辛棄疾〈臨江仙‧簪花屢墮戲作〉：「青青頭上髮，還作柳
絲長。」

10. 從今歸夢，暗香千里橫月：吳本魏注：「言從今別後，歸來之夢，
不遠千里而至此暗香橫月之地。」暗香，林逋〈瑞鷓鴣〉（眾芳
搖落獨先妍）：「疏影橫斜水清淺，暗香浮動月黃昏。」王安石〈即
事五首〉之三：「唯有多情枝上雪，暗香浮動月黃昏。」吳本魏
注記為林逋〈梅詩〉，應誤。謝莊〈月賦〉：「美人邁兮音塵絕，
隔千里兮共明月。」

十三、其二

還都後，諸公見追和赤壁詞，用韻者凡六人，亦復重賦 [1]

離騷痛飲，笑人生佳處，能消何物 [2]。夷甫當年成底事，
空想岩岩玉壁 [3] ①。五畝蒼煙，一邱寒碧，歲晚憂風雪 [4]。西
州扶病，至今悲感前傑 [5]。　我夢卜築蕭閑，覺來岩桂，
十里幽香發 [6]。鬼魃胸中冰與炭，一酌春風都滅 [7]。勝日神交，
悠然得意，遺恨無毫髮 [8]。古今同致，永和徒記年月 [9]。

公後序云 [10]：王夷甫神姿高秀，宅心物外 [11]，為天下稱首。復自
言少無宦情，使其雅詠虛玄，不論世事 [12]，超然遂終其身，何必減嵇
阮輩？而當衰世頹俗，力不可為，不能遠引辭世，黽俛高位 [13]，顛危

之禍，卒與晉俱爲千古名士之恨。又嘗讀山陰詩序，考其論古今，感慨事物之變，既言脩短隨化，終期於盡，而世殊事異，興懷一致[14]，則死生終始，物理之常。正當乘化以歸盡，何足深歎[15]？而區區列敘一時之述作，刊紀歲月，豈逸少之清眞簡裁，亦未盡能忘情於此耶[16]？故因此詞併及之。

【編年】

「還都後」，表示在上京，而此詞時間應近於上闋。若上闋作於1142 年，本闋亦應作於 1142 年，但在蔡松年抵達上京之後。

【校勘】

①璧，吳本作「壁」。

【箋注】

1. 還都後，諸公見追和赤壁詞，用韻者凡六人，亦復重賦：言蔡松年歸抵上京後，友人見其和赤壁詞，亦追和之，固有此詞之作。用韻之六人不可考。

2. 離騷痛飲，笑人生佳處，能消何物：吳本魏注：「此言人生佳處，但有讀騷飲酒，不消餘物也。」離騷，《楚辭》篇名，屈原所作。屈原仕楚懷王，因讒言被疏，憂愁幽思而作離騷，以表明愛國心志。全文詞采雅麗，爲一長篇韻文。痛飲，盡情地喝酒。《世說新語·任誕》：「王孝伯言：名士不必須奇才，但使常得無事痛飲酒，熟讀〈離騷〉，便可稱名士。」佳處，見〈水調歌頭〉（雲間貴公子）注 29。消，享受、受用。蘇軾〈永和清都觀道士，童顏鬒髮，問其年，生於丙子，蓋與予同，求此詩〉：「自笑餘生消底物，半篙清漲百灘空。」吳本魏注作「自笑平生」。

3. 夷甫當年成底事，空想嵒嵒玉璧：夷甫當年成就了何事？如今只能想像他玉立之風姿。夷甫，王衍字。蔡松年甚慕其人，詞作多次提及。《晉書》卷四十三〈王衍傳〉：「……故尚書盧欽舉爲遼

東太守，不就。於是口不論世事，唯雅詠玄虛而已……衍嘗喪幼
子，山簡弔之。衍悲不自勝，簡曰：『孩抱中物，何至於此！』
衍曰：『聖人忘情，最下不及於情。然則情之所鍾，正在我輩』……
衍以賊寇鋒起，懼不敢當。辭曰：『吾少無宦情，隨牒推移，遂
至於此。』勒甚悅之，與語移日。衍自說少不豫事，欲求自免，
因勸勒稱尊號。勒怒曰：『君名蓋四海，身居重任，少壯登朝，
至於白首，何得言不豫世事邪！破壞天下，正是君罪。』……使
人夜排牆填殺之。顧愷之作畫贊，亦稱衍巖巖清峙，壁立千仞。
其為人所尚如此。」底事，何事。唐・劉肅《大唐新語・酷忍》：
「天子富有四海，立皇后有何不可，關汝諸人底事，而生異議！」
蘇軾〈滿江紅〉（江漢西來）：「不獨笑、書生爭底事，曹公黃祖
俱飄忽。」吳本魏注作「書生成底事」。嵩嵩，音一ㄢˊ，同「喦」、
「巖」。高大、高聳貌。《詩經・魯頌・閟宮》：「泰山巖言，魯邦
所瞻。」孔穎達疏：「言泰山之高巖巖然，魯之邦境所至也。」
玉壁，吳本作「玉璧」。驗之〈王衍傳〉，應用以形容王衍之神態，
故以「壁」為是。

4. 五畝蒼煙，一邱寒碧，歲晚憂風雪：吳本魏注：「蒼煙，草樹也；
一邱，小山；寒碧，山色。風雪以比憂患，是時公方自憂，恐不
為時之所容，故有此句。」五畝，見〈水調歌頭〉（東垣步秋水）
注 5。蒼煙，蒼茫的雲霧。陳子昂〈峴山懷古〉：「野樹蒼煙斷，
津樓晚氣孤。」一邱，見〈水調歌頭〉（西山六街碧）注 5。寒
碧，見〈水調歌頭〉（星河淡城闕）注 7。歲晚，見〈水調歌頭〉
（東垣步秋水）注 9。蘇軾〈送曾仲錫通判如京師〉：「邊城歲暮
多風雪，強壓春醪與君別。」吳本魏注作「憂風雪」。

5. 西州扶病，至今悲感前傑：至今想起謝安西州扶病之事，仍感到
悲戚與敬佩。西州扶病，《晉書》卷四十九〈謝安傳〉：「安雖受
朝寄，然東山之志始末不渝，每形於言色。及鎮新城，盡室而行，
造汎海之裝，欲須經略粗定，自江道還東。雅志未就，遂遇疾

篤……聞當輿入西州門，自以本志不遂，深自慨失，因悵然謂所親曰：『昔桓溫在時，吾常懼不全。忽夢乘溫輿行十六里，見一白雞而止。乘溫輿者，代其位也。十六里，止今十六年矣。白雞主酉，今太歲在酉，吾病殆不起乎！』……羊曇者，太山人，知名士也，為安所愛重。安薨後，輟樂彌年，行不由西州路。嘗因石頭大醉，扶路唱樂，不覺至州門。左右白曰：『此西州門。』曇悲感不已，以馬策扣扉，誦曹子建詩曰：『生存華屋處，零落歸山丘。』慟哭而去。」

6. 我夢卜築蕭閑，覺來嵓桂，十里幽香發：我夢見定居於蕭閑此處，醒時有桂花十里飄香。卜築，擇地建築住宅，即定居之意。《梁書》卷五十一〈處士傳・劉訏〉：「曾與族兄劉歈聽講於鍾山諸寺，因共卜築宋熙寺東澗，有終焉之志。」吳本魏注：「我夢與覺來字，如東坡『我夢扁舟浮震澤』、『覺來滿眼是廬山。』此體其句法。坡詩『卜築蕭閑計已成。』」按：「我夢扁舟浮震澤」，應是〈雪齋〉：「我夢扁舟入吳越，長廊靜院燈如月」之誤；「覺來滿眼是廬山」應為〈清遠舟中寄耘老〉：「覺來滿眼是湖山，鴨綠波搖鳳凰影」之誤；「卜築蕭閑計已成」，應為〈次韻答孫侔〉：「艤舟苕霅人安在，卜築江淮計已成」之誤。嵓桂，即「巖桂」，木犀的別名，可見〈水調歌頭〉（西山六街碧）注 13。唐高宗〈九月九日〉：「砌蘭窺半影，巖桂發全香。」吳本魏注：「公〈木犀〉詩自注云：木犀，湖湘之閒謂之九里香；江東乃號巖桂。唯錢塘人最重之，直呼桂花。」

7. 嵬隗胸中冰與炭，一酌春風都滅：心中高築之衝突即將倒塌，引一杯春風飲下，似乎矛盾都已消解。嵬，音ㄨㄟˊ，高峻貌。隗，音ㄨㄟˇ，傾頹、倒塌。冰炭，冰塊和炭火，比喻性質相反，不能相容。或喻矛盾衝突。《韓非子・用人》：「爭訟止，技長立，則彊弱不觳力，冰炭不合形，天下莫得相傷，治之至也。」韓愈〈聽穎師彈琴〉：「穎乎爾誠能，無以冰炭置我腸。」蘇軾〈水調

歌頭〉（昵昵兒女語）：「煩子指間風雨，置我腸中冰炭，起坐不
能平。」《世說新語・任誕》：「王孝伯問王大：『阮籍何如司馬相
如？』曰：『阮籍胸中壘塊，故須酒澆之。』」吳本魏注「阮籍」
記為「嵇康」，應誤。

8. 勝日神交，悠然得意，遺恨無毫髮：吳本魏注：「公意欲忘懷憂
患，一寓之酒，而與晉賢神交，庶得意而無愁恨也。」勝日，見
〈水調歌頭〉（雲間貴公子）注6。神交，見〈水調歌頭〉（西山
六街碧）注 10。遺恨無毫髮，杜甫〈敬贈鄭諫議十韻〉：「毫髮
無遺恨，波瀾獨老成。」

9. 古今同致，永和徒記年月：不論古今，所生發之感懷相同，何必
要記下當時之年月？永和，晉武帝年號。《晉書》卷八十〈王羲
之傳・蘭亭集序〉：「永和九年，歲在癸丑。暮春之初，會于會稽
山陰之蘭亭，修禊事也。群賢畢至，少長咸集。此地有崇山峻嶺，
茂林修竹；又有清流激湍，映帶左右，引以為流觴曲水，列坐其
次。雖無絲竹管弦之盛，一觴一詠，亦足以暢敘幽情。是日也，
天朗氣清，惠風和暢，仰觀宇宙之大，俯察品類之盛，所以游目
騁懷，足以極視聽之娛，信可樂也。夫人之相與，俯仰一世，或
取諸懷抱，晤言一室之內；或因寄所托，放浪形骸之外。雖取舍
萬殊，靜躁不同，當其欣于所遇，暫得于己，快然自足，不知老
之將至。及其所之既倦，情隨事遷，感慨系之矣。向之所欣，俯
仰之間，已為陳跡，猶不能不以之興懷。況修短隨化，終期于盡。
古人云：『死生亦大矣。』豈不痛哉……後之視今，亦猶今之視
昔。悲夫！故列敘時人，錄其所述，雖世殊事異，所以興懷，其
致一也。後之覽者，亦將有感于斯文。」

10. 公後序云……故因此詞併及之：此段後序《全金元詞》並無收錄，
而吳本魏注仍存，故一併箋注之。

11. 宅心物外：言心遊於塵世之外。宅心，放在心上、用心。《尚書・
康誥》：「汝丕遠惟商耇成人，宅心知訓。」物外，世外。謂超脫

於塵世之外。漢・張衡〈歸田賦〉：「苟縱心於物外，安知榮辱之所如！」

12.「少無宦情」三句：語出《晉書》卷四十三〈王衍傳〉，見注 3。

13. 不能遠引辭世，黽俛高位：不能遠遠離開而隱居，勉強於高位。引，退避、退出。辭世，避世、隱居。陸機〈漢高祖功臣頌〉：「怡顏高覽，彌翼鳳戢。託迹黃老，辭世卻粒。」黽俛，亦作「黽勉」，黽音ㄇㄧㄣˇ。言勉強。晉・葛洪《抱朴子》自敍：「乃表請洪為參君，雖非所樂，然利避地於南，故黽勉就焉。」

14. 又嘗讀山陰詩序……興懷一致：山陰詩序，指王羲之〈蘭亭集序〉。「考其」兩句，言序中記其對事物興衰變遷之感慨。「脩短隨化……興懷一致」之句，亦出於序中，可見注 9。

15. 乘化以歸盡，何足深歎：應隨自然而歸，何必深自慨嘆。乘化，順隨自然。化，造化。陶潛〈歸去來辭〉：「聊乘化以歸盡，樂夫天命復悉疑。」

16. 而區區列敍一時之述作……亦未盡能忘情於此耶：雖然只約略列出這些作品，以記歲月，但即使如羲之一般清切簡裁，也無法對此淡然不動情。區區，小、少，形容微不足道。《左傳・襄公十七年》：「宋國區區，而有詛有祝，禍之本也。」逸少，羲之字也。清真，李白〈送韓準裴政孔巢父還山〉：「韓生信英彥，裴子含清真。」簡裁，吳本魏注：「玉臺敍真置簡裁不殆古人。」忘情，淡漠不動情。語出《晉書》卷四十三〈王衍傳〉，見注 3。

十四、其三

吳傑者，無為人。辛酉之冬，惠然相過，頗能道退居之樂[1]。臨行乞言。

倦游老眼，看黃塵堆裏，風波千尺[2]。雕浦歸心唯自許，明秀高峯相識[3]。誰謂峯前，歲寒時節，忽遇知音客[4]。紫芝

仙骨，笑談猶帶山色 [5]。　　君有河水洋洋，野梅高竹，我住漣漪宅 [6]。鏡裏流年春夢過，只有閑身難得 [7]。揮掃龍蛇，招呼風月，且盡杯中物 [8]。他年林下，會須千里相覓 [9]。

【編年】

詞序言作年爲「辛酉」，則應爲 1141 年，金皇統元年，時松年 35 歲。

【箋注】

1. 吳傑者⋯⋯頗能道退居之樂：吳傑，吳本魏注：「淮南無爲軍人。宣和癸卯歲，宦游河東。天會兵火閒，棄官而隱，唯以詩酒自適，蓋高士也。」無爲，淮南西路二軍之一。宣和癸卯，即宣和五年，金天會元年，西元 1123 年。天會兵火，指靖康之難。退居之樂，蘇轍《欒城集》卷七〈逍遙堂會宿二首並引〉：「轍幼從子瞻讀書，未嘗一日相舍。既壯，將遊宦四方，讀韋蘇州詩，至『安知風雨夜，復此對牀眠』，惻然感之。乃相約早退，爲閑居之樂。」

2. 倦游老眼，看黃塵堆裏，風波千尺：吳本魏注：「黃塵成堆，言其多；風波千尺，言深險。」倦游，見〈水調歌頭〉（東垣步秋水）注 14。老眼，見〈念奴嬌〉（倦游老眼，負梅花京洛）注 3。黃塵，見〈水調歌頭〉（雲間貴公子）注 25。風波，比喻動盪不定或艱辛勞苦。《莊子・天地》：「天下之非譽，無益損焉，是謂全德之人哉！我之謂風波之民。」成玄英疏：「夫水性雖澄，逢風波起，我心不定，類比波瀾，故謂之風波之民也。」吳本魏注：「坡詞：『人閒欲避風波險，一日風波十二時。』」按：檢索今本東坡詞，並無此句。黃庭堅〈鷓鴣天〉：「人間底事無波處，一日風波十二時。」魏注疑誤。

3. 雕浦歸心唯自許，明秀高峯相識：雕浦，吳本魏注：「雕水在恆

－307－

陽。」歸心，杜甫〈上後園山腳〉：「時危無消息，老去多歸心。」明秀高峯，見〈水調歌頭〉（東垣步秋水）注 11。

4. 誰謂峯前，歲寒時節，忽遇知音客：歲寒，一年的嚴寒時節。《論語・子罕》：「歲寒，然後知松柏之後彫也。」《列子・湯問》：「伯牙善鼓琴，鍾子期善聽。伯牙鼓琴，志在登高山，鍾子期曰：『善哉！峨峨兮，若泰山。』志在流水，鍾子期曰：『善哉！洋洋兮，若江河。』伯牙所念，鍾子期必得之。伯牙游於泰山之陰，卒逢暴雨，止於巖下，心悲，乃援琴而鼓之，初爲霖雨之操，更造崩山之音。曲每奏，鍾子期輒窮其趣，伯牙乃舍琴而歎曰：『善哉！善哉！子之聽夫。志想象猶吾心也。吾於何逃聲哉？』」子期死後，伯牙便絕弦不彈，因爲再也沒有人能像子期那樣懂得他的音樂了。後世遂以「知音」比喻知己、同志。

5. 紫芝仙骨，笑談猶帶山色：你高潔的樣貌使人神往，談笑間彷彿可見山間景色。紫芝，眞菌之一，也稱木芝，似靈芝。道教以爲仙草。秦末商山四皓作〈紫芝曲〉：「漠漠商洛，深谷威夷。曄曄紫芝，可以療飢……富貴而畏人，不若貧賤而輕世。」故亦泛指隱逸避世之歌。《新唐書》〈卓行・元德秀傳〉：「元德秀，字紫芝，河南河南人。質厚少緣釋……德秀善文辭，作〈蹇士賦〉以自況。房琯每見德秀，歎息曰：『見紫芝眉宇，使人名利之心都盡。』」故亦指人德行高潔。仙骨，即仙風道骨，見〈水調歌頭〉（年時海山國）注 10。笑談猶帶山色，蘇軾〈定風波〉：「萬里歸來顏愈少。微笑。笑時猶帶嶺梅香。」又〈送淵師歸徑山〉：「我昔嘗爲徑山客，至今詩筆餘山色。」

6. 君有河水洋洋，野梅高竹，我住漣漪宅：吳本魏注：「蓋吳君於河上有梅竹之墅。公之宅館亦近雕水，言樂水之心相似。」洋洋，盛大貌。《詩經・衛風・碩人》：「河水洋洋，北流活活。」漣漪，見〈水調歌頭〉（東垣步秋水）注 7。

7. 鏡裏流年春夢過，只有閑身難得：吳本魏注：「言流年迅駛，如

鏡中之影，春睡之夢。只早退爲難也。」流年，如水般流逝的光
陰、年華。南朝宋‧鮑照〈登雲陽九里埭〉：「宿心不復歸，流年
抱衰疾。」春夢，喻易逝的容華和無常的世事。閑身，唐‧吳融
〈新安道中玩流水〉：「看處便須終日住，算來爭得此身閒。」吳
本魏注記爲「崔櫓」作，應誤。

8. 揮掃龍蛇，招呼風月，且盡杯中物：揮灑筆墨，呼喚美景，痛快
暢飲美酒。揮掃，運筆揮寫。謂作詩文或書畫。秦觀〈和黃法曹
憶建溪梅花〉：「誰云廣平心似鐵，不惜珠璣與揮掃。」龍蛇，亦
作「龍虵」。指草書飛動圓轉的筆勢、飛動的草書。黃庭堅〈花
光仲仁出秦蘇詩卷，思二國士不可復見，開卷絕歎。因花光爲我
作梅數枝，及畫煙外遠山追少游〉：「何況東坡成古丘，不復龍蛇
看揮掃。」李白〈草書歌行〉：「怳怳如聞神鬼驚，時時只見龍蛇
走。」風月，清風明月，泛指美好景色。《南史》卷二十〈謝譓
傳〉：「有時獨醉，曰：『入吾室者但有清風，對吾飲者唯當明
月。』」且盡杯中物，陶潛〈責子〉：「天運苟如此，且盡杯中
物。」

9. 他年林下，會須千里相覓：他年在退隱之處，也應不遠千里去找
你。林下，指山林田野退隱之處。南朝梁‧慧皎《高僧傳‧義解
二‧竺僧朗》：「朗常蔬食布衣，志耽人外……與隱士張忠爲林下
之契，每共遊處。」會須，應當。千里相覓，《晉書》卷四十九
〈嵇康傳〉：「東平呂安服康高致，每一相思，輒千里命駕，康友
而善之。」

十五、其四　送范季霑還雲門[1]

范侯別久，愛孤松老節，癯而實茂[2]。碧玉蓮峯三歲主，
添得無邊鮮秀[3]。月魄澄秋，花光烱夜，還共西風酒[4]。酒前
豪氣，切雲千丈依舊[5]。　　客舍老眼纔明，凝神八表，不

肯留風袖[6]。留得驚人三昧語，珠璧騰輝宇宙[7]。茅屋雲門，蒼官青士，歲晚風煙瘦[8]。輭紅塵裏，為予千里回首[9]。

【箋注】

1. 送范季霑還雲門：范季霑，見〈水調歌頭〉（西山六街碧）注 1。雲門，吳本魏注：「雲門山在韶州。今季霑家許昌，則許昌別有此山。」按：韶州在今廣東省韶關。

2. 范侯別久，愛孤松老節，癯而實茂：吳本魏注：「言季霑節操如松，雖清癯而實茂美也。」癯，音ㄑㄩˊ，清瘦、瘦弱。癯而實茂，蘇軾〈與蘇轍書〉：「吾於詩人無所甚好，獨好淵明之詩。淵明作詩不多，然其詩質而實綺，癯而實腴。」

3. 碧玉蓮峯三歲主，添得無邊鮮秀：青翠之蓮花峰景色，因你在此為官三年，而顯得更為秀美。吳本魏注：「季霑蓋嘗守官華下。」蓮峯，即蓮花峯，為華山絕頂。三歲主，王安石〈呈陳和叔〉：「毀車為屋僅容身，三歲相要薄主人。」無邊，沒有邊際。晉·僧朗〈答晉主昌明書〉：「大晉重基，先承孝治，惠同天地，覆養無邊。」

4. 月魄澄秋，花光烱夜，還共西風酒：吳本魏注：「言以清秋花月之夜，臨西風而共樽酒也。」月魄，指月初生或圓而始缺時不明亮的部分。亦泛指月亮，月光。《漢武帝內傳》：「致日精得陽光之珠，求月魄獲黃水之華。」花光，花的色彩。南朝·陳後主〈梅花落〉之一：「映日花光動，迎風香氣來。」

5. 酒前豪氣，切雲千丈依舊：於酒前之豪氣，依舊如青雲一般高。酒前豪氣千丈，見〈水調歌頭〉（西山六街碧）注 14。切雲，上摩青雲，極言其高。《楚辭·九章·涉江》：「帶長鋏之陸離兮，貫切雲之崔嵬。」

6. 客舍老眼纔明，凝神八表，不肯留風袖：吳本魏注：「言客舍才見，又告別也。」凝神，聚精會神。《莊子·達生》：「孔子顧謂

弟子曰：『用志不分，乃凝於神。』」八表，八方以外，指極遠的
地方。《晉書》卷六十八〈王敦傳〉：「今皇祚肇建，八表乘風，
聖恩不終，則遐邇失望。」風袖，飄動的袖子。白居易〈霓裳羽
衣曲〉：「煙蛾斂略不勝態，風袖低昂如有情。」

7. 留得驚人三昧語，珠璧騰輝宇宙：留下你深入精彩的言語，讓它
們在世間閃耀光輝。驚人語，杜甫〈江上值水如海勢聊短述〉：「爲
人性僻耽佳句，語不驚人死不休。」三昧，佛教語。梵文 samadhi
的音譯。又譯「三摩地」。意譯爲「正定」。謂摒除雜念，心不散
亂，專注一境。《大智度論》卷七：「何等爲三昧？善心一處住不
動，是名三昧。」吳本魏注：「此言正定中有所受用，謂入妙也。」
珠璧，喻珍貴之物。蘇軾〈近以月石硯屏獻范子功〉：「故將屏硯
送兩范，要使珠璧棲窗櫺。」騰輝，閃耀光輝。唐・寒山〈詩〉
之二○三：「光影騰輝照心地，無有一法當現前。」

8. 茅屋雲門，蒼官青士，歲晚風煙瘦：吳本魏注：「以茅爲屋，以
雲爲門。松封大夫，故曰蒼官；竹號此君，故曰青士。風煙瘦，
言無臃腫之態。」雲門，見本詞注1。蒼官，松或柏之別稱。宋・
梅堯臣〈寄題絳守園池〉：「蒼官槐朋在庭，風蟲日鳥聲嚶嚀。」
風煙，亦作「風烟」。指景象、風光。

9. 頓紅塵裏，爲予千里回首：吳本魏注：「言君應千里回首，望我
於紅塵中。」頓，同「軟」。蘇軾〈次韻蔣穎叔、錢穆父從駕景
靈宮二首〉之一：「半白布羞垂領髮，軟紅猶戀屬車塵。」自注
云：「前輩戲語，有西湖風月，不如東華軟紅香塵。」

十六、其五　九日作

倦游老眼，放閑身、管領黃花三日[1]。客子秋多茅舍外，
滿眼秋嵐欲滴[2]。澤國清霜，澄江爽氣，染出千林赤[3]。感時
懷古，酒前一笑都釋[4]。　　千古栗里高情，雄豪割據，戲

馬空陳迹[5]。醉裏誰能知許事，俯仰人間今昔[6]。三弄胡牀，
九層飛觀，喚取穿雲笛[7]。涼蟾有意，為人點破空碧[8]。

【箋注】

1. 倦游老眼，放閑身、管領黃花三日：吳本魏注：「舊制重九假三日，故有閑身三日之句。」倦游，見〈水調歌頭〉（東垣步秋水）注 14。老眼，見〈念奴嬌〉（倦游老眼，負梅花京洛）注 3。閑身，見〈念奴嬌〉（倦游老眼，看黃塵堆裏）注 7。管領，見〈水調歌頭〉（玻瓈北潭面）注 6。黃花，即菊花。

2. 客子秋多茅舍外，滿眼秋嵐欲滴：旅居外地之人，在秋意漸多時，眼中充滿秋日山嵐之濃郁景色。客子，旅居外地之人。《文選・江淹・雜體詩三十首之七》：「鶬鶊在幽草，客子淚已零。」秋嵐，秋日山林的煙靄霧氣。唐・岑參〈六月三十日水亭送華陰王少府還縣〉：「殘雲收夏暑，新雨帶秋嵐。」欲滴，蘇軾〈書鄢公詩後〉序：「見壁上有幅紙題詩云：『滿院秋光濃欲滴，老僧倚杖青松側。』」

3. 澤國清霜，澄江爽氣，染出千林赤：河湖眾多之地已結霜，澄澈江面還有令人感到舒爽之秋氣，綴染出一片火紅樹林。澤國，河湖遍佈的國家、地區。《周禮・地官・掌節》：「凡邦國之使節，山國用虎節，土國用人節，澤國用龍節。」清霜，寒霜、白霜。《藝文類聚》卷九十引晉・湛方生〈弔鶴文〉：「讀中宵而增思，負清霜而夜鳴。」爽氣，見〈水調歌頭〉（東垣步秋水）注 6。

4. 感時懷古，酒前一笑都釋：吳本魏注：「感今時而懷古昔，其不平之氣，得酒自消也。」蘇軾〈浣溪沙〉（縹緲危樓紫翠間）：「良辰樂事古難全。感時懷舊獨淒涼。」吳本魏注作「感時懷舊一悲涼」。歐陽修〈折刑部海棠戲贈聖俞二首〉之一：「人生浪自苦，得酒且開釋。」

5. 千古栗里高情，雄豪割據，戲馬空陳迹：淵明一般之高遠情韻仍
在，而雄豪們爭鬥拚命之結果，如今也只餘陳跡。栗里，地名，
在今江西省九江市西南。陶潛曾居於此。《晉書》卷九十四〈隱
逸・陶潛傳〉：「刺史王弘以元熙中臨州，甚欽遲之……弘每令人
候之，密知當往廬山，乃遣其故人龐通之等齎酒，先於半道要之。
潛既遇酒，便引酌野亭，欣然忘進。弘乃出與相見，遂歡宴窮日。」
按：栗里在廬山。割據，分割佔據。謂佔據一方領土，成立政權。
《漢書》卷一百下〈敘傳〉：「割據河山，保此懷民。」戲馬，即
戲馬臺，在江蘇省銅山縣南。項羽築，又稱凉馬台。晉義熙中，
劉裕（宋武帝）曾大會賓客賦詩於此。吳本魏注：「宋武帝初爲
宋公，都彭城，九日出宴戲馬臺，至今相承爲故事。」按：《南
齊書》卷九〈禮志〉上：「宋武爲宋公，在彭城，九日出項羽戲
馬臺，至今相承，以爲舊准。」陳迹，即陳跡。語出王羲之〈蘭
亭集序〉，見〈念奴嬌〉（離騷痛飲）注9。

6. 醉裏誰能知許事，俯仰人間今昔：醉後怎能知曉這些人間古今之
事？許事，這些事。《南史》卷二十一〈王融傳〉：「（王融）詣王
僧祐，因遇沈昭略，未相識。昭略屢顧盼，謂主人曰：『是何年
少？』融殊不平，謂曰：『僕出於扶桑，入於湯谷，照耀天下，
誰云不知，而卿此問？』昭略云：『不知許事，且食蛤蜊。』」俯
仰，即俛仰，見〈水調歌頭〉（星河淡城闕）注 5。蘇軾〈西江
月〉（點點樓頭細雨）：「酒闌不必看茱萸，俯仰人間今古。」

7. 三弄胡牀，九層飛觀，喚取穿雲笛：胡牀，亦作「胡床」。一種
可折疊的輕便坐具。又稱交床。三弄胡牀，《晉書》卷八十一〈桓
伊傳〉：「伊性謙素，雖有大功，而始終不替。善音樂，盡一時之
妙，爲江左第一。有蔡邕柯亭笛，常自吹之。王徽之赴召京師，
泊舟青溪側。素不與徽之相識。伊於岸上過，船中客稱伊小字曰：
『此桓野王也。』徽之便令人謂伊曰：『聞君善吹笛，試爲我一
奏。』伊是時已貴顯，素聞徽之名，便下車，踞胡牀，爲作三調，

弄畢，便上車去，客主不交一言。」飛觀，高聳的宮闕。漢・王
延壽〈魯靈光殿賦〉：「陽榭外望，高樓飛觀。」隋・江總〈宛轉
歌〉：「雲聚情懷四望臺，月冷相思九重觀。」吳本魏注作：「九
層觀」。喚取，呼請。杜甫〈江畔獨步尋花七絕句〉之四：「誰能
載酒開金盞，喚取佳人舞繡筵。」穿雲笛，言笛聲能穿入雲層。
極言聲音之激越。蘇軾〈水龍吟〉(古來雲海茫茫)序：「余過臨
淮，而湛然先生梁公在焉。童顏清徹，如二三十許人，然人亦有
自少見之者。善吹鐵笛，嘹然有穿雲裂石之聲。」

8. 涼蟾有意，為人點破空碧：秋月故意為人們劃破澄淨天空。吳本
魏注：「蟾，月神；空碧，天界也。」涼蟾，指秋月。李商隱〈燕
台詩・秋〉：「月浪衡天天宇濕，涼蟾落盡疏星入。」空碧，澄碧
的天空。五代・其己〈自遣〉：「雲無空碧在，天靜月華流。」蘇
軾〈曉至巴河口迎子由〉：「孤舟如鳧鷺，點破千頃碧。」

十七、其六

田唐卿[1]，九江人。人品高勝，落筆不凡，且妙於琴事。久在江
湖雲水間，襟韻飄爽，無復市朝氣味[2]。然甚窮難忍，時無料理之者。
比罷熙和酒官，復為藥局，與余有林下相從之約[3]，作念奴嬌以寄之。

九江秀色，看飄蕭神氣，長身玉立[4]。放浪江南山水窟，
筆下雲嵐堆積[5]。藥籠功名，酒壚身世，不得文章力[6]。人間
俗氣[7]，對君一笑都釋。　　疇昔得意忘形，野梅溪月，有
酒還相覓[8]。痛飲酣歌悲壯處，老驥誰能伏櫪[9]。爭席樵漁，
對牀風雨，伴我為閑客[10]。朱絃疏越，興來一掃箏笛[11]。

【箋注】

1. 田唐卿：吳本魏注：「唐卿，名秀實，潯陽人，僑寓汴梁。嘗監
杞縣酒，又佐南臺惠民局。構書齋牓曰：『小眠蓄湖石』。名雪嵒，

字號雪崑老人，又號東岫種玉翁。善鼓琴，音節抑揚，爲當時第一手。喜作梅詩，積數百篇，有集行於世。以其喜琴、梅，又稱雙清道人。」

2. 久在江湖雲水間，襟韻飄爽，無復市朝氣味：雲水，指僧道。僧道雲游四方，如行雲流水，故稱。唐・項斯〈日東病僧〉：「雲水絕歸路，來時風送船。」襟韻，胸襟氣度。市朝，見〈水調歌頭〉（空凉萬家月）注 12。

3. 「比罷」三句：等到他罷酒官，又從事藥局工作，我和他便有歸隱之約。熙和，按：宋史無「熙和」，應爲「熙河」之誤。《宋史》卷四百七十五〈叛臣傳〉熙河路注：「『河』原作『和』，按宋無『熙和路』，據本書卷八十七地理志改。」《宋史》卷八十五〈地理志・京城〉：「大抵宋有天下三百餘年，繇建隆初訖治平末，一百四年，州郡沿革無大增損。熙寧始務闢土，而种諤先取綏州，韓絳繼取銀州，王韶取熙河，章惇取懿、洽。」熙河應在今鳳翔附近。藥局，《宋史》卷一百六十五〈職官志・太府寺〉：「中格高等，爲尚藥局醫師以下職，餘各以等補官，爲本學博士、正、錄及外州醫學教授……和劑局、惠民局，掌修合良藥，出賣以濟民疾。」《宋史》卷一百六十七〈職官志・總領〉：「淮東西有分差糧料院、審計司……惠民藥局。」而《金史》卷五十六〈百官志・尉司〉注：「醫官，尚藥局、太醫院兼。」和劑局爲宋代官府設立的藥局。南宋紹興年間改藥局爲「太平惠民局」。林下，見〈念奴嬌〉（倦游老眼，看黃塵堆裏）注 9。

4. 九江秀色，看飄蕭神氣，長身玉立：帶著九江美麗景色，你飄逸瀟灑之氣質，挺拔地立於塵世間。九江，吳本魏注：「江水出岷山，至潯陽分爲九道。」飄蕭，飄逸瀟灑。白居易〈箏〉：「雲髻飄蕭綠，花顏旖旎紅。」長身，蘇軾〈題過所畫枯木竹石三首〉之三：「惟有長身六君子，依依猶得似淇園。」玉立，見〈水調歌頭〉（雲間貴公子）注 2。

5. 放浪江南山水窟，筆下雲嵐堆積：吳本魏注：「言詞筆得江山之秀。」放浪，浪游、浪迹。陸游〈齋中雜興〉：「孤舟小於葉，放浪烟水間。」山水窟，指風景佳勝之處。蘇軾〈將之湖州戲贈莘老〉：「餘杭自是山水窟，側聞吳興更清絕。」雲嵐，山中雲霧之氣。白居易〈春游二林寺〉：「熙熙風土暖，藹藹雲嵐積。」蘇軾〈送淵師歸徑山〉：「我昔嘗爲徑山客，至今詩筆餘山色。」

6. 藥籠功名，酒壚身世，不得文章力：吳本魏注：「序言唐卿嘗爲酒政及藥局官，故言藥籠、酒壚。以門資入仕，故言不得文章力。」按：門資，指門第資格。藥籠，盛藥的器具，比喻儲備人才之所。《新唐書》卷一百二十五〈儒學·元行沖傳〉：「嘗謂仁傑曰：『下之事上，譬富家積以自資也，脯腊蹊胲以供滋膳，參朮芝桂以防疾疢。門下充旨味者多矣，願以小人備一藥石，可乎？』仁傑笑曰：『君正吾藥籠中物，不可一日無也。』」藥籠中物，則比喻備用之人才。酒壚，賣酒處安置酒甕的砌台。亦指酒肆、酒店。《世說新語·傷逝》：「王濬沖爲尚書令，著公服，乘軺車，經黃公酒壚下過。顧謂後車客曰：『吾昔與嵇叔夜、阮嗣宗共酣飲于此壚。竹林之游，亦預其末。自嵇生夭、阮公亡以來，便爲時所羈紲。今日視此雖近，邈若山河。』」不得文章力，劉禹錫〈郡齋書懷寄江南白尹兼簡分司崔賓客〉：「一生不得文章力，百口空爲飽煖家。」

7. 人間俗氣：黃庭堅〈姨母李夫人墨竹二首〉之二：「人間俗氣一點無，健婦果勝大丈夫。」

8. 疇昔得意忘形，野梅溪月，有酒還相覓：疇昔，昔日、從前。《文選·左思·詠史詩八首》之一：「雖非甲冑士，疇昔覽穰苴。」得意忘形，《晉書》卷四十九〈阮籍傳〉：「嗜酒能嘯，善彈琴。當其得意，忽忘形骸。」謂因高興而物我兩忘。後以形容高興得失去常態，忘乎所以。有酒還相覓，杜甫〈醉時歌〉：「得錢即相覓，酤酒不復疑。」吳本魏注作「得錢即相覓，酤酒不

須疑。」

9. 痛飲酣歌悲壯處，老驥誰能伏櫪：盡情飲酒高歌，誰能如我一般
雖年老而仍有壯志？痛飲，見〈念奴嬌〉（離騷痛飲）注 2。酣
歌，盡興高歌。《南史》卷五十二〈梁宗室下‧蕭恭傳〉：「豈如
臨清風，對朗月，登山泛水，肆意酣歌也。」老驥伏櫪，曹操〈步
出夏門行〉：「老驥伏櫪，志在千里。烈士暮年，壯心不已。」後
常以喻有志之士，雖年老而仍有雄心壯志。

10. 爭席樵漁，對牀風雨，伴我為閑客：能與村民和樂相處，且相聚
之時，能陪我同為閑客。爭席，爭座位。表示彼此融合無間，不
拘禮節。《莊子‧寓言》：「陽子居南之沛，老聃西遊於秦，邀於
郊，至於梁而遇老子。老子中道仰天而歎曰：『始以汝為可教，
今不可也。』陽子居不答。至舍，進盥漱巾櫛，脫屨戶外，膝行
而前曰：『向者弟子欲請夫子，夫子行不閒，是以不敢。今閒矣，
請問其過。』老子曰：『而睢睢盱盱，而誰與居？大白若辱，盛
德若不足。』陽子居蹴然變容曰：『敬聞命矣！』其往也，舍者
迎將其家，公執席，妻執巾櫛，舍者避席，煬者避灶。其反也，
舍者與之爭席矣。」成玄英疏：「除其容飾，遣其矜夸，混迹同
塵，和光順俗，於是舍息之人與爭席而坐矣。」按：《列子》中
亦有相同記載。樵漁，樵夫和漁夫。亦泛指村舍中人。唐‧岑參
〈終南山双峯草堂作〉：「有時逐樵漁，盡日不冠帶。」對牀風雨，
即「對牀夜雨」。風雨之夜，兩人對牀而眠。喻親友相聚的歡悅。
唐‧韋應物〈示全真元常〉：「寧知風雪夜，復此對牀眠。」蘇轍
〈舟次磁湖前篇自賦後篇次韻〉：「夜深魂夢先飛去，風雨對床聞
曉鐘。」

11. 朱絃疏越，興來一掃箏笛：琴音舒緩，興致一來便輕拂箏笛。
朱絃，亦作「朱弦」。用熟絲製的琴弦。疏越，亦作「疏越」。疏
通瑟底之孔，使聲音舒緩。《禮記‧樂記》：「清廟之瑟，朱弦而
疏越，一倡而三歎，有遺音者矣。」鄭玄注：「朱弦，練朱絃。

練則聲濁。」孔穎達疏：「按《虞書》傳云：古者帝王升歌〈清廟〉之樂，大瑟練弦。此云朱弦者，明練之可知也。云練則聲濁者，不練則體勁而聲清，練則絲熟而弦濁。」掃，略過、輕拂。

十八、其七　乙卯歲江上，爲高德輝[1]壽

洞宮碧海，化神山玉立，東方仙窟[2]。海色山光千萬頃，都作巉巉玉骨[3]。黃卷精神，黑頭心力，虎帳多閑日[4]。一杯為壽，酒腸先醉江橘[5]。　　南下禹穴濤江，要收奇秀，老去供詩筆[6]。憂喜相尋皆物外[7]①，今古閑身難得。邱壑風流，稻粱卑辱，莫愛高官職[8]。他年風雨，對牀卻話今夕[9]。

【編年】

乙卯年，即 1135 年，金熙宗天會十三年（即位不改元）。時松年 29 歲。

【校勘】

①物外，吳本作「外物」

【箋注】

1. 高德輝：高德輝，吳本魏注：「德輝，名鳳庭，東營安化人。天會六年蔚榜中進士第。豪俊有時譽。歷帥府及都省掾轉郎官。皇統中以鈎黨死，非其罪也，人哀悼之。」按：鈎黨，指蔡松年與田玨等不合之黨禍。《金史》卷八十九〈孟浩傳〉：「許霖在省典覃恩，行臺省工部員外郎張子周素與玨有怨，以事至京師，微知夷鑒覃恩事，嗾許霖發之，詆以專擅朝政。詔獄鞠之，擬玨與奚毅、邢具瞻、王植、高鳳庭、王傚、趙益興、龔夷鑒死，其妻子及所往來孟浩等三十四人皆徙海上，仍不以赦原。

天下冤之。」《金史》卷一百二十五〈文藝上‧蔡松年傳〉亦有記載。事在皇統七年，西元 1147 年。然松年與德輝及其他被陷黨人皆有往來，並有唱和之作，黨禍是否真有其事？仍待考證。

2. 洞宮碧海，化神山玉立，東方仙窟：這個仙人所居住之山洞、大海，已化成神山聳立，可謂東方仙境。洞宮，仙人居住之山洞。後作道院別稱。南朝梁‧陶弘景《眞誥》卷十一：「（左元放）周旋洞宮之內經年，宮室結構方圓整肅。」碧海，傳說中之海名。東方朔《海內十洲記》：「扶桑在東海之東岸。岸直，路行登岸一萬里，東復有碧海。海廣狹浩汗，與東海等。水既不鹹苦，正作碧色，甘香味美。」玉立，形容峻拔、聳立。唐‧沈亞之〈古山水障賦〉：「翠參差以玉立，俱竦竦以攢攢。」仙窟，仙境，亦泛指先人所居之洞府。宋‧蘇舜元、蘇舜欽〈水輪聯句〉：「咸淵日微墮，仙窟月初開。」蘇軾〈登州海市〉：「東方雲海空復空，群仙出沒空明中。」

3. 海色山光千萬頃，都作巉巉玉骨：山水景色一望無際，洗鍊成清瘦挺立的身子。海色，海面呈現之景色。常受天空顏色、海底底質等影響。唐‧祖詠〈江南旅懷〉：「海色晴看雨，江聲夜聽潮。」山光，山之景色。南朝梁‧沈約〈泛永康江〉：「山光浮水至，春色犯寒來。」巉巉，音ㄔㄢˊ。形容山勢峭拔險峻。玉骨，見〈水調歌頭〉（雲間貴公子）注 20。

4. 黃卷精神，黑頭心力，虎帳多閒日：有苦讀精神，且年少即居高位，想必日後高昇之時也能悠閒自如。黃卷，見〈水調歌頭〉（丁年跨生馬）注 4。黑頭，髮黑之頭，形容年輕。《晉史》卷六十五〈王珣傳〉：「珣字元琳。弱冠與陳郡謝玄為桓溫掾，俱為溫所敬重，嘗謂之曰：『謝掾年四十，必擁旄杖節。王掾當作黑頭公。皆未易才也。』」故以「黑頭公」形容少年而居高位者。虎帳，舊時指將軍之營帳。唐‧王建〈寄汴州令狐相公〉：「三軍江口擁

雙旌，虎帳常開自教兵。」

5. 一杯為壽，酒腸先醉江橘：先祝壽敬你一杯，未飲酒已醉在江南橘酒之中。酒腸，代指酒量。韓愈、孟郊〈同宿聯句〉：「為君開酒腸，顛倒舞相飲。」江橘，蘇軾〈洞庭春色賦〉序：「安定郡王以黃柑釀酒，名之曰洞庭春色。」《漢書》卷九十一〈貨殖列傳‧巴寡婦清〉：「安邑千樹棗；燕、秦千樹栗；蜀、漢、江陵千樹橘」。

6. 南下禹穴濤江，要收奇秀，老去供詩筆：南下探訪古時遺跡，山水風光奇異秀麗，待老時作品皆有自然秀氣。禹穴，相傳為夏禹之葬地。在今浙江省紹興之會稽山。《史記》卷一百三十〈太史公自序〉：「二十而南游江、淮，上會稽，探禹穴，闚九疑，浮於沅、湘。」杜甫〈送孔巢父謝病歸遊江東兼呈李白〉：「南尋禹穴見李白，道甫問信今何如。」此句乃化自黃庭堅〈再和元禮春懷十首〉序：「元禮蒲君，成都之佳少年，風調清越，好狎使酒。頃嘗下三峽、窺九嶷、探禹穴、觀濤江，故其詩清壯崛奇，一揮毫數千字，澡雪塵翳，動搖人心。」

7. 憂喜相尋皆物外：煩惱與快樂之事互相交錯，但一切都只是身外之物，不必執著。相尋，連續不斷。蘇軾〈滿江紅〉（憂喜相尋）：「憂喜相尋，風雨過、一江春綠。」物外，吳本作「外物」。蘇軾〈張近幾仲有龍尾子石硯，以銅劍易之〉：「蒯緱玉具皆外物，視草草玄無等差。」故若以此句皆化自蘇軾詞語來看，似應作「外物」為宜。外物，身外之物。多指利欲功名之類。《莊子‧外物》：「外物不可必，故龍逢誅、比干戮、箕子狂、惡來死、桀紂亡。」

8. 邱壑風流，稻粱卑辱，莫愛高官職：山水景色令人放逸瀟灑，莫要為了食祿等卑辱事而貪愛高位。邱壑，見〈水調歌頭〉（西山六街碧）注5。風流，見〈水調歌頭〉（雲間貴公子）注32。稻粱，稻和粱，穀物的總稱。稻粱謀，本指禽鳥尋覓食物，多用以

比喻人謀求衣食。杜甫〈同諸公登慈恩寺塔〉：「君看隨陽雁，各
有稻粱謀。」卑辱，蘇軾〈滿江紅〉(憂喜相尋)：「文君婿知否，
笑君卑辱。」莫愛高官職，蘇軾〈辛丑十一月十九日，既與子由
別於鄭州西門之外，馬上賦詩一篇寄之〉：「君知此意不可忘，甚
勿苦愛高官職。」

9. 他年風雨，對牀卻話今夕：往日情景猶在目，今日卻能與你相聚
而能同床共語。語出唐·韋應物〈示全眞元常〉，見〈念奴嬌〉
(九江秀色)注 10。

十九、雨中花

　　僕自幼刻意林壑，不耐俗事，懶慢之僻，殆與性成[1]。每加責勵，
而不能自克。志復疏怯，嗜酒好睡。遇乘高履危[2]，動輒有畏；道逢
達官稠人，則便欲退縮。其與人交，無賢不肖，往往率情任實，不留
機心[3]。自惟至熟，使之久與世接。所謂不有外難，當有內病[4]，故謀
爲早退閑居之樂。長大以來，遭時多故，一行作史，從事於簿書鞍馬
間，違己交病，不堪其憂[5]。求田問舍，遑遑於四方，殊未見會心處
[6]。聞山陽間，魏晉諸賢故居，風氣清和，水竹蔥蒨[7]。方今天壤[8]間，
蓋第一勝絕之境，有意卜築於斯，雅詠玄虛，不談世事，起其流風遺
躅[9]。故自丙辰丁巳以來，三求官河內，經營三徑，遂將終焉[10]。事
與願違，俯仰一紀，勞生愈甚，弔影自憐[11]。然而觸於事物，感今懷
昔，考其見於賦詠者，實未始一日而忘。李君不愚，作掾天臺，出佐
是郡[12]。因其行也，賦樂府長短句，以敘鄙懷。行春勝日，物彩照人，
爲子擇稚秀者，以雨中花歌之[13]，使清泉白石，聞我心曲，庶幾他日，
不爲生客耳[14]。

　　嗜酒偏憐風竹，晉客神清，多寄虛玄[15]。有山陽遺迹，
水石高寒。曾爲幽棲起本，幾求方外微官[16]。謾蹉跎十載，
還羨君侯，左駕朱軒[17]。　　　山村霽雪，竹外花明，瘦梅半

樹斕斑[18]。溪路轉、青帘[19]佳處，便是蕭閑。寄謝五君精爽，
摩挲森碧琅玕[20]。箇中著我，儲風養月，先報平安[21]。

【編年】

　　據序文：「自丙辰丁巳……俯仰一紀」可知，從丙辰年作此詞之
時，已過十二年。故依此推算，應作於 1147 年，金熙宗皇統七年。

【箋注】

1. 僕自幼刻意林壑……殆與性成：我少時即專心於林野之間，無法
   忍受世俗之事。懶散之個性，大概生來即有。刻意，專一心志、
   竭盡心思。《文心雕龍・通變》：「今才穎之士，刻意學文。」亦
   作「剋意」。林壑，山林幽深的地方。《文選・謝靈運・石壁精舍
   還湖中作》：「林壑斂暝色，雲霞收夕霏。」懶慢，懶散、漫不經
   心。《晉書》卷四十九〈嵇康傳・與山巨源絕交書〉：「又縱逸來
   久，情意傲散，簡與禮相背，懶與慢相成，而為儕類見寬，不功
   其過。」

2. 履危：蹈踐高危之處。《禮記・喪大禮》：「皆生自東榮，中屋履
   危。」孔穎達疏：「履危者，踐履屋棟上高危之處而復也。」

3. 往往率情任實，不留機心：常常順隨性情，而無巧詐之心。率情，
   順其性情。《文心雕龍・養氣》：「志於文也，則申寫鬱滯，故宜
   從容率情，優柔適會。」任實，謂隨順本性。又讀莊、老，重增
   其放，故使榮進之心日頹，任實之情轉篤。機心，巧詐詭變之心。
   《莊子・天地》：「吾聞之吾師，有機械者必有機事，有機事者必
   有機心。」

4. 自惟至熟……早退閑居之樂：我自認為已非常成熟，能夠長久與
   世事人物相處；但所謂沒有外部的阻礙，必有內部的隱憂，因此
   我應該提早退休歸隱，享受閑居之樂。惟，思考。至熟，謂慮事
   極其成熟。漢・賈誼〈治安策〉：「臣僅稽之天地，驗之往古，按

之當今之務，日夜念此至熟也。」《晉書》卷四十九〈嵇康傳·與山巨源絕交書〉：「又人倫有禮，朝廷有法，自惟至熟，有必不堪者七，甚不可者二……以促中小心之性，統此九患，不有外難，當有內病，寧可久處人間邪？」

5. 一行作吏……不堪其憂：一入仕途，便在文官武事之間徘徊，實在違背了自己之心意，而不勝煩憂。一行作吏，指一經入仕。《晉書》卷四十九〈嵇康傳·與山巨源絕交書〉：「一行作吏，此事便廢，安得捨其所樂，而從其所懼哉？」簿書，見〈水調歌頭〉（丁年跨生馬）注 7。鞍馬，亦作「鞌馬」。借指戰鬥生涯。元稹〈唐故工部員外郎杜君墓係銘〉：「天下文是遭罹兵戰，曹氏父子鞍馬間為文，往往橫槊賦詩。」違己交病，陶潛〈歸去來辭〉序：「質性自然，非矯厲所得，飢凍雖切，違己交病，嘗從人事，皆口腹自役，於是悵然慷慨，深媿平生之志，猶望一稔，當斂裳宵逝。」

6. 求田問舍，遑遑於四方，殊未見會心處：為了設置產業，心神不定地四方奔走，也未見切心志之處。求田問舍，見〈水調歌頭〉（雲間貴公子）注 16。遑遑，驚恐匆忙，心神不定。《列子·楊朱》：「遑遑爾競一時之虛譽，規死後之餘榮；偊偊爾慎耳目之觀聽，惜身意之是非。」會心，見〈水調歌頭〉（西山六街碧）注 11。

7. 聞山陽間……水竹蔥蒨：聽聞山陽此處，為魏晉諸賢所交遊之處，風氣和平、景物蒼翠。山陽，吳本魏注：「太行之陽，今懷衛之地。」（按：懷州屬河東南路、衛州屬河北西路）漢置縣名，屬河南郡。故城在今河南省修武縣境。魏晉之際，嵇康、向秀等常居此為竹林之游。後因以代指高雅人士聚會之地。金時屬河東南路。風氣，風尚習俗。清和，清靜和平，形容升平氣象。漢·賈誼《新書·數寧》：「大數既得，則天下順治；海內之氣清和咸理，則萬生遂茂。」蔥蒨，形容草木青翠茂盛。唐·白行簡《李

娃傳》：「中有山亭，竹樹蔥蒨，池榭幽絕。」

8. 天壤：即天地。《文選·繁欽·與魏文帝牋》：「乃知天壤之所生，誠有自然之妙物也。」

9. 雅詠玄虛，不談世事，起其流風遺躅：談論玄妙之理，而不言世事，使前人留下之餘韻再度流行。雅詠玄虛，語出《晉書》卷四十三〈王衍傳〉，見〈念奴嬌〉（離騷痛飲）注3。流風，前代流傳下來之風氣。多指好之一面。《孟子·公孫丑上》：「紂之去武丁未久也，其故家遺俗、流風善政，猶有存者；又有微子、微仲、王子比干、箕子、膠鬲，皆賢人也，相與輔相之，故久而後失之也。」遺躅，即遺跡。躅，音ㄓㄨˊ，足跡、蹤跡。

10. 故自丙辰……歲將終焉：因此從丙辰丁巳年起，三次求官於河內，欲在此歸隱以終。丙辰丁巳，即1136、1137年，金熙宗天會十五年、十六年。河內，金屬河東南路。在今河南省，洛陽東北。《金史》卷二十六〈地理志下·河南東路〉：「懷州，上。宋河內郡防禦，天會六年以與臨潢府懷州同，加『南』字，仍舊置沁南軍節度使，天德三年去『南』。」三徑，亦作「三逕」。晉·趙岐《三輔決錄·逃名》：「蔣詡歸鄉里，荊棘塞門，舍中有三徑，不出，唯求仲、羊仲從之遊。」後因指歸隱者之家園。陶潛〈歸去來辭〉：「三徑就荒，松菊猶存。」終焉，即終焉之志，對所處的生活環境或方式感到滿意，而有安身終老的想法。《國語·晉語四》：「子犯知齊之不可以動，而知文公之安齊而有終焉之志也。」

11. 事與願違……弔影自憐：但是事實與願望相違，轉眼已過十二年，人生仍勞碌辛苦，我不禁感到極度孤獨。俯仰，即俛仰，見〈水調歌頭〉（星河淡城闕）注5。一紀，即十二年。歲星（木星）繞地球一週約需十二年，故稱。《國語·晉語四》：「文公在狄十二年，狐偃曰：『蓄力一紀，可以遠矣。』」韋昭注：「十二年，歲星一周為一紀。」勞生，指勞碌辛苦的人生。《莊子·大

宗師》：「夫大塊載我以形，勞我以生，佚我以老，息我以死。」
弔影，獨居無伴，對影自憐。形容孤獨之極。江淹〈恨賦〉：「拔
劍擊柱，弔影慚魂。」

12. 李君不愚，作掾天臺，出佐是郡：李君，吳本魏注：「李彧，字
不愚，嘗為都省掾。」天臺，官名。《金史》卷五十一〈選舉志‧
司天醫學試科〉：「凡司天臺學生，女直二十六人，漢人五十人，
聽官民家年十五以上、三十以下試補。又三年一次，選草澤人試
補。其試之制，以宣明曆試推步，及婚書、地理新書試合婚、安
葬，易筮法、六壬課、三命五星之術。」

13. 行春勝日，物彩照人，為子擇稚秀者，以雨中花歌之：行春，官
吏於春日出巡視察。《周書》卷三十七〈裴文舉傳〉：「遼之往正
平也，以廉約自守，每行春省俗，單車而已。」勝日，見〈水調
歌頭〉（雲間貴公子）注 6。物彩照人，吳本魏注：「五馬游春，
彩佩照人，光生南陌。」稚秀，吳本魏注：「言幼而麗也。」

14. 使清泉白石，聞我心曲，庶幾他日，不為生客耳：讓美景皆知我
心事，不久之後再來，便已非陌生人。清泉白石，白居易〈答崔
十八〉：「我有商山君未見，清泉白石在胸中。」心曲，指心事。
「庶幾他日」二句，蘇軾〈跋子由栖賢堂記後〉：「僕當為書之，
刻石堂上，且欲與廬山結緣，他日入山，不為生客也。」

15. 嗜酒偏憐風竹，晉客神清，多寄虛玄：我偏愛飲酒及風竹，如魏
晉之士般神清氣爽，談論玄虛之理。嗜酒，陶潛〈五柳先生傳〉：
「性嗜酒，家貧不能常得」。風竹，杜甫〈寄題江外草堂〉：「嗜
酒愛風竹，卜居必臨泉。」《晉書》卷八十〈王徽之傳〉：「時吳
中一士大夫家有好竹，欲觀之，便出坐輿造竹下，諷嘯良久。主
人灑掃請坐，徽之不顧。將出，主人乃閉門，徽之便以此賞之，
盡歡而去。嘗寄居空宅中，便令種竹。或問其故，徽之但嘯詠，
指竹曰：『何可一日無此君邪！』」晉客，以上提及皆晉人也。虛
玄，王衍善言玄虛之理。

16. 曾爲幽棲起本，幾求方外微官：曾爲隱居做好準備，欲擔任世外
    小官。幽棲，隱居。起本，猶言伏筆。《左傳‧哀公元年》：「越
    十年生聚，而十年教訓，二十年之外，吳其爲沼乎！」晉‧杜預
    注：「謂吳宮室廢壞，當爲污池。爲二十二年越入吳起本。」吳
    本魏注：「左傳杜注有張本起本之語。」方外，世外。指仙境或
    僧道之生活環境。《楚辭‧遠游》：「覽方外之荒忽兮，沛罔象而
    自浮。」方外微官，《晉書》卷七十九〈謝奕傳〉：「奕字無奕，
    少有名譽……與桓溫善。溫辟爲安西司馬，猶推布衣好。在溫坐，
    岸幘笑詠，無異常日。桓溫曰：『我方外司馬。』」

17. 謾蹉跎十載，還羨君侯，左駕朱輲：白白地浪費十年光陰，還
    羨慕你能作高官。謾，通「漫」，即空、徒之意。蹉跎，失意、
    虛度光陰。南朝齊‧謝朓〈和王長史臥病〉：「日與歲眇邈，歸恨
    積蹉跎。左駕朱輲，《漢書》卷五〈景帝本紀〉：「五月，詔曰：
    『夫吏者，民之師也，車駕衣服宜稱。吏六百石以上，皆長吏
    也，亡度者或不吏服，出入閭里，與民亡異。令長吏二千石車朱
    兩輲，千石至六百石朱左輲。』」輲，音ㄈㄢ。古代車箱兩旁的
    障蔽物。

18. 山村霰雪，竹外花明，瘦梅半樹斕斑：山中村落降下霰雪，花竹
    顯得更加清明，梅樹則盛開綻放。霰，音ㄒㄧㄢˋ。雨點遇冷空
    氣凝成的雪珠，降落時呈白色不透明的小冰粒，常呈球形或圓錐
    形，多降於下雪之前。杜甫〈別張十三建封〉：「雖當霰雪嚴，未
    覺栝柏枯。」斕斑，色彩錯雜貌。李賀〈河南府試十二月樂詞‧
    九月〉：「露花飛飛風草草，翠錦斕斑滿層道。」吳本魏注：「斕
    斑，半開時。」

19. 青帘：舊時酒店門口掛的幌子，多用青布製成。唐‧鄭谷〈旅寓
    洛陽村舍〉：「白鳥窺魚網，青帘認酒家。」

20. 寄謝五君精爽，摩挲森碧琅玕：寄信告訴你我有五君之精神，並
    有竹林蒼翠如碧。謝，告訴。《史記》卷八十九〈張耳陳餘傳〉：

「有廝養卒謝其舍中曰：吾爲公說燕，與趙王載歸。」吳本魏注：
「琅玕種玉以比竹森眾多。」五君，指竹林七賢中除了山濤、王
戎因顯貴被棄，其餘之五人：嵇康、阮籍、向秀、劉伶、阮咸。
南朝宋・顏延之因貶官永嘉太守，怨憤而作〈五君詠〉以自況，
見《宋書》卷七十三〈顏延之傳〉。精爽，精神。《左傳・昭公七
年》：「用物精多，則魂魄強，是以有精爽至於神明。」摩挲，見
〈念奴嬌〉(倦游老眼，負梅花京洛)注6。琅玕，亦作「瑯玕」。
似珠玉之美石。此形容竹之青翠，亦指竹。杜甫〈鄭駙馬宅宴洞
中〉：「主家陰洞細烟霧，留客夏簟青琅玕。」蘇軾〈送千乘千能
兩姪還鄉〉：「汝歸蒔松菊，環以青琅玕。」

21. 箇中著我，儲風養月，先報平安：吳本魏注：「公欲於此卜居，
以貯藏風月，故先令李君寄聲報我平安也。」箇中，此中、這當
中。報平安，岑參〈逢入京使〉：「馬上相逢無紙筆，憑君傳語報
平安。」吳本魏注記爲元稹所作，應誤。

二十、永遇樂

建安施明望，與余同僚[1]，三年心期[2]，最爲相得。其政術文章，
皆余之所畏仰，不復更言。獨記異時，共論流俗鄙吝之態，令人短氣
[3]。且謀早退，爲閑居之樂。斯言未寒，又復再見秋物，念之惘然[4]。
輒用其語，爲永遇樂長短句寄之，並以自警。

　　正始風流，氣吞餘子，此道如線[5]。朝市心情，雲翻雨覆，
千丈堆冰炭[6]。高人一笑，春風卷地，只有大江如練[7]。憶當
時、西山爽氣，共君對持手版[8]。　　山公鑑裁，水曹詩興，
功業行飛霄漢[9]。華屋含秋，寒沙去夢，千里橫青眼[10]。古今
都道，休官歸去。但要此言能踐[11]。把人間、風煙好處，便
分中半[12]。

【編年】

　　詞序言「三年」，應指廢偽齊後之三年，王慶生以為時宜生在汴京行台。若以此推算，廢偽齊在 1137 年 11 月，故應作於 1140 以後。而序作「斯言未寒，又復再見秋物」，可見又過了一年，因此此詞不會早於 1141 年。然王慶生以為此詞應作於 1142 年。

【箋注】

1. 建安施明望，與余同僚：施明望，名宜生，《金史》卷七十九有傳。吳本魏注：「建安浦城人。宣政開以文章知名，試潁學教授，與宗室趙德麟友善，後仕廢齊。天會末歸朝，歷南臺郎官，刺隰深二州，召為禮侍，累遷侍講，道號三住老人。」魏注所記生平與《金史》略有出入：《金史》記宜生為邵武人，魏注記為建安浦城人。邵武與建安於北宋皆屬福建路，前者屬邵武軍，後者屬建州，兩者所在不同；而魏注記宜生於宣政間為教授，《金史》則記於徽宗政和四年；魏注記與趙德麟（即趙令時，為燕懿王玄孫）善，《金史》並無。同僚，言共事。因宜生後仕金朝，與松年為同事，故言此。

2. 心期：深交。《南史》卷十七〈向柳傳〉：「順陽范璩誡柳曰：『名位不同，禮有異數，卿何得作曩時意邪？』柳曰：『我與士遜心期久矣，豈可一旦以勢利處之。』」

3. 共論流俗鄙吝之態，令人短氣：流俗，流行於社會之風俗習慣。鄙吝，亦作「鄙悋」。形容心胸狹窄或過份愛惜錢財。《後漢書》卷五十三〈黃憲傳〉：「是時，同郡戴良才高倨傲，而見憲未嘗不正容，及歸，罔然若有失也。其母問曰：『汝復從牛醫來邪？』對曰：『良不見叔度，不自以為不及；既睹其人，則瞻之在前，忽焉在後，固難得而測矣。』同郡陳蕃、周舉常相謂曰：『時月之間不見黃生，則鄙吝之萌復存乎心。』」短氣，灰心喪氣。王羲之〈桓公帖〉：「當今人物眇然而艱疾若此，令人短氣。」

4. 斯言未寒，又復再見秋物，念之惘然：未寒，指時間很短。惘然，
失意、憂思貌。南朝梁・江淹〈吳錫縣歷山集〉：「酒至情蕭瑟，
憑樽還惘然。」

5. 正始風流，氣吞餘子，此道如線：有正始時之風韻，豪氣足以吞
下其他之人，但此風氣卻漸衰微。正始，魏廢帝曹芳年號。時玄
風漸興，士大夫唯老莊是宗，競尚清談，世稱「正始之音。」《晉
書》卷三十六〈衛玠傳〉：「是時大將軍王敦鎮豫章，長史謝鯤先
雅重玠，相見欣然，言論彌日。敦謂鯤曰：『昔王輔嗣吐金聲於
中朝，此子復玉振於江表，微言之緒，絕而復續。不意永嘉之末，
復聞正始之音，何平叔若在，當復絕倒。』」風流，遺風、流風
餘韻。《漢書》卷六十九〈趙充國辛慶忌傳・贊〉：「其風聲氣俗
自古而然，今之歌謠慷慨，風流猶存耳。」蘇軾〈蘇子容母陳夫
人挽詞〉：「蘇陳甥舅眞冰玉，正始風流起頹俗。」餘子，其餘之
人。《後漢書》卷八十〈文苑傳下・禰衡傳〉：「餘子碌碌，莫足
數也。」《三國志・魏書》卷二十二〈陳矯傳〉：「矯還曰：『聞遠
近之論，頗謂明府驕而自矜。』登曰：『夫閨門雍穆，有德有行，
吾敬陳元方兄弟；淵清玉絜，有禮有法，吾敬華子魚；清脩疾惡，
有識有義，吾敬趙元達；博聞彊記，奇逸卓犖，吾敬孔文舉；雄
姿傑出，有王霸之略，吾敬劉玄德：所敬如此，何驕之有！餘子
瑣瑣，亦焉足錄哉？』」蘇軾〈和王二首〉其一：「氣吞餘子無全
目，詩到諸郎尚絕倫。」如線，即「不絕如線」之省稱。原為「不
絕若線」，後亦作「不絕如縷」。比喻局勢危急，像差點要斷之線
一般。《公羊傳・僖公四年》：「南夷與北狄交，中國不絕若線。」
何休注：「線，縫薄縷，以喻微也。」吳本魏注：「荀子：平王東
遷，王道不絕如線。」未見也。

6. 朝市心情，雲翻雨覆，千丈堆冰炭：塵世間的人情變幻無常，境
遇如履千丈冰炭一般危險。朝市，即「市朝」，見〈水調歌頭〉
（空涼萬家月）注 12。雲翻雨覆，比喻人情反覆無常。杜甫

〈貧交行〉：「翻手作雲覆手雨，紛紛輕薄何須數。」冰炭，見〈念奴嬌〉（離騷痛飲）注7。吳本魏注：「冰炭千丈，言高險之甚。」

7. 高人一笑，春風卷地，只有大江如練：隱者一抹微笑，如春風吹拂大地，只剩下江水依然如絲絹一般清澈。高人，品德高尚的人。多指隱士。《文選·任昉·齊竟陵文宣王行狀》：「高人何點，躡屬於鍾阿。」春風卷地，蘇軾〈南鄉子〉（晚景落瓊杯）：「一陣東風來卷地。吹迴。落照江天一半開。」吳本魏注作「一陣春風」。大江如練，南朝齊·謝朓〈晚登三山還望京邑〉：「餘霞散成綺，澄江靜如練。」

8. 憶當時、西山爽氣，共君對持手版：此喻隱者清爽之氣。出於《世說新語·簡傲》，見〈水調歌頭〉（東垣步秋水）注6。

9. 山公鑑裁，水曹詩興，功業行飛霄漢：此指山公等人，功業之顯赫。山公鑑裁，《晉書》卷四十三〈山濤傳〉：「濤再居選職十有餘年，每一官缺，輒啓擬數人，詔旨有所向，然後顯奏，隨帝意所欲為先。故帝之所用，或非舉首，眾情不察，以濤輕重任意。或譖之於帝，故帝手詔戒濤曰：『夫用人惟才，不遺疏遠單賤，天下便化矣。』而濤行之自若，一年之後眾情乃寢。濤所奏甄拔人物，各為題目，時稱山公啓事。」言其舉材無失，推薦賢能。水曹詩興，吳本魏注：「何遜天監中為水部郎，嘗在揚州賦梅詩，故老杜云：東閣官梅動詩興，還如何遜在揚州。又唐·張籍為水部員外郎，有詩名，故東坡云：詩人歷作水曹郎。」杜詩為〈和裴迪登蜀州東亭送客逢早梅相憶見寄〉：「東閣官梅動詩興，還如何遜在揚州。」東坡詩為〈初到黃州〉：「逐客不妨員外置，詩人例作水曹郎。」霄漢，天河，亦指天空。《後漢書》卷四十九〈仲長統傳〉：「逍遙一世之上，睥睨天地之閒。不受當時之責，永保性命之期。如是，則可以陵霄漢，出宇宙之外矣。」吳本魏注：「此言置身雲漢之上。」

10. 華屋含秋，寒沙去夢，千里橫青眼：吳本魏注：「言身處華屋而無柔媚之態；常含秋思，仍有寒沙歸去之夢。橫青眼於千里之外，言放適也。」華屋，華美之房屋，喻指富貴。寒沙，稱寒冷季節的沙灘。南朝梁·丘遲〈旦發魚浦潭〉：「森森荒樹齊，析析寒沙漲。」青眼，見〈水調歌頭〉（玻璃北潭面）注 9。

11. 古今都道，休官歸去。但要此言能踐：古今都有休官歸去之言，然要真正實現才行。唐·靈澈〈東林寺答韋丹刺史〉：「年老心閒無外事，麻衣草座亦容身。相逢盡道休官好，林下何曾見一人？」吳本魏注作：「〈答韋舟〉：『年老心閑無一事，麻衣草坐亦容身。相逢盡道休官去，林下何嘗見一人？』」宋·范正敏《遯齋閑覽》：「人類以棄官歸隱爲高，謂軒裳爲外物，然鮮有能踐其言者。」

12. 把人間、風煙好處，便分中半：將人間好風景，分一半與你。風煙，見〈念奴嬌〉（范侯久別）注 8。分中半，沈括《夢溪筆談·神奇》：「張忠定少時，謁華山陳圖南，遂欲隱居華山。圖南曰：『他人即不可知。如公者，吾當分半以相奉。然公方有官職，未可議此。其勢如失火家待君救火，豈可不赴也？』」

二十一、水龍吟

　　余始年二十餘，歲在丁未，與故人東山吳季高父，論求田問舍事[1]。數爲余言，懷衛間風氣清淑，物產奇麗，相約他年爲終焉之計[2]。爾後事與願違，遑遑未暇，故其晚年詩曰：夢想淇園上，春林布穀聲。又曰：故交半在青雲上，乞取淇園作醉鄉[3]。蓋誌此也。東山高情遠韻，參之魏晉諸賢而無媿，天下共知之。不幸年踰五十，遂下世。今墓木將拱矣。雅志莫遂，令人短氣[4]。余既沈迷簿領，顏鬢蒼然，倦游之心彌切[5]。悠悠風塵，少遇會心者[6]，道此真樂。然中年以來[7]，宦游南北，聞客談箇中風物[8]，益詳熟。頃因公事，亦一過之。蓋其地居太行之麓，土溫且沃，而無南州卑溼之患[9]。際山多瘦梅修竹，

石根沙縫，出泉無數，清瑩秀澈若冰玉。稻塍蓮蕩，香氣濛濛 [10]，連亙數十里。又有幽蘭瑞香，其他珍木奇卉。舉目皆崇山峻嶺，煙霏空翠，吞吐飛射，陰晴朝暮，變態百出，眞所謂行山陰道中 [11]。癸酉歲，遂買田於蘇門之下，孫公和邵堯夫之遺跡在焉，將營草堂，以寄餘齡 [12]。巾車短艇 [13]，偶有清興，往來不過三數百里。而前之佳境，悉爲己有，豈不適哉？但空疏之迹，晚被寵榮，叨陪國論，上恩未報，未敢遽言乞骸 [14]。若僶勉駑力，加以數年，庶幾早遂麋鹿之性 [15]。雙清道人田唐卿，清眞簡秀，有林壑癖，與余作蒼煙寂寞 [16] 之友。而友人楊德茂，博學沖素，游心繪事 [17]，暇日商略新意，廣〈遠公蓮社圖〉，作臥披短軸 [18]。感念退休之意，作越調水龍吟以報之。

　　太行之麓清輝，地和氣秀名天下 [19]。共山沐潤，濟源盤谷，端如倒蔗 [20]。風物宜人，綠橙霜曉，紫蘭清夏 [21]。望青帘盡是，長腰玉粒。君莫問、香醪價 [22]。　　我已山前問舍，種溪梅、千株縞夜 [23]。風琴月笛，松窗竹逕，須君命駕 [24]。佳①世還丹，坐禪方丈，草堂蓮社 [25]。揀雲泉、巧與余心會處，託龍眠畫 [26]。

【編年】

　　詞序中提到癸酉歲買田蘇門之下，時在 1153 年，故應作於 1153 年之後。王慶生則以爲楊德茂於皇統末、天德初在朝，能與松年相處；然天德元年爲 1149 年，貞元元年爲 1153 年，故僅能推測二人或許於皇統末天德初相善，但詞作應不早於 1153 年。

【校勘】

　　①佳，吳本作「佳」。

【箋注】

　　1. 余始年……論求田問舍事：丁未年，即 1127 年，金太宗天會四

年。時松年二十一歲，故言二十餘。吳季高，即吳激，生平見吳激介紹。求田問舍，見〈水調歌頭〉（雲間貴公子）注 16。

2. 懷衛間風氣清淑，物產奇麗，相約他年爲終焉之計：懷衛，懷州與衛州，見〈雨中花〉（嗜酒偏憐風竹）注 7。風氣清淑，即風氣清和，見〈雨中花〉（嗜酒偏憐風竹）注 7。韓愈〈送廖道士序〉：「衡山之神既靈，而郴之爲州，又當中州清淑之氣，蛇蟺扶輿，磅礴而鬱積。」終焉之計，即終焉之志，見〈雨中花〉（嗜酒偏憐風竹）注 10。

3. 爾後事與願違……乞取淇園作醉鄉：遑遑，見〈雨中花〉（嗜酒偏憐風竹）注 6。淇園，見〈水調歌頭〉（年時海山國）注 9。春林，春天的園林。《文選・劉琨・答盧諶》：「茂彼春林，瘁此秋棘。」布穀，鳥名。以鳴聲似「布穀」，又鳴於播種時，故相傳爲勸耕之鳥。《後漢書》卷三十下〈襄楷傳〉：「臣聞布穀鳴於孟夏，蟋蟀吟於始秋。」青雲比喻顯要地位。《史記》卷七十九〈范睢蔡澤列傳〉：「須賈頓首言死罪，曰：『賈不意君能自致於青雲之上，賈不敢復讀天下之書，不敢復與天下之事。賈有湯鑊之罪，請自屛於胡貉之地，唯君死生之！』」醉鄉，指醉酒後神志不清之境界。唐・王績《醉鄉記》：「阮嗣宗、陶淵明等十數人，並遊於醉鄉。」而所謂晚年詩兩首，檢閱今《全金詩》及《中州集》皆無，疑爲亡佚作品。

4. 東山高情遠韻……令人短氣：高情遠韻，高尚之情操，深遠之志趣。《世說新語・品藻》：「高情遠致，弟子蚤已服膺。」下世，去世。《文選・曹植・三良詩》：「秦穆先下世，三臣皆自殘」。墓木將拱，墓地上所種植的樹木將有一抱粗大。指人已死去多時。《左傳・僖公二十二年》：「蹇叔哭之曰：『孟子！吾見師之出而不見其入也！』公使謂之曰：『爾何知！中壽，爾墓之木拱矣。』」雅志，見〈水調歌頭〉（東垣步秋水）注 8。短氣，見〈永遇樂〉（正始風流）注 3。

5. 余既沈迷簿領，顏鬢蒼然，倦游之心彌切：我既專心於仕宦之
中，致使容顏衰老，厭倦爲官生涯之心更加迫切。沈迷，亦作「沉
迷」。專心致志。簿領，謂官府記事之簿冊或文書。《後漢書》卷
八十九〈南匈奴傳〉：「當決輕重，口白單于，無文書簿領焉。」
沈迷簿領，漢・劉楨〈雜詩〉：「沉迷簿領書，回回自昏亂。」顏
鬢，面容和髮鬢。唐・韋應物〈閑居贈友〉：「顏鬢日衰耗，冠帶
亦寥落。」蒼，灰白色。此指容顏衰老。倦游，見〈水調歌頭〉
（東垣步秋水）注 14。彌，更。切，急迫。

6. 悠悠風塵，少遇會心者：無際之塵世中，很少碰到知心人。悠悠，
廣闊無際、遙遠。《詩經・王風・黍離》：「知我者謂我心憂，不
知我者謂我何求，悠悠蒼天，此何人哉？」毛傳：「悠悠，遠意。」
風塵，塵世，紛擾之現實生活境界。晉・郭璞〈游仙詩〉：「高蹈
風塵外，長揖謝夷齊。」會心，見〈水調歌頭〉（西山六街碧）
注 11。

7. 中年以來：語出《晉書》卷八十〈王羲之傳〉，見〈滿江紅〉（半
嶺雲根）注 9。

8. 宦游南北，聞客談箇中風物：爲官奔波於南北之時，聽聞友人談
論其中之風光。宦游，通「宦遊」。舊謂外出求官或做官。《史記》
卷一百一十七〈司馬相如列傳〉：「（相如）素與臨邛令王吉相善，
吉曰：『長卿久宦遊不遂，而來過我。』」箇中，見〈雨中花〉（嗜
酒偏憐風竹）注 21。風物，風光景物。陶潛〈游斜川〉序：「天
氣澄和，風物閑美。」

9. 蓋其地居太行之麓，土溫且沃，而無南州卑溽之患：太行，即太
行山。起自河南省濟源縣，北入山西省境，東北經晉城等縣，再
入河南省境，經輝縣等縣，入河北省境，經井陘縣至獲鹿縣止。
若斷若續，隨地異名，主峯在晉城縣南。麓，山腳。卑，地勢低
下。溽，潮濕。

10. 稻塍蓮塘，香氣濛濛：塍，稻田間的路界。班固〈西都賦〉：「疆

場綺兮，溝塍刻鏤。」蓮湯，指蓮花池。濛濛，濃盛貌。唐・張

籍〈惜花〉：「濛濛庭樹花，墜地無顏色。」

11. 舉目皆崇山峻嶺……眞所謂行山陰道中：崇山峻嶺，語出王羲之
〈蘭亭集序〉，見〈念奴嬌〉（離騷痛飲）注9。煙霏，煙霧瀰漫。
煙霏空翠，蘇軾〈八聲甘州・寄參寥子〉（有情風、萬里捲潮來）：
「記取西湖西畔，正春山好處，空翠煙霏。」呑吐飛射，言景物
之變換。陰晴朝暮，歐陽修〈醉翁亭記〉：「若夫日出而林霏開，
雲歸而岩穴暝，晦明變化者，山間之朝暮也。」變態，謂萬事萬
物變化之不同情狀。變態百出，《新唐書》卷五十七〈藝文志一〉：
「歷代盛衰，文章與時高下。然其變態百出，不可窮極，何其多
也。」蘇軾〈牡丹記・序〉：「而近歲尤復變態百出，務爲新奇以
追逐時好者不可勝紀。」行山陰道中，《世說新語・言語》：「王
子敬云：『從山陰道上行，山川自相映發，使人應接不暇。若秋
冬之際，尤難爲懷。』」山陰，在今浙江紹興。

12. 癸酉歲……以寄餘齡：癸酉，1153 年，金海陵王天德五年。蘇
門，山名，在今河南省輝縣。金時在黎陽，屬河北西路。孫公、
邵堯夫，吳本魏注：「孫公和邵堯夫，百泉之名賢、能詩者。」
按：孫公即指晉・孫登。邵堯夫，即邵雍。兩人均曾居於蘇門山
上。百泉，亦位於河南輝縣，鄰蘇門山。百泉景區由百泉湖與蘇
門山組成，爲歷代名勝之地，蘇軾元祐年間亦曾游於此。草堂，
隱士自稱其居住之地。如唐代杜甫之「浣花草堂」、白居易之「廬
山草堂」。以寄餘齡，韓愈〈過南陽〉：「孰忍生以慼，吾其寄餘
齡。」蘇軾〈江神子〉（夢中了了醉中醒）：「都是斜川當日境，
吾老矣，寄餘齡。」

13. 巾車短艇：巾車，指有帷幕之車。陶潛〈歸去來辭〉：「或命巾車，
或棹孤舟。」短艇，指小船。唐・羅鄴〈流水〉：「漾漾悠悠幾派
分，中浮短艇與鷗群。」

14. 但空疏之迹……未敢遽言乞骸：然無所作爲，晚年卻受國君恩

寵，陪伴君王分析國事。在尚未報答君恩之前，不敢匆促退職。
空疏，空虛、空洞。寵榮，極度恩寵。《後漢書》卷十五〈李通
傳〉：「通思欲避榮寵，以病上書乞身。」叨陪，謙稱陪侍或追
隨。唐·王勃〈滕王閣序〉：「他日趨庭，叨陪鯉對。」國論，關
於國家之計議。《漢書》卷八十三〈薛宣傳〉：「其法律任廷尉有
餘，經術文雅足以謀王體，斷國論。」遽，急忙、匆促。乞骸，
即乞骸骨。古代官吏自請退職，意謂使骸骨得歸葬故鄉。《晏子
春秋·外篇上二十》：「臣愚不能復治東阿，願乞骸骨，避賢者之
路。」

15. 若俛勉駑力，加以數年，庶幾早遂麋鹿之性：若能勤勉我駑頓之
才力，數年之後，希望可以順從我退隱優遊之性。俛勉，亦作「俛
俛」。言努力、勤奮。漢·賈誼〈新書·勸學〉：「然則舜俛勉而
加志，我僮慢而弗省耳。」庶幾，表示希望的語氣詞，或許可以。
《孟子·公孫丑下》：「王庶幾改之，予日望之。」遂，順從、順
應。麋鹿之性，即麋鹿性。比喻草野優遊之性。宋·曾鞏〈初發
襄陽攜家夜登峴山置酒〉：「頗識麋鹿性，頓驚清興長。」蘇軾〈次
韻孔文仲推官見贈〉：「我本麋鹿性，諒非伏轅姿。」

16. 蒼煙寂寞：比喻隱居。蒼煙，見〈念奴嬌〉（離騷痛飲）注 4。
寂寞，清靜、恬淡。《淮南子·原道訓》：「其魂不躁，其神不嬈，
湫漻寂寞，為天下梟。」

17. 友人楊德茂⋯⋯新意：楊德茂，即楊邦基，《金史》有傳。其父
絢，宋末為易州州佐，松年父靖以燕山降，易州歸附，絢被殺，
藏僧舍中，遂得免。天眷二年進士。善畫山水人物，以畫名於當
世。沖素，亦作「冲素」。沖淡純樸。晉·陸機〈七徵〉：「玄虛
子耽性冲素，雍容玄泊。」游心，潛心、留心。《莊子·駢拇》：
「駢於辯者，纍瓦結繩竄句，游心於堅白同異之間，而敝跬譽無
用之言非乎？而楊墨是已。」繪事，繪畫之事。《論語·八佾》：
「子曰：『繪事後素。』」朱熹集注：「繪事，繪畫之事也；後素，

後於素也。」後因以「繪事後素」比喻有良好質地，才能進行錦上添花之加工。暇日，空閒之日。《孟子・梁惠王上》：「壯者以暇日修其孝悌忠信。」商略，品評、評論。《世說新語・品藻》：「劉丹陽、王長史在瓦官寺集，桓護軍亦在坐，共商略西朝及江左人物。」

18. 廣遠公蓮社圖，作臥披短軸：推廣慧遠蓮社圖，作成橫幅短軸。蓮社，即白蓮社。晉高僧慧遠在廬山虎溪東林寺與慧永、慧持及名儒劉遺民等共結白蓮社，立彌陀像，同修西方淨土業。因寺院有池栽植白蓮，故稱。蓮社圖，吳本魏注記爲李公麟爲其友人李元沖所作。李公麟，《宋史》有傳。號龍眠居士。善作畫，傳寫人物尤精。臥，平放、橫陳。臥披，橫批。秦觀〈送僧歸寶寧〉：「西湖環繞皆招提，樓閣晦明如臥披。」短軸，短畫軸。

19. 太行之麓清輝，地和氣秀名天下：太行之麓，見本詞注 9。清輝，見〈念奴嬌〉（倦游老眼，負梅花京洛）注 4。地和氣秀名天下，吳本魏注：「地和者，敘謂土溫且深也；氣秀者，序爲煙霏空翠也。以此得名於天下也，本事曲序：汝陰西湖勝絕名天下。」

20. 共山沐澗，濟源盤谷，端如倒蔗：共山等地，果眞如倒吃甘蔗，風景愈美。共山、沐澗、濟源、盤谷，吳本魏注：「皆山陽勝境。」端，果眞。倒蔗，《晉書》卷九十二〈文苑・顧愷之傳〉：「愷之每食甘蔗，恒自尾至本。人或怪之。云：『漸入佳境。』」

21. 風物宜人，綠橙霜曉，紫蘭清夏：吳本魏注：「風物宜人，敘謂無南州卑溽之患也。秋橙夏蘭，香色可愛者，土產也。」綠橙，指橙尚未成熟，皮色尚青。橙之果實經霜可早熟。

22. 望青帘盡是……香醪價：望著酒店，盡是好米釀成之酒。你便不須問：這樣美酒價值多少？青帘，見〈雨中花〉（嗜酒偏憐風竹）注 19。長腰，即長腰米、長腰鎗。稻米品名。蘇軾〈和文與可洋州園池〉之十二：「勸君多揀長腰米，消破亭中萬斛泉。」趙

次公注：「長腰米，漢上米之絕好者。」玉粒，指米、粟。南朝梁‧簡文帝《昭明太子集》‧序〉：「發私藏之銅鳧，散垣下之玉粒……受惠之家、飡恩之士咸謂櫟陽之金自空而墜，南洋之粟自野而生。」吳本魏注：「長腰玉粒，糯米中酒秫。」秫，音ㄕㄨ∕，帶有黏性之穀物。宋‧曹組〈點絳唇‧水飯〉(霜落吳江)：「玉粒長腰，沈水溫溫注。」香醪價，宋‧劉邠《中山詩話》：「眞宗問進臣：『唐酒價幾何？』莫能對。丁晉公獨曰：『斗直三百。』上問何以知之，曰：『臣觀杜甫詩：速須相就飲一斗，恰有三百青銅錢。』亦一時之善對。」

23. 我已山前問舍，種溪梅、千株縞夜：言已有歸隱之計，且欲種千棵梅樹以照夜。吳本魏注：「山前問舍，敘謂買田蘇門之下。」縞，本指細生的白絹，此釋爲「映照」。縞夜，王安石〈寄蔡氏女子〉之一：「積李兮縞夜，崇桃兮炫晝。」

24. 風琴月笛，松窗竹徑，須君命駕：風琴月笛等物，需要你自遠方來造訪。吳本魏注：「琴宜風，笛宜月，窗宜松，徑宜竹，以類言之。」命駕，見〈念奴嬌〉(倦游老眼，看黃塵堆裏)注9。於千里之外命車夫駕車。指自遠方來造訪，多用來形容友情深厚。

25. 佳世還丹，坐禪方丈，草堂蓮社：吳本魏注：「此言神仙則有還丹，學佛則有方丈。草堂，隱居之所，言仙者也；蓮社，西方之會，言學佛者也。」佳世還丹，蘇軾〈送范景仁游洛中〉：「憂時雖早白，住世有還丹。」其中「住世」又作「駐世」，且吳本亦作「住世」，故推測《全金元詞》作「佳世」應誤。住世，謂身居現實世界，與「出世」相對。還丹，道家煉丹，將丹砂燒成水銀，積久又還原成丹砂，循還變化，稱爲「還丹」。《抱朴子‧內篇‧金丹》：「余考覽養性之書，鳩集久視之方，曾所披涉篇卷，以千計矣，莫不皆以還丹金液爲大要者焉。」坐禪，佛教徒靜坐思惟禪法。《長阿含經》卷八：「彼苦行者，遙見人來，盡共坐禪；

若無人時，隨意坐臥，是爲垢穢。」方丈，初指寺院。後指僧尼
長老、住持的居室。《釋氏要覽‧住處‧方丈》：「蓋寺院之正寢
也。始因唐顯慶年中，敕差衛尉寺承李義表、前融州黃水令王玄
策往西域充使。至毘耶黎城。東北四里許。維摩居士宅示疾之室。
遺址疊石爲之。王策躬以手板縱橫量之得十笏。故號方丈。」草
堂，見本詞注 12。蓮社，見本詞注 18。

26. 揀雲泉、巧與余心會處，託龍眠畫：挑選與我會心之勝景，請託
李公麟爲我作畫。雲泉，白雲清泉，借指勝景。白居易〈偶吟〉
之一：「猶殘少許雲泉興，一歲龍門數度遊。」會心，見〈水調
歌頭〉（西山六街碧）注 11。龍眠，即李公麟，此以公麟比楊德
茂。

二十二、石州慢

毛澤民嘗九日以微疾不飲酒，唯煎小團，薦以菊葉，作侑茶樂府。
卒章有「一杯菊葉小雲團，滿眼蕭蕭松竹晚」之語[1]。僕頃在汴梁三
年，每約會心二三客，登故苑之友雲亭，或寓居之西崦，置酒高會，
以酬佳節[2]。酣觴[3]賦詩，道早退閑居之樂。歲在庚子。有五字十章。
其一云：「去年哦新詩，小山黃菊中。年年說歸思，遠目驚高鴻[4]。」
逮今已復三經。是日奔走塵泥，勞生愈甚[5]。今歲先入都門，意謂得
與平生故人，共一笑之樂，且辱子文兄有同醉佳招[6]。而前此二日，
左目忽病昏翳，不復敢近酒盞。癡坐亡聊，感念身世，無以自遣，乃
用澤民故事，擬菊烹茶，仍作長短句，以石州[7]之音歌之。

京洛三年，花滿酒家，浮動金碧[8]。友雲縹緲清游，春笋
新橙初擘[9]。天東今日，枕書兩眼昏花，壺觴不果酬佳節[10]。
獨詠竹蕭蕭，者雲團風葉[11]。　　愁絕。此身蒲柳先秋，往
事夢魂無迹[12]。一寸歸心，可忍年年形役[13]。上[①]園親友，歲
時陶寫歡情，糟牀曉溜東籬側[14]。手把一支香，作蕭閑閑客

15。

【編年】

　　詞序言「歲在庚子……迨今已復三經」，然庚子年為 1120 年，應不可能作詩；且又云時在汴梁，故應在 1140～1142 年間。1140 年為庚申年，故推測「庚子」可能為「庚申」之誤。而以此推算，本詞應作於 1142 年。王慶生亦認為作於此年，因高子文此年在待制。

【校勘】

　　①上，吳本作「邱」。

【箋注】

1. 毛澤民……之語：毛澤民，即毛滂，北宋人，《宋史》無傳。曾受蘇軾賞識，薦之於朝。九日以微疾不飲酒，指其〈玉樓春〉（西風吹冷沈香篆）序：「戊寅重陽，病中不飲，惟煎小雲團一杯，薦以菊花。」小團，吳本魏注：「龍鳳茶名，又謂之密雲龍史。」小團，宋代作為貢品的精緻茶葉。歐陽修《歸田錄》卷二：「茶之品莫貴於龍鳳，謂之團茶。慶曆中，蔡君謨為福建路轉運使，始造小片龍茶以進，其品絕精，謂之小團，凡二十餅重一斤，其價值金二兩。」蘇軾〈月兔茶〉：「君不見鬥茶公子不忍鬥小團，上有雙銜綬帶雙飛鸞。」又稱小龍團、小團龍。薦，佐食。唐·劉恂〈嶺表錄異〉卷上：「取小蚌肉，貫之以篾，曬乾，謂之珠母，容桂人率將燒之以薦酒也。」侑，多用於酒食、宴飲。《詩經·小雅·楚茨》：「以為酒食，以享以祀，以妥以侑，以介景福。」毛傳：「侑，勸也。」孔穎達疏：「為其嫌不飽，祝以主人之辭勸之。」樂府，指詞。卒章，末段。「一杯」兩句，即出於〈玉樓春〉詞。

2. 僕頃在汴梁……以酬佳節：汴梁，見〈水調歌頭〉（西山六街碧）注 7。會心，見〈水調歌頭〉（西山六街碧）注 11。友雲亭，在

汴京龍德宮橐駞岡。寓居，寄居。高會，盛大宴會。《戰國策‧
秦策三》：「於是使唐雎載音樂，予之五千金，居武安，高會相與
飲。」鮑彪注：「《高紀》注，大會也。」

3. 酣觴：縱酒。《晉書》卷四十九〈阮裕傳〉：「裕以敦有不臣之心，
乃終日酣觴，以酒廢職。」

4. 歲在庚子……遠目驚高鴻：庚子，即 1120 年，金太祖天輔四年。
時蔡松年十四歲，故於此年作詩，頗堪斟酌。五字十章，即五言
詩十首。而檢閱《全金詩》，蔡松年所做五言組詩十首者，應指
〈庚戌九日，還自上都，飲酒於西崑，以野水竹閒清秋巖酒中綠
爲韻〉之組詩。且「去年哦新詩」等句，亦在其中。然若詞中所
著爲此組詩，則此詞之「庚子」明顯不同於詩題所記之「庚戌」
（1130 年），經推估應在 1142 年。

5. 逮今已復三經。是日奔走塵泥，勞生愈甚：三經，即三年。奔
走，爲事奔波、忙碌。塵泥，猶塵土。杜甫〈無家別〉：「存者無
消息，死者爲塵泥。」勞生，見〈雨中花〉（嗜酒偏憐風竹）注
11。

6. 今歲先入都門……同醉佳招：都門，即指國都。白居易〈長恨歌〉：
「東望都門信馬歸，歸來池苑皆依舊。」子文，即高士談。《金
史》無傳，然卷七十九〈宇文虛中傳〉後附記：「士談字季默，
高瓊之後。宣和末，爲忻州戶曹參軍。入朝，官至翰林直學士。
虛中、士談俱有文集行于世。」吳本〈漢宮春〉（雪與幽人）魏
注：「宋韓武昭王瓊之曾孫，宣仁太后之堂姪。作文染翰，皆宗
師波仙，號蒙城居士。宣和末，任忻州曹官。歸朝爲絳倅召除待
制，遷直學士。皇統中偶以事冒，累與宇文公俱死，士流痛惜
之。」與松年等人常相唱和。同醉佳招，指高子文所邀請參與的
酒宴。

7. 石州：樂府商調曲名。李商隱〈代贈〉之二：「東南日出照高樓，
樓上離人唱石州。」

8. 京洛三年，花滿酒家，浮動金碧：吳本魏注：「京洛，本洛陽，借言汴都也。金碧，謂菊也。」浮動，林逋〈瑞鷓鴣〉（眾芳搖落獨先妍），見〈念奴嬌〉（倦游老眼，負梅花京洛）注 10。

9. 友雲縹緲清游，春笋新橙初擘：在縹緲之友雲亭中游賞，有美女以纖手剖新橙。友雲，即友雲亭。見本詞注 2。縹緲，亦作「縹眇」、「縹渺」。高遠隱約貌。《文選‧木華‧海賦》：「羣仙縹緲，餐玉清涯。」李善注：「縹渺，遠視之貌。」清游，亦作「清遊」。清雅游賞。晉‧潘岳〈螢火賦〉：「翔太陰之玄昧，抱夜光以清游。」春笋，亦作「春筍」。喻女子纖潤的手指。李煜〈搗練子令〉（雲鬟亂）：「斜托香頤春筍嫩，爲誰和淚倚闌干。」新橙，周邦彥〈少年遊〉（并刀如水）：「并刀如水，吳鹽勝雪，纖手破新橙。」擘，分開、分裂。

10. 天東今日，枕書兩眼昏花，壺觴不果酬佳節：而今日在上京，躺臥著卻仍無法看清事物，也無法飲酒以酬賞佳節。蔡松年正月（1142）從汴京起行，二月在上京。吳本魏注：「天東，言上京。」枕書，蘇軾〈和陶擬古九首〉其一：「主人枕書臥，我夢平生友。」兩眼昏花，蘇軾〈周教授索枸杞，因以詩贈，錄呈廣倅蕭大夫〉：「短檠照字細如毛，怪得昏花懸兩目。」壺觴，見〈滿江紅〉（春色三分）注 2。不果，不成、不能實現。酬佳節，蘇軾〈南鄉子〉（霜降水痕收）：「佳節若爲酬，但把清尊斷送秋。」

11. 獨詠竹蕭蕭，者雲團風葉：風吹竹聲蕭蕭，我獨自吟詠這菊與茶。蕭蕭，風聲。白居易〈小閣閒坐〉：「閣前竹蕭蕭，閣下水潺潺。」者，代詞，這。雲團風葉，吳本魏注：「雲團言茶，風葉言菊。」

12. 愁絕。此身蒲柳先秋，往事夢魂無迹：極度哀愁啊！我已未老先衰，過去之往事如夢魂般，沒有留下踪跡。愁絕，杜甫〈自京赴奉先縣詠懷五百字〉：「沈飲聊自適，放歌頗愁絕。」蒲柳，比喻體質衰弱。蒲柳先秋，《世說新語‧言語》：「顧悅與簡文同年，

而髮蚤白。簡文曰：『卿何以先白？』對曰：『蒲柳之姿，望秋而落；松柏之質，經霜彌茂。』」吳本魏注「顧悅」作「顧況」，應誤。此喻指自己未老先衰。往事夢魂無迹，唐・李群玉〈重經巴丘追感〉：「浮生聚散雲相似，往事微茫夢一般。」吳本魏注記爲張祜作，應誤。

13. 一寸歸心，可忍年年形役：我這一點歸隱之心，怎堪年年爲形體所勞役？一寸歸心，北周・庾信〈愁賦〉殘文：「誰知一寸心，乃有萬斛愁。」吳本魏注作：「乃容萬斛愁」形役，陶潛〈歸去來辭〉：「既自以心爲形役，奚惆悵而獨悲？」

14. 上園親友，歲時陶寫歡情，糟牀曉溜東籬側：上園地方之親友，一年四季都能陶冶歡樂之情，清晨在東籬邊飲酒。上園，應在今遼寧省，近錦州。吳本作「邱園」。邱園，亦作「丘園」。家鄉，又指隱逸。唐・陳子昂〈申宗人冤獄書〉：「臣知其忠，然非是丘園之賢，道德之茂。」歲時，一年四季。《周禮・春官・占夢》：「掌其歲時，觀天地之會，辨陰陽之氣。」陶寫，陶冶性情，宣洩苦悶。見《滿江紅》（半嶺雲根）注 9。陶寫歡情，蘇軾〈游東西巖〉：「正賴絲與竹，陶寫有餘歡。」糟牀，亦作「糟床」。榨酒的器具。杜甫〈羌村〉之二：「賴知禾黍收，已覺糟牀注。」糟牀曉溜，蘇軾〈和陶九日閑居〉：「鮮鮮霜菊艷，溜溜糟床聲。」東籬，陶潛〈飲酒〉之五：「采菊東籬下，悠然見南山。」

15. 手把一枝香，作蕭閑閑客：手持一枝菊花，作個蕭閑自在之人。手把一枝香，王安石〈和晚菊〉：「可憐蝶蜂零落後，始有閑人把一枝。」吳本魏注作「千花百卉影零落，使見閑人把一枝。」閑客，即閒客，杜牧〈八月十二日得替後移居雪溪館因題長句四韻〉：「景物登臨閑始見，願爲閒客此閒行。」吳本魏注作「我爲閑客此閑行」。

二十三、滿庭芳

李虞卿見示樂府長短句，極言共山百泉，水竹奇勝，且爲卜鄰之招，欣然次韻 [1]。

森玉筠林，湧金泉眼，際山千丈寒輝 [2]。世間清境，冰鑑月來時 [3]。我久紛華戰勝，求五畞、鶴骨應肥 [4]。青篷底，垂竿照影，都洗向來非 [5]。　　千畦。收玉粒，糟邱劉阮，風味依稀 [6]。卷萬珠甘滑，一吸玻瓈 [7]。作箇江村籬落，野梅焆、沙路無泥 [8]。金鑾客，懸流勇退，開徑待君歸 [9]。

【箋注】

1. 李虞卿……欣然次韻：李虞卿，即李舜臣。《宋史》有傳。然《宋史》中之李虞卿（有子心傳、道傳、性傳），字子思，隆州井研人（宋時屬成都府路），與吳本魏注所記「字虞卿，共城人（共城即共山，有蘇門山，見〈水龍吟〉（太行之麓清輝）注 12）」有所出入。且《宋史》傳中並未言李舜臣至金國之事，故推測應爲兩人。然《宋史·藝文志》中錄有李舜臣之多種經、史著作，又與吳本魏注「以文翰著聲當時」相吻合，因此仍有討論之空間。共山百泉，即指蘇門百泉一帶，亦見〈水龍吟〉（太行之麓清輝）注 12。卜鄰，選擇鄰居。《左傳·昭公三年》：「且諺曰：『非宅是卜，唯鄰是卜。』二三子先卜鄰矣。」杜預注：「卜良鄰。」後用以向他人表示願爲鄰居。

2. 森玉筠林，湧金泉眼，際山千丈寒輝：吳本魏注：「竹林森然如玉，源泉湧出如金。寒輝，山閒風光，霽色也。」筠，指竹子。

3. 世間清境，冰鑑月來時：月光皎潔照射於世間清幽之境。冰鑑，古代器物名，置冰於其中，以冷藏食物。又喻月亮。元稹〈月〉：「絳河冰鑑朗，黃道玉輪巍。」「世間」兩句，化自蘇軾〈次韻孔毅父集古人句見贈五首〉其一：「世間好句世人共，明月自滿千家墀。」

4. 我久紛華戰勝，求五畝、鶴骨應肥：名利取捨，在我心中交戰許久，終於正義戰勝，故欲求田歸隱，以修持自身。紛華，繁華、富麗。《史記》卷二十三〈禮書〉：「出見紛華盛麗而說，入聞夫子之道而樂，二者心戰，未能自決。」戰勝，《文選・謝靈運・初去郡》：「戰勝臞者肥，止監流歸停。」注曰：「子夏曰：『吾入見先王之義則榮之，出見富貴又榮之，二者戰于胸臆，故臞。今見先王之義戰勝，故肥也。』」吳本魏注「先王」作「夫子」。五畝，見〈水調歌頭〉（東垣步秋水）注 5。蘇軾〈徑山道中次韻答周長官兼贈蘇寺丞〉：「年來戰紛華，漸覺夫子勝。欲求五畝宅，撒埽樂清靜。」鶴骨，指修道者之骨相。蘇軾〈壽星院寒碧軒〉：「道人絕粒對寒碧，爲問鶴骨何緣肥？」

5. 青篷底，垂竿照影，都洗向來非：在青篷下垂釣，看著倒影，彷彿昔日之是非都已洗淨。篷，船、車上之遮蔽物，以竹片或油布等搭設而成。亦指船。垂竿，李白〈下陵陽沿高溪三門六刺灘〉：「何慚七里瀨，使我欲垂竿。」都洗向來非，陶潛〈歸去來辭〉：「實迷途其未遠，覺今是而昨非。」蘇軾〈送春〉：「憑君借取法界觀，一洗人間萬事非。」向來，即昔日。

6. 千畦……風味依稀：釀酒之米，收穫頗豐。似乎仍有劉阮等人，沉迷美酒之氣韻。吳本魏注：「言晉劉伶、阮籍嗜酒如在糟丘酒池閒，公欲希慕其風味也。」畦，五十畝爲一畦。千畦，指面積廣大。玉粒，見〈水龍吟〉（太行之麓清輝）注 22。糟邱，即「糟丘」。積糟成丘，極言釀酒之多，沈湎之甚。《韓詩外傳》卷四：「桀爲酒池，可以運舟，糟丘足以望十里，而牛飲者三千人。」劉阮，指劉伶與阮籍。風味，見〈水調歌頭〉（雲間貴公子）注 13。

7. 卷萬珠甘滑，一吸玻瓈：以舌試飲美酒之風味。吳本魏注：「萬珠甘滑，謂酒。」萬珠，秦觀〈中秋口號〉：「香槽旋滴珠千顆，歌扇驚圍玉一叢。」吳本魏注作「香糟」。玻瓈，見〈水調歌頭〉

（星河淡城闕）注 16。

8. 作箇江村籬落，野梅烔、沙路無泥：在江村水邊築個小屋，天氣放晴，野生梅花更加明亮，地上泥濘也已消失。籬落，用竹條或木條編成之柵欄，又稱「籬笆」。白居易〈池上早夏〉：「舟船如野渡，籬落似江村。」烔，見〈滿江紅〉（老境駸駸）注 9。沙路無泥，白居易〈三月三日祓禊洛濱〉：「柳橋晴有絮，沙路潤無泥。」蘇軾〈浣溪沙〉（山下蘭芽短浸溪）：「山下蘭芽短浸溪，松間沙路淨無泥。」吳本魏注作「江邊沙路靜無泥。」

9. 金鑾客，懸流勇退，開徑待君歸：即使身居高位，也應懂得及時抽身，我會在鄉間開闢路徑，等待你歸來。金鑾，帝王車馬之裝飾物，以金屬鑄成鸞鳥形，口中含鈴，因指代帝王車駕。亦為對翰林學士之美稱。懸流勇退，即「急流勇退」，在湍急的水勢中，當機立斷回舟退出。比喻人處於得意順遂時，能見機功成身退，以求明哲保身。懸流，猶言更險之水勢、更大難關。開徑，開闢路徑。

二十四、漢宮春　次高子文[1]韻

雪與幽人，正一年佳處，清曉開門[2]。蕭然半華鬢髮，相與銷魂[3]。披衣倚柱，向輕寒、醞①淥微溫[4]。端好在、垂鞭信馬，小橋南畔煙村[5]。

呵手凍吟未了，爛銀鉤呼我，玉粒晨餕[6]。六花做成蟹眼，鳳味②香翻[7]。小梅疏竹，際壁間、橫出江天[8]。那更有、青松怪石，一聲鶴唳前軒[9]。

【編年】

　　王慶生以為皇統二年，子文在待制，後與松年時時相從，有作品往來，本詞應作於彼時。故推測為 1142～1145 年間。

【校勘】

①醹，吳本作「酈」。

②味，吳本作「哧」（ㄓㄡˋ）

【箋注】

1. 高子文：見〈石州慢〉（京洛三年）注 6。

2. 雪與幽人，正一年佳處，清曉開門：下雪天正是一年中最好的時節，正巧你於清晨前來，爲你開門。吳本魏注：「言雪天正佳，而幽人來款門也。」幽人，幽隱之人、隱士。《易‧履》：「履道坦坦，幽人貞吉。」孔穎達疏：「幽人貞吉者，既無險難，故在幽隱之人守正得吉。」此指高子文。

3. 蕭然半華鬢髮，相與銷魂：看見你稀疏半白之鬢髮，離別之愁緒油然而生。蕭然，稀疏、虛空。宋‧葉適〈題《林秀文集》〉：「鬢髮蕭然，奔走未已，可嘆也！」銷魂，謂靈魂離開肉體，形容極其哀愁。南朝梁‧江淹〈別賦〉：「黯然銷魂者，唯別而已矣。」

4. 向輕寒、醹渌微溫：臨著輕微寒意，啜飲微溫之美酒。向，臨也。歐陽修《滿路花》（銅荷融燭淚）：「落花風雨，向曉作輕寒。」輕寒，輕微之寒意。秦觀〈浣溪沙〉（漠漠輕寒上小樓）：「漠漠輕寒上小樓，曉陰無賴似窮秋。」醹渌，亦作「醹醁」、「醹渌」、「酈遬」，美酒名。晉‧葛洪《抱朴子‧嘉遯》：「藜藿嘉於八珍，寒泉旨於醹醁。」

5. 端好在、垂鞭信馬，小橋南畔煙村：悠閒地走馬鄉野，欣賞風光。好在，見〈水調歌頭〉（星河淡城闕）注 7。垂鞭信馬，狀悠閒之意態。煙村，蘇軾〈僧清順新作垂雲亭〉：「蔥蔥城郭麗，淡淡煙村遠。」

6. 呵手凍吟未了，爛銀鉤呼我，玉粒晨饌：向手呵暖氣，於冷天吟讀不停。而不知不覺間，時序已從天上彎月轉成晨間煮米之時。

狀夜以繼日苦讀之態。呵手，向手噓氣使暖。歐陽修〈訴衷情〉
（清晨簾幕卷清霜）：「清晨簾幕卷清霜，呵手試梅妝。」凍吟，
蘇軾〈江神子〉（黃昏猶是雨纖纖）：「孤坐凍吟誰伴我，揩病目，
捻衰髯。」銀鉤，喻彎月。宋‧李彌遜〈游梅坡席上雜酬〉之二：
「竹籬茅屋傾樽酒，坐看銀鉤上晚川。」玉粒，見〈水龍吟〉（太
行之麓清輝）注 22。饙，音ㄈㄣ，蒸飯。米煮半熟後以箕漉出
再蒸熟。晨饙，杜甫〈行官張望補稻畦水歸〉：「玉粒足晨炊，紅
鮮任霞散。」吳本魏注作「玉粒定晨炊」。

7. 六花做成蟹眼，鳳味香翻：以雪水煮茶，茶香四溢。吳本魏注：
「言煎雪水潑茶也。」六花，指雪花。《韓詩外傳》：「凡草木花
多五出，雪花獨六出。」蟹眼，螃蟹之眼，喻水初沸時泛起之小
氣泡；又指茶種之名，亦作「蠏眼」。鳳味，此詞無特別含意，
於上下文意不合。吳本作「鳳味」，而魏注：「鳳咮，茶名。北苑
有山曰鳳凰，產茶，名鳳咮茶。」似乎較能合於上下文意。按：
北苑，指北宋於建安（今福建省建甌縣）鳳凰山北苑所設之御茶
園，趙汝礪撰有《北苑別錄》加以記錄，故「鳳咮」一詞似較為
合適。然「鳳咮」一詞只用來稱鳳凰笙之笙孔，或指硯石之名，
尚未見有以此稱茶者，且史料中亦未見載，故錄以俟考。

8. 小梅疏竹，際壁間、橫出江天：牆間之梅竹圖畫，彷彿也要橫長
於江天之上。吳本魏注：「言雪中宜對梅竹，又近江天也；或云
指壁間圖畫也。」

9. 那更有、青松怪石，一聲鶴唳前軒：何況更有青松怪石，鶴鳴於
前庭。吳本魏注：「雪中對梅竹松石仍聞鳴鶴，尤可喜也。」那
更，況更、或作「兼之」解。鶴唳，鶴鳴。漢‧王充《論衡‧變
動》：「夜及半而鶴唳，塵將旦而雞鳴。」

二十五、望月婆羅門　送陳詠之自遼陽還汴水 [1]

妙齡秀發，韻清冰玉洗羅紈[2]。文章桂窟高寒。晤語平生風味，如對好江山[3]。向雪雲遼海，笑裏春還[4]。　　宦情久闌，道勇退、豈吾難[5]。老境哦君好句，張我蕭閑[6]。一峯明秀，為傳語、浮月碧琅玕[7]。歸意滿、水際林間[8]。

【箋注】

1. 送陳詠之自遼陽還汴水：陳詠之，見〈水調歌頭〉（東垣步秋水）注 1。遼陽，即今遼寧省遼陽市西南，太子河南岸。金屬東京路。

2. 妙齡秀發，韻清冰玉洗羅紈：你年少而神采煥發，氣度風韻清如冰玉，彷彿羅紈洗淨後之華美。妙齡，青春年少。《魏書》卷十九中〈任城王雲傳〉：「伏惟陛下妙齡在位，聖德方昇。」秀發，喻指人神采煥發，才華出眾。晉·陸機〈辨亡論〉上：「長沙桓王逸才命世，弱冠秀發。」妙齡秀發，蘇軾〈祭魏國韓令公文〉：「妙齡秀發，秉筆入仕。」羅紈，泛指精美絲織品。《戰國策·齊策四》：「下宮糅羅紈，曳綺縠，而士不得以為緣。」

3. 文章桂窟高寒。晤語平生風味，如對好江山：考場中之作品風格孤高，而與你見面交談，又彷彿面對一片好江山般有味。桂窟，神話謂月中有桂樹，因稱月宮為「桂窟」。又俗稱科舉為折桂，因以「桂窟」喻科舉考場。金·王寂〈挽姚先生孝錫〉：「妙齡探桂窟，雅志傲蒲輪。」晤語，見面交談。《詩經·陳風·東門之池》：「彼美淑姬，可與晤語。」風味，見〈水調歌頭〉（雲間貴公子）注 13。

4. 向雪雲遼海，笑裏春還：臨著降雪之雲、面向遼海談天，不知不覺中，春天又即將到來。吳本魏注：「違遼壤之風雪，趁汴梁之花月。又逢春色，故可喜也。」向，見〈漢宮春〉（雪與幽人）注 4。雪雲，降雪之陰雲。杜甫〈奉觀嚴鄭公廳事岷山沱江畫圖十韻〉：「雪雲虛點綴，沙草得微茫。」遼海，指渤海遼東灣。杜

甫〈後出塞〉之四：「雲帆轉遼海，秔稻來東吳。」

5. 宦情久闌，道勇退、豈吾難：為官之情早已厭倦，說要勇於引退，難道對我這麼困難？宦情，語出《晉書》卷四十三〈王衍傳〉，見〈念奴嬌〉（痛飲離騷）注 3。闌，將盡、衰落。勇退，勇於引退、歸隱。晉‧謝瞻〈於安城答靈運詩五首〉之五：「量己畏友朋，勇退不敢進。」

6. 老境哦君好句，張我蕭閑：老來吟詠你所作的佳句，張揚我蕭閑的情趣。老境，見〈水調歌頭〉（星河淡城闕）注 8。哦，吟詠。張，自誇、誇大。《左傳‧桓公六年》：「我張吾三軍，而被吾甲兵，以武臨之，彼則懼而協以謀我，故難間也。」

7. 一峯明秀，為傳語、浮月碧琅玕：拜託這一山明秀，為我傳話，希望能歸隱於自然風光之中。一峯明秀，見〈水調歌頭〉（東垣步秋水）注 11。傳語，傳話。《國語‧周語上》：「百工諫，庶人傳語」韋昭注：「百工卑賤，見時得失不得答，傳以語王也。」蘇軾〈如夢令〉（自淨方能淨彼）：「俯為人間一切，為向東坡傳語。」浮月，浮在水面的月影。唐‧駱賓王〈望鄉夕泛〉：「落宿舍樓近，浮月帶江寒。」碧琅玕，見〈雨中花〉（嗜酒偏憐風竹）注 20。

8. 水際林間：吳本魏注：「水邊林下，嘉遁之所。」

二十六、洞仙歌　甲寅歲，從師江壖[1]，戲作竹廬

竹籬茅舍，本是山家景。喚起兵前倦游興。地牀深穩坐、春入蒲團[2]。天憐我，教養疎慵野性[3]。　　雪坡孤月上，冰谷悲鳴[4]。松竹蕭蕭夜初靜。夢醒來，誤喜收得閑身[5]。不信有、俗物沈迷襟韻[6]。待臨水依山、得生涯。要傳取新規、再營幽勝[7]。

【編年】

甲寅，即 1134 年，金太宗十二年。

【箋注】

1. 從師江壖：從師，跟從軍隊。壖，音ㄖㄨㄢˊ，江河邊地。

2. 地牀深穩坐、春入蒲團：穩穩坐在土榻上，享受春天的到來。吳本魏注：「地牀，土榻也，又矮林也。」蒲團，用蒲草編成之圓形墊子。多爲僧人坐禪或跪拜時所用。蘇軾〈絕句三首〉其二：「此身分付一蒲團，靜對蕭蕭竹數竿。」

3. 天憐我，教養疎慵野性：上天應憐憫我，要我修養這懶散而好隱居之性。疎慵，亦作「疏慵」、「疏庸」、「疎傭」。疏懶、懶散。元稹〈台中鞫獄憶開元觀舊事〉：「疎慵日高臥，自謂輕人寰。」蘇軾〈送路都曹〉：「我亦倦游者，君恩繫疎慵。」野性，樂好鄉野隱居之性。唐・鄭谷〈自遣〉：「誰知野性真天性，不扣權門扣道門。」

4. 雪坡孤月上，冰谷悲鳴：在下雪之山嶺上，冷月孤單地照射著，冰凍之山谷也發出了悲鳴之聲。吳本魏注：「雪坡，雪嶺；冰谷，谷水帶冰而流。」冰谷，冰凍之山谷。漢・郭憲《洞冥記》卷三：「有龍肝瓜，長一尺，花紅，葉素，生於冰谷，所謂冰谷素葉之瓜。仙人瑕丘仲採藥得此瓜，食之千歲不渴。瓜上恒如霜雪，瓜嘗如蜜滓。」吳本魏注記爲《述異記》。蘇軾〈正月二十日，往岐亭，郡人潘、古、郭三人送余於女王城東禪莊院〉：「稍聞決決流冰谷，盡放青青沒燒痕。」

5. 松竹蕭蕭夜初靜。夢醒來，誤喜收得閑身：風吹過松竹發出聲響，夜晚才剛安靜下來。我因風聲而從夢中甦醒，誤以爲成閑適之身而欣喜。松竹蕭蕭，毛滂〈玉樓春〉（西風吹冷沈香篆）：「一杯菊葉小雲團，滿眼蕭蕭松竹晚。」夢醒，吳本魏注：「蘇軾：醉夢昏昏晚來醒。」但蘇軾作品未見此句，疑爲〈浣溪沙〉：「醉

夢昏昏曉未蘇，門前輾轆使君車。」誤喜，蘇軾〈縱筆三首〉之
一：「小兒誤喜朱顏在，一笑那知是酒紅。」閑身，見〈念奴嬌〉
（倦游老眼，看黃塵堆裏）注7。

6. 不信有、俗物沈迷襟韻：不相信有俗人俗事，會來迷亂悠閒之氣
度。俗物，庸俗無趣之人。《晉書》卷四十三〈王戎傳〉：「戎每
與籍為竹林之游，戎嘗後至。籍曰：『俗物已復來敗人意。』」襟
韻，見〈滿江紅〉（老境駸駸）注3。

7. 待臨水依山、得生涯。要傳取新規、再營幽勝：等到他日能夠在
山水佳處度過此生，定要依此營造一個幽靜勝地。吳本魏注：「言
他日得山水佳處，欲取此法而營建之。」生涯，見〈水調歌頭〉
（玻璨北潭面）注7。幽勝，幽靜之勝地。《新唐書》〈裴度傳〉：
「沼石林叢，岑繚幽勝。」

二十七、其二　戊辰歲，王無競[1]生朝

六峯翠氣，不減天台秀[2]。滿腹嵐光雜山溜[3]。掃雄文，
驅巨筆。多藝多才[4]。稽古力，方見青雲步驟[5]。　奉常新
禮樂，玉署金鑾[6]。綠髮青春印如斗[7]。正懸流勇退，收取閑
身。歸去好、林壑頤神養壽[8]。待他日、相尋壽樽開。看野
服黃冠，水前山後[9]。

【編年】

戊辰，即1148年，金熙宗皇統八年。

【箋注】

1. 王無競：即王競，《金史》有傳。《金史》記為彰德人，吳本魏注
記為相臺人。按：宋相州鄴郡彰德軍節度，治安陽，金天會七年
仍置彰德軍節度。安陽與相州鄰近，皆屬河北西路。宋宣和中為
官。金皇統年間為河內令，後官職屢升，終於翰林學士承旨。有

吏治，善詞翰、草隸書，猶工大字。中都官殿門亭榜額，皆出其手，士林推爲第一。吳本魏注：「其子和甫，能世其學，然不及遠矣。」

2. 六峯翠氣，不減天台秀：此山翠綠之氣，不遜於天台山。吳本魏注：「六峯，天平山也，在相州；天台山，在台州。」天平山，在今內蒙古扎魯特旗境內，金代皇帝（熙宗皇統九年）避暑之地。翠氣，青綠色之雲氣。《漢書》〈揚雄傳〉：「曳紅采之琉璃兮，颺翠氣之宛延。」

3. 滿腹嵐光雜山溜：整個胸中盡是山光水色。吳本魏注：「言胷中有山水之秀。」嵐光，山間霧氣經日光照射而發出之光彩。唐‧李紳〈若耶溪〉：「嵐光花影繞山陰，山轉花稀到碧潯。」山溜，亦作「山霤」。山間向下傾注之細小水流。晉‧陸機〈招隱詩〉之二：「山溜何泠泠，飛泉漱鳴玉。」

4. 掃雄文，驅巨筆。多藝多才：寫出傑出之文章，眞是多才多藝。掃，書寫。雄文，傑出之文章。唐‧崔嘏〈授裴諗司封郎中依前充職制〉：「摛敾天之雄文，蘊擲地之清韻。」巨筆，大筆。多用以稱撰寫宏文巨著之筆。亦指大手筆、大作家。《晉史》卷六十五〈王珣傳〉：「珣夢人以大筆如椽與之，既覺，語人云：『此當有大手筆事。』俄而帝崩，哀冊諡議，皆珣所草。」

5. 稽古力，方見青雲步驟：考察古事極其用心，才能很快地平步青雲。稽，考證、查考。稽古力，即稽古之力，謂考察古事極其用功。《後漢書》卷三十七〈桓榮傳〉：「（明帝）即拜佚爲太子太傅，而以榮爲少傅，賜以輜車、乘馬。榮大會諸生，陳其車馬、印綬，曰：『今日所蒙，稽古之力也，可不勉哉！』」青雲，見〈水龍吟〉（太行之麓清輝）注3。

6. 奉常新禮樂，玉署金鑾：能當上奉常、金鑾之高官。奉常，《漢書》卷十九上〈百官公卿表〉：「奉常，秦官，掌宗廟禮儀，有丞。景帝中六年更名太常。」顏師古注：「太常，王者旌旗也，畫日

月焉,王有大事則建以行,禮官主奉持之,故曰奉常也。後改曰太常,尊大之義也。」因奉常掌禮樂,故稱。玉署,《續資治通鑑》卷十六〈太宗淳化二年〉:辛巳,翰林承旨蘇易簡續《翰林志》二卷以獻……又飛白書『玉堂之署』四大字,令中書召易簡付之,榜於廳額。帝曰:『此永爲翰林中美事。』」按:易簡爲蘇舜欽祖父。金鑾,此指對翰林學士之美稱。《文獻通考·職官八》:「前朝因金鑾波以爲門名,與翰林院相接,故爲學士者稱金鑾以美之。」吳本魏注:「時無競爲太常兼學士之職。」

7. 綠髮青春印如斗:在青春年少之時,即已得高官之位。綠髮,烏黑有光澤之髮。李白〈遊泰山〉之三:「偶然值青童,綠髮雙雲鬟。」青春,年輕。印如斗,即金印如斗,喻高官殊勳。《世說新語·尤悔》:「周(顗)曰:『今年殺諸賊奴,當取金印如斗大,繫肘後。』」

8. 正懸流勇退,收取閑身。歸去好、林壑頤神養壽:恰好在此時急流勇退,取得自由之身。歸隱乃佳事,可在林野間休養生息。懸流勇退,見〈滿庭芳〉(森玉筠林)注 9。收取,取得。閑身,見〈念奴嬌〉(倦游老眼,看黃塵堆裏)注 7。林壑,見〈雨中花〉(嗜酒偏憐風竹)注 1。頤神養壽,保養精神,延年益壽。《晉書》卷四十九〈嵇康傳〉:「採薇山阿,散髮巖,永嘯長吟,頤神養壽。」

9. 待他日、相尋壽樽開。看野服黃冠,水前山後:等他日祝壽之時,看你穿戴平民之服,悠游於山水之間。壽樽,即祝壽之樽。相尋,見〈念奴嬌〉(洞宮碧海)注 7。野服,村野平民服裝。黃冠,用草編成之斗笠。《禮記·郊特牲》:「黃衣黃冠而祭,息田夫也。野夫黃冠,黃冠,草服也。大羅氏,天子之掌鳥獸者也,諸侯貢屬焉。草笠而至,尊野服也。」故黃冠野服指平民百姓。水前山後,王安石〈庚申正月游齊安〉:「水南水北重重柳,山後山前處處梅。」吳本魏注作「處處花」。

二十八、驀山溪　和子文韻

人生寄耳，幾許寒仍暑[1]。東晉舊風流，歎此道、雖存如縷[2]。黃塵堆裏，玉樹照光風[3]。閑命駕，小開樽，林下歌奇語[4]。　　蕭閑老計，只有梅千樹[5]。明秀一峯寒，醉時眠、冷雲幽處[6]。君如早退，端可張吾軍[7]。唯莫遣，俗兒知，減卻歡中趣[8]。

【編年】

據前所推，應作於 1142 年後。

【箋注】

1. 人生寄耳，幾許寒仍暑：人生短暫，能經過多少寒暑？人生寄耳，即人生如寄。比喻人生短促，有如暫時寄居於世間。魏·曹丕〈善哉行〉：「人生如寄，多憂何為？今我不樂，歲月如馳。」晉·謝安〈與支遁書〉：「人生如寄耳，頃風流得意之事，殆為都盡。終日戚戚，觸事惆悵，唯遲君來，以晤言消之，一日當千載耳。」幾許，多少。《文選·古詩十九首·迢迢牽牛星》：「河漢清且淺，相去復幾許？」寒仍暑，言時光之流逝。《周易·繫辭傳下》：「寒往則暑來，暑往則寒來，寒暑相推而歲成焉。」

2. 東晉舊風流，歎此道、雖存如縷：感嘆這樣的東晉風韻，已幾乎不存。東晉風流，即東晉奇韻，見〈水調歌頭〉（東垣步秋水）注 10。此道如縷，即「此道如線」，見〈永遇樂〉（正始風流）注 5。

3. 黃塵堆裏，玉樹照光風：在這世上，見到你瀟灑的儀態，流露出高潔的人格。亮塵世。黃塵，見〈水調歌頭〉（雲間貴公子）注 25。玉樹，本指神話傳說中之仙樹。《世說新語·言語》：「謝太傅問諸子姪：『子弟亦何預人事，而正欲使其佳？』諸人莫有言者。車騎答曰：『譬如芝蘭玉樹，欲使其生於階庭耳。』」後因以

「玉樹」稱美佳子弟。亦喻少年之材質或面目姣好。杜甫〈飲中八仙歌〉：「宗之瀟灑美少年，舉觴白眼望青天；皎如玉樹臨風前，蘇晉長齋繡佛前。」光風，雨止日出時之和風。《楚辭‧招魂》：「光風轉蕙，氾崇蘭些。」王逸注：「光風，謂雨已日出而風，草木有光也。」此喻指人格之高潔。

4. 閑命駕，小開樽，林下歌奇語：駕車與你會於林間，談天高歌。命駕，見〈念奴嬌〉（倦游老眼，看黃塵堆裏）注 9。開樽，杜甫〈獨酌〉：「步履深林晚，開樽獨酌遲。」林下，見〈念奴嬌〉（倦游老眼，見黃塵堆裏）注 9。奇語，蘇軾〈水龍吟〉（古來雲海茫茫）：「清淨無為，坐忘遺照，八篇奇語。」

5. 蕭閑老計，只有梅千樹：老年閒散度日的方法，是歸隱山林之間。老計，見〈水調歌頭〉（東垣步秋水）注 5。宋‧晁說之〈無那〉：「莫道一山無積雪，誰家千樹落寒梅。」

6. 明秀一峯寒，醉時眠、冷雲幽處：明秀此峰，可供我醉時寢眠於冷雲生處。明秀峯，見〈水調歌頭〉（東垣步秋水）注 11。冷雲，白居易〈早夏遊平原迴〉：「療飢兼解渴，一醆冷雲漿。」吳本魏注：「或云冷雲，亭名，亦石名。」幽處，杜甫〈天寶初，南曹小司寇舅，於我太夫人堂下，累土為山，一匱盈尺，以代彼朽木。承諸焚香瓷甌，甌甚安矣。旁植慈竹蓋茲數峯，嶔岑嬋娟，宛有塵外數致，乃不知興之所至而作是詩〉：「望中疑在野，幽處欲生雲。」

7. 君如早退，端可張吾軍：你如果提早隱退，正可以申張我隱居的聲勢。張吾軍，見〈望月婆羅門〉（妙齡秀發）注 6。韓愈〈醉贈張祕書〉：「阿買不識字，頗知書八分。詩成使之寫，亦足張吾軍。」

8. 唯莫遣，俗兒知，減卻歡中趣：但不要讓兒輩知道此事，減少了其中樂趣。語出《晉書》卷八十〈王羲之傳〉，見〈滿江紅〉（半嶺雲根）注 9。

二十九、其二

中秋後三日，夜風大作，林聲如怒濤。已而雨至，空階滴瀝，夜分不絕，客懷展轉不能寐，因借浩然韻作此[1]。

霜林萬籟，秋滿人間世[2]。客子舊山心，誤西風、悲號澗水[3]。茅簷夜久，仍送雨疎疎[4]。焚香坐，對牀眠，多少閑滋味[5]。　　釣舡篷底，閑殺煙蓑輩[6]。老眼倦紛華，宦情與、秋光似紙[7]。幽棲歸去，梧影小樓寒[8]。看山眼，打窗聲，莫放頹然醉[9]。

【箋注】

1. 空階滴瀝，夜分不絕，客懷展轉不能寐，因借浩然韻作此：空寂之階梯滴水聲持續到夜半，旅居在外的游子難以入睡，故借浩然之韻作此詞。滴瀝，象聲詞，水滴下聲。唐·周徹〈尚書郎上直聞春漏〉：「滴瀝疑將絕，清泠發更新。」夜分，夜半。《韓非子·十過》：「昔者衛靈公將之晉，至濮水之上，稅車而放馬，設舍以宿，夜分而聞鼓新聲者而說之，使人問左右，盡報弗聞。」展轉，即輾轉。翻來覆去之貌。《詩經·陳風·澤陂》：「寤寐無為，輾轉伏枕。」朱熹集傳：「輾轉伏枕，臥而不寐，思之深且久也。」蘇軾〈蘇州閭丘、江君二家，雨中飲酒二首〉其一：「今宵記取醒時節，點滴空階獨自聞。」浩然，可能為曹浩或張浩。

2. 霜林萬籟，秋滿人間世：霜林間發出各種聲響，秋意已充滿整個人間。萬籟，各種聲響。籟，從孔穴中發出之聲。南朝齊·〈答王世子〉：「蒼雲暗九重，北風吹萬籟。」人間世，《莊子》有〈人間世〉篇。

3. 客子舊山心，誤西風、悲號澗水：游子仍存有隱居之心，怪西風在山澗中悲鳴。客子，見〈念奴嬌〉（倦游老眼，放閑身）注2。山心，隱居山中之心情。北周·庾信〈奉和永豐殿下言志〉：「野

情風月曠，山心人事疏。」悲號，悲傷的痛哭。《史記》卷一一
八〈淮南王傳〉：「民皆引領而望，傾耳而聽，悲號仰天。」

4. 茅簷夜久，仍送雨疏疏：茅屋頂一整晚都聽到稀疏的雨聲。茅
簷，以茅草覆蓋之屋頂。疏疏，即「疏疏」。稀少貌。貫休〈山
居詩二十四首〉之十：「石窗敲枕疏疏雨，水碓無人浩浩風。」
蘇軾〈杜界送魚〉：「醉眼朦朧覓歸路，松江煙雨晚疏疏。」

5. 焚香坐，對牀眠，多少閑滋味：燒香而坐，與你對牀而眠，眞富
悠閑滋味。焚香，燒香。唐・李肇《唐國史補》卷下：「韋應物，
立性高潔，鮮食寡欲，所至焚香掃地而坐。」對牀眠，見〈念奴
嬌〉（九江秀色）注10。

6. 釣舡篷底，閑殺煙蓑輩：釣船篷下的吾輩，比隱者更加悠閑。舡，
音ㄒㄧㄤ。同「船」。釣舡篷底，杜牧〈獨酌〉：「何如釣船雨，
篷底睡秋江。」殺，通「煞」，甚、極之義。閑殺，張詠〈遊趙
氏西園〉：「方信承平無一事，淮陽閑殺老尚書。」煙蓑，即指蓑
衣。又「煙蓑雨笠」借指隱者的服裝或悠游自適的生活。此煙蓑
輩應指隱者。蘇軾〈書晁說之〈考牧圖〉後〉：「煙蓑雨笠長林下，
老去而今空見畫。」

7. 老眼倦紛華，宦情與、秋光似紙：年老之身，已厭倦繁華生活，
爲官之情如秋光般淡薄。老眼，見〈念奴嬌〉（倦游老眼，負梅
花京洛）注3。紛華，見〈滿庭芳〉（森玉筠林）注4。宦情，做
官之心志。語出《晉書》卷四十三〈王衍傳〉，見〈念奴嬌〉（離
騷痛飲）注3。秋光似紙，蘇軾〈送路都曹〉并引：「乖崖公在
蜀，有路曹參軍老病廢事，公責之曰：『胡不歸？』明日，參軍
求去，且以詩留別。其略曰：秋光都似宦情薄，山色不如歸意濃。
公驚謝之，曰：『吾過矣，同僚有詩人而吾不知。』因留而慰薦
之。」按：乖崖公即張詠。

8. 幽棲歸去，梧影小樓寒：隱居歸去，置身在梧桐掩映的清寒小樓
中。幽棲，見〈水調歌頭〉（年時海山國）注9。梧影，即梧桐

樹影。古代以爲梧桐是鳳凰棲止之木。《詩經・大雅・卷阿》：「鳳凰鳴矣，于彼高岡。梧桐生矣，于彼朝陽。」小樓寒，李璟〈浣溪沙〉(菡萏香銷翠葉殘)：「細雨夢迴雞塞遠，小樓吹徹玉笙寒。」吳本魏注記爲「李玉」作，誤。

9. 看山眼，打窗聲，莫放頹然醉：瀏覽山色，聽雨打窗，莫教我頹然就醉。看山眼，宋・毛滂〈燭影搖紅〉(鬢綠飄蕭)：「古槐陰外小闌干，不負看山眼。」打窗聲，杜牧〈宣州開元寺南樓〉：「可惜和風葉來雨，醉中虛度打窗聲。」放，教、使。頹然醉，見〈滿江紅〉(老境駸駸)注 5。歐陽修〈醉翁亭記〉：「蒼顏白髮，頹然乎其間者，太守醉也。」

三十、漁家傲　和子文韻

浩浩春波朝復暮，悠悠倦客傷歧路[1]。渾似故溪煙又雨[2]。瀟灑處。一樽溪友開①心素[3]。　　忘卻閑身須急度，夕陽慣聽漁歌舉[4]。只欠浦花三四樹[5]。閑中趣。春風何待鱸魚去[6]。

【編年】

據前所推，應作於 1142 年以後。

【校勘】

①開，吳本作「關」。

【箋注】

1. 浩浩春波朝復暮，悠悠倦客傷歧路：浩蕩的春波日以繼夜地流動著，他鄉游子在廣遠的路途上辛勞奔走。吳本魏注：「以春波朝暮比行客道路之勞。」浩浩，水盛大貌。《尚書・堯典》：「湯湯洪水方割，蕩蕩懷山襄陵，浩浩滔天。」孔傳：「浩浩，盛大若漫天。」春波，春水之波瀾。南朝宋・謝靈運〈孝感賦〉：「黃

-359-

柔葉於枯木，起春波於寒川。」亦指春水。朝復暮，指時間之流逝。歐陽修〈奉酬揚州劉舍人見寄之作〉：「悠悠寢與食，忽忽朝復暮。」悠悠，見〈水龍吟〉（太行之麓清輝）注 6。倦客，客游他鄉而對旅居生活感到厭倦之人。南朝宋・鮑照〈代東門行〉：「傷禽惡弦驚，倦客惡離聲。」蘇軾〈蝶戀花〉（自古漣漪佳絕地）：「倦客塵埃何處洗，真君堂下寒泉水。」歧路，從大路上分出之小路；岔路。魏・曹植〈美女篇〉：「美女妖且閑，采桑歧路間。」

2. 渾似故溪煙又雨：正像故鄉溪水瀰漫煙氣又飄雨。渾似，正像、完全像。故溪，杜牧〈題桐葉〉：「去年桐落故溪上，把比偶題歸燕詩。」

3. 瀟灑處。一樽溪友開心素：灑脫之處，請寄情山水之友一同開懷飲酒。瀟灑，亦作「瀟洒」。灑脫不拘、超逸絕俗貌。李白〈王右軍〉：「右軍本清真，瀟灑在風塵。」溪友，指居住溪邊、寄情山水之友。黃庭堅〈和答子瞻〉：「故園溪友膾腹腴，遠包春茗問何如。」吳本魏注有「吳詞：故山何在，夢寐草堂溪友」之句，然檢閱《全宋詞》，此句應為韓玉〈感皇恩〉（遠柳綠含煙）：「故鄉何在，夢寐草堂溪友」。心素，亦作「心愫」。即心意、心願。王羲之〈雜帖〉：「足下不返，重遣信往問，願知心素。」

4. 忘卻閑身須急度，夕陽慣聽漁歌舉：忘了想得閑適之身，則須激流勇退，過著在夕陽下慣聽漁夫歌唱的隱居生活。閑身，見〈念奴嬌〉（倦游老眼，看黃塵堆裏）注 7。吳本魏注：「急度，言勇退之意。」漁歌，亦作「漁謌」。漁人所唱之民歌小調。范仲淹〈赴桐廬郡淮上遇風三首〉之一：「斜陽幸無事，酤酒聽漁歌。」吳本魏注記為「雲齋詩」，不知所指。

5. 只欠浦花三四樹：浦花，指江浦之花。三四樹，言數量之少。

6. 閑中趣。春風何待鱸魚去：這樣悠閒的趣味，何必要等到秋風起才思歸？指應趁此春光明媚之時，勇退歸隱。閑中趣，蘇軾〈蝶

戀花〉（雲水縈回溪上路）：「尊酒不空田百畝，歸來分得閑中趣。」
鱸魚，此用「蓴羹鱸鱠」之典。喻思鄉歸隱。《晉書》卷九十二
〈文苑・張翰傳〉：「翰因見秋風起，乃思吳中菰菜、蓴羹、鱸魚
膾，曰：『人生貴得適志，何能羈宦數千里以要名爵乎！』遂命
駕而歸。」

三十一、怕春歸　秋山道中，中夜聞落葉聲有作

老去心情，樂在故園生處[1]。客愁如隋隄亂絮[2]。秋嵐照
水度黃衣，微雨[3]。記篷窗、舊年吳楚[4]。　　飄蕭鬢綠，日
日西風吹去[5]。夢頻頻、蕭閑風土[6]。橙黃蟹紫醉琴書，容與
[7]。向他年、尚堪接武[8]。

【箋注】

1. 老去心情，樂在故園生處：年老之樂，在於回歸故鄉出生處。生
處，生長之地。唐・李咸用〈苔〉：「幾年風雨跡，疊在石屛顏。
生處景長靜，看來情儘閑。」此句化用白居易〈寒食〉：「人老何
所樂，樂在歸鄉國。我歸故園來，九度逢寒食。」

2. 客愁如隋隄亂絮：客子之愁緒，多似隋隄邊之柳絮。吳本魏注：
「言愁多也。」隋隄，亦作「隋堤」。隋煬帝時沿通濟渠、邗溝
河岸修築之御道，道旁植楊柳，後人謂之隋堤。唐・韓琮〈楊柳
枝〉：「梁苑隋堤事已空，萬條猶舞舊東風。」吳本魏注：「絮，
即柳花也。」賀鑄〈青玉案〉（凌波不過橫塘路）：「一川煙草，
滿城風絮，梅子黃時雨。」

3. 秋嵐照水度黃衣，微雨：在微雨而瀰漫霧氣之秋日山林間，穿著
黃色罩衣，迎著水光映射而行。秋嵐，見〈念奴嬌〉（倦游老眼，
放閑身）注2。黃衣，穿在胡裘外面之黃色罩衣。《禮記・玉藻》：
「（君子）狐裘，黃衣以裼之。錦衣狐裘，諸侯之服也。犬羊之
裘不裼。」吳本魏注：「黃衣，油衣，雨具也。」

4. 記篷窗、舊年吳楚：回憶起往昔在吳楚時泛舟之事。篷窗，猶言船窗。吳本魏注：「因思往時在吳楚閒泛舟之樂。」

5. 飄蕭鬢綠，日日西風吹去：飄逸烏黑的鬢髮，日日被西風吹拂而變了顏色。吳本魏注：「風催鬢綠，言漸老。」飄蕭，見〈念奴嬌〉（九江秀色）注4。鬢綠，即綠鬢，指烏黑光亮之髮。

6. 夢頻頻、蕭閑風土：常常夢見蕭閑堂之風景。吳本魏注：「公有蕭閑圃，在鎮陽。頻夢見之，言思歸。」

7. 橙黃蟹紫醉琴書，容與：希望能吃著南方之當令美味，從容自適地沈醉於琴書之間。橙黃蟹紫，杜牧〈新轉南曹，未敘朝散。初秋暑退，出守吳興，書此篇以自見志〉：「越浦黃柑嫩，吳溪紫蟹肥。」醉琴書，吳本魏注：「言心醉於琴書之中以自適。」容與，從容閑舒貌。《楚辭・九歌・湘夫人》：「時不可兮驟得，聊逍遙兮容與。」

8. 向他年、尚堪接武：希望他年，還能夠承繼這樣的理想。吳本魏注：「公欲繼古賢歸退之跡也。」向，到。接武，步履相接，指繼承。《文心雕龍・物色》：「古來辭人，異代接武，莫不參伍以相變，因革以為功。」

三十二、臨江仙　故人自三韓回，作此寄之[1]

夢裏秋江當眼碧，綠叢摘破晴瀾[2]。擣香鱸蟹勸加飧[3]。木奴空斌媚，未許鬪甘酸[4]。　　聞道雞林珍貢至，侯門玉指金盤[5]。六年冰雪眼常寒[6]。酒樽風味在，借我醉時看[7]。

【箋注】

1. 故人自三韓回，作此寄之：吳本魏注：「高麗產美橙，公作詞索之。」三韓，漢時朝鮮南部馬韓、辰韓、弁韓之合稱。馬韓在西，辰韓在東，弁韓在辰韓之南，後皆為新羅、百濟所併。

2. 夢裏秋江當眼碧，綠叢摘破晴瀾：夢中秋天的江水，是順眼的碧

綠色；在這樣的季節裡，到綠林中去摘柑橘。吳本魏注：「此言夢想摘橙於秋江晴霽時也。」當眼，好看、順眼。黃庭堅〈戲答李子眞河上見招來詩，頗誇河上風物，聊以當嘲云〉：「安得江湖忽當眼，臥聽禽語信船流。」綠叢，綠色草叢。黃庭堅〈題灜峯閣〉：「梅藟破顏冰雪，綠叢不見黃甘。」

3. 擣香鱸蟹勸加飧：以鱸蟹佐橙而食更加美味。擣香鱸蟹，吳本魏注：「鱸鯖蟹菹，得橙尤佳。」蘇軾〈十拍子〉(白酒新開九醞)：「玉粉旋烹茶乳，金齏新擣橙香。」蘇軾〈金橙徑〉：「金橙縱復里人知，不見鱸魚價自低。須是松江煙雨裏，小船燒薤擣香虀。」吳本魏注作「金橙正復少人知⋯⋯小舟燒蟹擣香虀」。飧，即煮熟之飯菜。義同「餐」。勸加飧，〈飲馬長城窟行〉：「上言加餐飯，下言長相憶。」

4. 木奴空斌媚，未許鬭甘酸：柑橘空有美好的外表，味道卻酸甜無比。吳本魏注：「木奴，橘也。橘性甘酸，入酒不及於橙。」木奴，《三國志・吳書》卷四十八〈孫休傳〉「丹陽太首李衡」裴松之注引晉・習鑿齒《襄陽記》：「(李衡) 於武陵龍陽汜洲上作宅，種甘橘千株。臨死，敕兒曰：『汝母惡我治家，故窮如是。然吾州里有千頭木奴，不責汝衣食，歲上一匹絹，亦可足用耳』⋯⋯吳末，衡甘橘成，歲得絹數千匹，家道殷足。」後因稱柑橘樹爲「木奴」。斌媚，即嫵媚。姿態美好、可愛。《史記》卷一百一十七〈司馬相如列傳〉：「柔橈嬛嬛，嫵媚姍嬝。」未許鬭甘酸，不許他物和它比甘酸。鬭，通「鬥」，趁。甘酸，酸甜。蘇軾〈中山松醪賦〉：「知甘酸之易壞，笑涼州之蒲萄。」吳本魏注記爲「如甘酸之易壞」，應誤。

5. 聞道雞林珍貢至，侯門玉指金盤：聽說新羅的珍貴貢品已到，富貴人家莫不爭先食用。吳本魏注：「高麗常歲以橙爲貢，貢餘即入公卿之第⋯⋯此詞不言擘、嘗等字，而其意自足，可謂工矣。」雞林，亦作「鷄林」。即新羅 (古朝鮮三王國之一)。東漢

永平八年，新羅王夜聞金城西始林間有雞聲，遂更名雞林。唐·楊夔〈送日東僧游天臺〉：「迴首雞林道，唯應夢想通。」玉指金盤，蘇軾〈食柑〉：「露葉霜枝剪寒碧，金盤玉指破芳辛。」此指食橙之態。

6. 六年冰雪眼常寒：長久待在這北方冰雪之地，卻很少見到珍貴物品。吳本魏注：「江東冰雪之地，眼冷不見珍物。」眼常寒，蘇軾〈續麗人行〉：「杜陵飢客眼長寒，蹇驢破帽隨金鞍。」

7. 酒樽風味在，借我醉時看：吳本魏注：「橙尤宜酒，故以言之。公此篇絕不言橙，而橙之意味風韻皆盡，尤見妙絕。」（集評）酒樽風味，黃庭堅〈秋冬之間，鄂渚絕市無蟹。今日偶得數枚，吐沫相濡，乃可憫，笑戲成小詩三首〉之二：「也知殼觫元無罪，奈此尊前風味何。」

三十三、其二　雪晴過邢嵓夫 [1]，用舊韻

誰信玉堂金馬客，也隨林下家風 [2]。三杯大道果能通 [3]。相逢開老眼，著我聖賢中 [4]。　　會意清言窮理窟，人間萬事冥濛 [5]。暮寒松雪照羣峯。衰顏無處避，只可屢潮紅 [6]。

【編年】

王慶生以爲此詞作於皇統二年，即 1142 年，且人在上京。

【箋注】

1. 邢嵓夫：即邢具瞻，正史無傳。吳本魏注：「利州龍山人。天會二年，平州榜及進士第，有俊才，工詩文。累官待制。將命江南，題詩金山寺，膾炙人口。皇統中以黨議死，時人哀悼之。」按：利州在遼西，金時屬北京路。曾與蕭毅、魏良臣赴南宋議和。

2. 誰信玉堂金馬客，也隨林下家風：誰相信曾居高位之人，也會循

歸隱居。玉堂，漢宮殿名。《史記》卷十二〈孝武本紀〉：「於是作建章宮……其南有玉堂、璧門、大鳥之屬。」玉堂金馬，指漢代之玉堂殿與金馬門。玉堂殿，原屬漢未央宮之屬殿；金馬門，原爲漢宮宦者屬門。均爲學士招待之所。後用以稱翰林院或顯赫高位。辛棄疾〈水調歌頭〉（萬事到白髮）：「味平生，公與我，定無同。玉堂金馬，自有佳處著詩翁。」林下，見〈念奴嬌〉（倦游老眼，看黃塵堆裏）注9。蘇軾〈題王逸少帖〉：「謝家夫人澹豐容，蕭然自有林下風。」家風，家族世傳的習慣行爲。《世說新語・文學》：「夏侯湛作周詩成，示潘安仁。安仁曰：『此非徒溫雅，乃別見孝悌之性。潘因此遂作家風詩。』」

3. 三杯大道果能通：三杯大道，謂飲酒通向超脫之道。李白〈月下獨酌四首〉之二：「三杯通大道，一斗合自然。」

4. 相逢開老眼，著我聖賢中：相逢時睜開老眼，一同飲酒。老眼，見〈念奴嬌〉（倦游老眼，負梅花京洛）注3。聖賢，代指「酒」。《三國志・魏書》卷二十七〈徐邈傳〉：「時科禁酒，而邈私飲至於沈醉。校事趙達問以曹事，邈曰：『中聖人。』達白之太祖，太祖甚怒。度遼將軍鮮于輔進曰：『平日醉客謂酒清者爲聖人，濁者爲賢人，邈性脩愼，偶醉言耳。』竟坐得免刑。」吳本魏注記爲「竟坐免官」，應誤。

5. 會意清言窮理窟，人間萬事冥濛：領悟高妙的言論，窮盡其淵博才學，瞭解人世間萬事都模糊幽深。會意，會心、領悟。陶潛〈五柳先生傳〉：「好讀書，不求甚解。每有會意，便欣然忘食。」清言，清雅高妙的言論。陶潛〈詠二疏〉：「問金終寄心，清言曉未悟。」理窟，義理淵藪。謂富於才學。《晉書》卷七十五〈張憑傳〉：「會王濛就惔清言，有所不通，憑於末坐判之，言旨深遠，足暢彼我之懷，一坐皆驚。惔延之上坐，清言彌日，留宿至旦遣之。憑既還船，須臾，惔遣傳教覓張孝廉船，便召與同載，遂言之於簡文帝。帝召與語，歎曰：『張憑勃窣爲理窟。』」人間萬事，

黃庭堅〈戲效禪月作遠公詠〉：「胸次九流清似鏡，人間萬事醉如泥。」冥濛，模糊幽深。南朝梁・江淹〈雜體詩・效顏延之〈侍宴〉〉：「青林結冥濛，丹巇被蔥蒨。」

6. 衰顏無處避，只可屢潮紅：我衰老的容貌無處可躲，喝了酒臉上泛起紅潮。衰顏，唐・張九齡〈三月三日登龍山〉：「衰顏憂更老，淑景望非春。」潮紅，亦作「紅潮」。面部因酒醉泛起紅色。蘇軾〈西江月〉（聞道雙銜鳳帶）：「雲鬟風前綠卷，玉顏醉裡紅潮。」范成大〈園丁折花七品各賦一絕・崇寧紅〉：「曉啟粧光沁粉，晚來醉面潮紅。」

三十四、一剪梅　送珪登第後還鎮陽 [1]

白璧雄文冠玉京，桂月名香，能繼家聲 [2]。年年社燕與秋鴻，明日燕南又遠行 [3]。　　老子初無游宦情，三徑蒼煙歸未成 [4]。幅巾扶我醉談玄，竹瘦溪寒，深寄餘齡 [5]。

【編年】

蔡珪於天德三年中進士，故此詞應作於 1151 年。

【箋注】

1. 送珪登第後還鎮陽：珪，松年長子，字正甫。《金史》有傳。吳本魏注：「珪字正夫，公之長嫡，王履道之外孫也。幼有逸才，讀書號五行俱下，過目輒誦。天德三年中進士第，調潞簿。召入館，歷應奉修撰、戶外太原副運待制吏中。大定十五年，出補淄刺。未赴，以疾解，尋卒，士流痛惜之。為文有家法，幾一時貴族。寺觀金石文字，咸出其筆。施明望嘗稱之云：『學高才妙，斗南一人。』其為時賢所許如此。」珪能文，開「國朝文派」之風。元好問《中州集・蔡太常珪》小傳：「國初文士如宇文太學、蔡丞相、吳深州之等，不可不謂之豪傑之士，然皆宋儒，難以國

朝文派論之。故斷自正甫為正傳之宗，黨竹谿次之，禮部閑閑公
又次之。」

2. 白璧雄文冠玉京，桂月名香，能繼家聲：深美之才學為京城之首，
能登科及第，繼承我們家族之傳統。吳本魏注：「公之先世多登
科，正夫亦能擢第，是能繼其家聲也。」白璧，平圓形而中有孔
之白玉。《管子・輕重甲》：「禺氏不朝，請以白璧為幣乎？」蘇
軾〈贈潘谷〉：「潘郎曉踏河陽春，明珠白璧驚市人。」雄文，見
〈洞仙歌〉（六峯翠氣）注 4。玉京，指帝都。唐・孟郊〈長安
旅情〉：「玉京十二樓，峨峨倚青翠。」吳本魏注：「公父大學諱
靖，字安世，以雄文茂德為世主所重。白璧雄文，宋制語……此
句美大學也。」桂月，指月亮。傳說月中有桂樹，故稱。名香，
岑參〈送許子擢第歸江寧拜親，因寄王大昌齡〉：「青春登甲科，
地動聞香名。」因古時以折桂喻進士及第，故桂花名香引申為登
科之意。家聲，歐陽修〈常州張卿養素堂〉：「江左衣冠世有名，
幾人今復振家聲。」

3. 年年社燕與秋鴻，明日燕南又遠行：每年如燕子與鴻雁來來去
去，明日你又將遠行到燕南。社燕，燕子春社時來，秋社時去，
故稱。唐・羊士諤〈郡樓晴望〉：「地遠秦人望，天晴社燕飛。」
秋鴻，秋日之鴻雁。古詩文中常以象徵離別。南朝梁・沈約〈愍
衰草賦〉：「秋鴻兮疏引，寒烏兮聚非。」蘇軾〈送陳睦知潭州〉：
「有如社燕與秋鴻，相逢未穩還相送。」燕南，吳本魏注：「鎮
陽趙地，在燕之南。」燕，指河北，故燕南指河北之南。

4. 老子初無游宦情，三徑蒼煙歸未成：我本無為官之情，欲歸隱而
沒法如願。老子，我，自稱之詞。《後漢書》卷二十四〈馬援傳〉：
「此丞、掾之任，何足相煩，頗哀老子，使得遨游。」蘇軾〈青
玉案〉（三年枕上吳中路）：「莫驚鷗鷺，四橋盡是，老子經行處。」
游宦，亦作「遊宦」。在外做官。《漢書》卷二十八下〈地理志〉：
「及司馬相如游宦京師諸侯，以文辭顯於世，鄉黨慕循其跡。」

三徑，見〈雨中花〉（嗜酒偏憐風竹）注 10。蒼煙，見〈念奴嬌〉（離騷痛飲）注 4。歸未成，蘇軾〈南歌子〉（帶酒衝山雨）：「老去才都盡，歸來計未成。」

5. 幅巾扶我醉談玄，竹瘦溪寒，深寄餘齡：幅巾，古代男子以全幅細絹裹頭之頭巾。《後漢書》卷六十八〈符融傳〉：「後遊太學，師事少府李膺。膺風性高簡，每見融，輒絕它賓客，聽其言論。融幅巾奮褎，談辭如雲，膺每捧手歎息。」談玄，談論深奧玄妙之道理。漢‧揚雄《法言‧問神第五》：「育而不苗者，吾家之童烏乎！九齡而與我玄文。」李軌注：「童烏，子雲之子也。仲尼悼顏淵苗而不秀，子雲傷童烏育而不苗。顏淵弱冠而與仲尼言易，童烏九齡而與揚子論玄。」《太平御覽》卷三百八十五引〈劉向別傳〉云：「揚信字子烏，雄第二子，幼而聰慧。雄算玄經不會，子烏令作九數而得之。」可知，揚雄以孔子嘆顏淵早死，來比喻自己對聰慧愛子早夭之嘆。而蔡松年此處則以揚雄之喻，來寄寓自己晚年仍有蔡珪如此傑出的兒子，可以與自己研討學問，度過餘生。寄餘齡，見〈水龍吟〉（太行之麓清輝）注 12。

三十五、小重山

東晉風流雪樣寒，市朝冰炭裏、起波瀾[1]。得君如對好江山，幽棲約、湖海玉屑顏[2]。梅月半斕斑，雲根孤鶴唳、淺雲灘[3]。摩挲明秀酒中閑，浮香底、相對把漁竿[4]。

【箋注】

1. 東晉風流雪樣寒，市朝冰炭裏、起波瀾：東晉人物之風流情韻，變得如雪般寒冷。在人間這爭名奪利之所，世事起了變化，使我不能與之相容。東晉風流，即東晉奇韻，見〈水調歌頭〉（東垣步秋水）注 10。雪樣寒，如下雪一般寒冷。毛滂〈浣溪沙〉（月樣嬋娟雪樣清）：「月樣嬋娟雪樣清，索強先占百花春。」市朝，

見〈水調歌頭〉（空涼萬家月）注 12。冰炭，見〈念奴嬌〉（離騷痛飲）注 7。波瀾，比喻世事或人心的起伏變化。晉・陸機〈君子行〉：「休咎相乘躡，翻覆若波瀾。」

2. 得君如對好江山，幽棲約、湖海玉屖顏：認識你彷彿面對一片好風光，讓我們相約在景色優美之處，一同歸隱。幽棲，見〈水調歌頭〉（年時海山國）注 9。湖海，泛稱天下各地。唐・李頎〈送綦毋三謁房給事〉：「惜哉湖海上，曾校蓬萊書。」屖顏，參差不齊貌。《漢書》卷五十七下〈司馬相如傳〉：「沛艾赳螑仡以怡儗兮，放散畔岸驤以屖顏。」顏師古注：「屖顏，不齊也。」王安石〈和曾子翊授舒掾之作〉：「一水碧羅裁繚繞，萬峯蒼玉刻屖顏。」吳本魏注記爲東坡作，應誤。

3. 梅月半爛斑，雲根孤鶴唳、淺雲灘：月光下之梅樹半開，石上的鶴在茫茫雲海中鳴叫著。爛斑，見〈雨中花〉（嗜酒偏憐風竹）注 18。吳本魏注：「爛斑，半開時。或云梅月之影也。」雲根，見〈滿江紅〉（半嶺雲根）注 3。

4. 摩挲明秀酒中閑，浮香底、相對把漁竿：撫摸明秀峯之景物，沉醉於飲酒之樂。在梅花飄香之下，我和你一同享受歸隱生活。摩挲，見〈念奴嬌〉（倦游老眼，負梅花京洛）注 6。明秀，見〈水調歌頭〉（東垣步秋水）注 11。浮香，飄溢之香氣。隋陽帝〈宴春堂〉：「清音出歌扇，浮香飄舞衣。」把，即「握」。漁竿，釣魚之竹竿。多作垂釣隱居之象徵。唐・岑參〈初授官題高冠草堂〉：「祇緣五斗米，辜負一漁竿。」

三十六、減字木蘭花　和丹房老人韻[1]

山蟠酒綠，天上玉盤窺醉玉[2]。倦客秋多，秋氣還如酒盞何[3]。　　松風度曲，風水飄飄承我足[4]。蘄竹龍哦，落月徘徊待我歌[5]。

【箋注】

1. 丹房老人：見〈滿江紅〉（半嶺雲根）注 10。

2. 山蟠酒綠，天上玉盤窺醉玉：山峰盤曲環繞，酒色澄綠，天上明月似乎也和我們一起酒醉欲倒。吳本魏注：「言山為飲酒之地，月又照我，醉態敧側也。」蟠，彎曲、扭曲。玉盤，見〈水調歌頭〉（空涼萬家月）注 10。醉玉，即醉玉頹山、頹山玉，見〈滿江紅〉（老境駸駸）注 5。

3. 倦客秋多，秋氣還如酒盞何：倦游的我特別感受到秋氣之濃，而藉酒消愁又能奈秋何？吳本魏注：「客舍秋多，唯酒可以消遣，故云。」秋氣，指秋日淒清、肅殺之氣。《呂氏春秋‧義賞》：「春氣至，則草木產；秋氣至，則草木落。」酒盞，即酒杯。杜甫〈酬孟雲卿〉：「但恐天河落，寧辭酒盞空。」

4. 松風度曲，風水飄飄承我足：松風吹拂之聲，彷彿譜成歌曲，而如此景致讓我輕飄飄如置身仙境。吳本魏注：「言松風清澈，自成音曲，因欲御風水之氣而飛行也。」松風度曲，黃庭堅〈題伯時畫松下淵明〉：「松風自度曲，我琴不須彈。」《苕溪漁隱叢話》卷四十七〈山谷上〉引《冷齋夜話》云：「魯直，元祐初晝臥菩提寺，時新秋雨過涼甚，夢與一道士牽衣昇雲而去，望見雲濤際天，夢中問道士：『無舟可濟，且公安之？』道士曰：『與公游蓬萊。』即襪而履之，魯直意不欲行，道士彊邀之，俄覺天風吹鬢，毛骨為戰慄，道士令但斂目，惟聞足底如松風獵獵。」李白〈題舒州司空山瀑布〉：「攝身凌青霄，松風拂我足。」

5. 蘄竹龍哦，落月徘徊待我歌：笛聲悠揚，將落之月也徘徊不走，等待我高歌。吳本魏注：「蘄川之竹，尤宜笛材……此言醉中吹笛浩歌，月為我徘徊遲下也。」蘄竹，湖北蘄春所產之竹。可作簟、笛、杖。白居易〈病中逢邱昭客夜酌〉：「臥簟蘄竹冷，風襟卭葛疎。」哦，吟詠、吟唱。黃庭堅〈大暑水閣聽晉卿家昭華吹笛〉：「蘄竹能吟水底龍，玉人應在月明中。」落月，唐‧駱賓王

〈秋日送尹大赴京〉：「低河耿秋色，落月抱寒光。」李白〈月下獨酌四首〉之一：「我歌月徘徊，我舞影零亂。」

三十七、其二　中秋前一日，從趙子堅[1]索酒

　　春前雪夜，醉玉崢嶸花上下[2]。幾許悲歡，明夜秋河轉玉盤[3]。　　高樓遠笛，光到東峯橫眼碧[4]。招我吟魂，教卷澄江入酒樽[5]。

【箋注】

1. 趙子堅：即趙松石。吳本魏注：「白霽長興人。皇統中兩爲遼陽幕僚。天德初，擢邠副改平陽曹同。秩滿，不復仕，寓家博野，自號無憂道人。」長興，金屬北京路大定府，在今內蒙古赤峰市寧城縣。

2. 春前雪夜，醉玉崢嶸花上下：春來前之雪夜，我喝醉酒看著寒冷雪花落下。吳本魏注：「將言中秋，先敘殘臘霰雪時嘗醉飲也。」醉玉，見〈滿江紅〉（老境駸駸）注 5。崢嶸，猶凜冽。唐・羅隱〈雪霽〉：「南山雪乍晴，寒氣轉崢嶸。」吳本魏注：「崢嶸，高貌」疑誤。花上下，吳本魏注：「言雪花也。」言雪花上下飛舞貌。

3. 幾許悲歡，明夜秋河轉玉盤：經過多少悲歡，又到了銀河明淨之中秋夜。吳本魏注：「言悲歡忽忽，又是中秋也。」秋河，天上之銀河。見〈水調歌頭〉（星河淡城闕）注2。南朝齊・謝朓〈暫使下都，夜發新林至京邑，贈西府同僚〉：「秋河曙耿耿，寒渚夜蒼蒼。」玉盤，見〈水調歌頭〉（空涼萬家月）注10。

4. 高樓遠笛，光到東峯橫眼碧：高樓上聽到遠處笛聲悠揚，當月光照到東邊的山峰，我眼前所見都是碧綠的山色。吳本魏注：「月上東山，碧色滿眼也。」高樓遠笛，杜甫〈遣興五首〉之一：「北里富熏天，高樓夜吹笛。」光，月光也。橫，瀰漫、籠罩。橫眼

碧，言眼中全是碧色。

5. 招我吟魂，教卷澄江入酒樽：召喚我自身靈魂，讓我在此夜暢飲痛快。招我吟魂，《楚辭》有〈招魂〉。吟魂，指詩人之靈魂。五代・齊己〈經賈島舊居〉：「若有吟魂在，應隨夜魄迴。」又指詩情、詩思。吳本魏注：「秦少章：更教風月助吟魂」，應爲張耒〈效吳融詠情〉：「知是妄緣除不盡，更教風月助吟魂。」澄江入酒樽，吳本魏注：「江流樽中，言酒多。」

三十八、朝中措

玉屏松雪冷龍鱗，閑閱倦游人¹。耐久誰如溪水，破冰猶漱雪①根²。

三年俗駕，千鍾厚祿，心負天真³。說與蒼煙空翠，未忘藜杖綸巾⁴。

【校勘】

①雪，吳本作「雲」。

【箋注】

1. 玉屏松雪冷龍鱗，閑閱倦游人：山如屏風，雪中松樹如龍般矗立，彷彿悠閑地看顧我這倦游之人。吳本魏注：「言山如玉屏，松雪如龍鱗也。或云石屏中有松雪龍鱗之狀，閱見我宦游不已也。」玉屏，玉飾之屏風。此指山如屏風。松雪，見〈滿江紅〉（春色三分）注 8。龍鱗，似龍鱗之事物。此指松檜之皮如龍鱗。王維〈春日與裴迪過新昌里訪呂逸人不遇〉：「閉戶著書多歲月，種松皆老作龍鱗。」蘇軾〈風水洞二首和李節推〉其二：「細細龍鱗生亂石，團團羊角轉空巖。」倦游，見〈水調歌頭〉（東垣步秋水）注 14。

2. 耐久誰如溪水，破冰猶漱雪根：誰能如溪水般耐久？誰能如漱石

般剛毅、並破冰而出？耐久，《新唐書》卷一百一十七〈魏玄同傳〉：「玄同與裴炎締交，能保終始，故號『耐久朋』。」雲根，此處應指石塊破冰而出，故應按吳本作「雲根」較適宜。雲根，見〈滿江紅〉（半嶺雲根）注3。

3. 三年俗駕，千鍾厚祿，心負天眞：爲官三年，雖有豐厚之祿，卻辜負了天眞之心。吳本魏注：「言祿位雖重，違我眞性也。」俗駕，孔稚珪〈北山移文〉：「請回俗士駕，爲君謝逋客。」蘇軾〈次韻子由書王晉卿畫山水二首〉其二：「山人昔與雲俱出，俗駕今隨水不回。」千鍾厚祿，見〈滿江紅〉（老境駸駸）注6。天眞，心地純眞，性情直率，沒有做作和虛僞。杜甫〈寄李白〉：「劇談憐野逸，嗜酒見天眞。」

4. 說與蒼煙空翠，未忘藜杖綸巾：將心事說給大自然聽，表明我未忘卻拄藜杖、戴綸巾之心志。吳本魏注：「蒼煙草樹、空翠山色、藜杖綸巾，隱士所用。」蒼煙，見〈念奴嬌〉（離騷痛飲）注4。空翠，見〈水龍吟〉（太行之麓清輝）注11。藜杖，以藜之老莖做成之手杖，質輕而堅實。《晉書》卷四十三〈山濤傳〉：「魏帝嘗賜景帝春服，帝以賜濤，又以母老，並賜藜杖一枚。」綸巾，見〈水調歌頭〉（雲間貴公子）注31。

三十九、其二　癸丑歲，無競生朝

十年鼇禁謫仙人，冰骨冷無塵[1]。紫詔十行寬大，白麻三代溫淳[2]。

天開壽域，人逢壽日，小小陽春[3]。要見神姿難老，六峯多少松筠[4]。

【編年】

癸丑，1133年，金太宗天會十一年。然王慶生以爲，此時無競尙未入翰林，故應誤。詞中「十年鼇禁」謂無競在翰林已十年，而

無競約皇統元年入翰林，至貞元元年約十幾年，且此年為「癸酉」，
故推測應作於 1153 年。

【箋注】

1. 十年鼇禁謫仙人，冰骨冷無塵：你憑著謫仙之才學，在翰林院作
   了十年之官，身骨應高潔無塵。鼇禁，亦作「鰲禁」。翰林院之
   別稱。司馬光〈神宗皇帝挽詞〉之四：「鼇禁叨承詔，金華侍執
   經。」無競因官翰林，故稱。謫仙，亦作「謫僊」。謫居世間之
   仙人。常用以稱喻才學優異之人。《南齊書》卷五十四〈高逸
   傳・杜京產〉：「永明中，會稽鍾山有人姓蔡，不知名。山中養鼠
   數十頭，呼來即來，遣去便去。言語狂易。時謂之『謫仙』。」
   冰骨，歐陽修〈送張屯田歸洛歌〉：「心衰面老畏人問，驚我瘦骨
   清如冰。」

2. 紫詔十行寬大，白麻三代溫淳：皇恩待你家三代十分寬厚。紫詔，
   即紫泥詔。指皇帝詔書。《後漢書》卷一〈光武帝本紀上〉：「奉
   高皇帝璽綬。」李賢注引漢・蔡邕〈獨斷〉：「皇帝六璽，皆玉螭
   虎紐……皆以武都紫泥封之。」十行，《後漢書》卷八十三〈循
   吏傳〉：「（光武）其以手迹賜方國者，皆一札十行，細書成文。」
   寬大，《後漢書》卷二十六〈侯霸傳〉：「（光武）每春下寬大之詔，
   奉四時之令，皆霸所建也。」蘇軾〈春帖子詞皇帝閣六首〉其一：
   「數行寬大詔，四海發生心。」白麻，唐詔書以麻紙謄寫，麻紙
   則有黃、白二種。舉凡立后、建儲、討伐，及拜免將相等大事，
   皆用白麻詔書，制敕則用黃麻詔書。唐・李肇《翰林志》：「凡赦
   書、德音、立后、建儲、大誅、討免三公宰相命將日制，並用白
   麻紙，不用印。」紫詔、白麻此處應皆代指皇恩。溫淳，溫和純
   樸。蘇洵〈上田樞密書〉：「孟韓之溫淳，遷固之雄剛，孫吳之簡
   切，投之所嚮，無不如意。」

3. 天開壽域，人逢壽日，小小陽春：在十月小陽春之時，上天開了

太平盛世，你剛好逢著壽日。壽域，謂人人得盡天年之太平盛
世。《漢書》卷二十二〈禮樂志〉：「願與大臣延及儒生，述舊禮，
明王制，驅一世之民，濟之仁壽之域，則俗何以不若成康？壽何
以不若高宗？」陽春，指溫暖之春天。小陽春，指陰曆十月。此
時天氣暖和如春，故稱，可見無競生於十月。

4. 要見神姿難老，六峯多少松筠：一定會看你青春永駐，就像六峰
的松竹長青。吳本魏注：「無競家山，山多松竹，以比壽遠。」
要見，宋・王禹偁〈戲題二章述滁州官況寄翰林舊同院二首〉之
一：「要見滁州謫宦情，信緣隨俗且營營。」難老，《詩經・魯頌》：
「既飲旨酒，永錫難老。」六峯，見〈洞仙歌〉（六峯翠氣）注
2。松筠，松樹和竹子。《禮記・禮器》：「其在人也，如竹箭之有
筠也，如松柏之有心也。二者居天下之大端矣，故貫四時而不改
柯易葉。」

四十、其三

玉霄琁牓陋凌雲，龍跳九天門[1]。不負平生稽古，仙卿蹕
拜恩綸[2]。

星明南極，天開太室，收拾殊勳[3]。賀客晨香如霧，他
年壓倒平津[4]。

【編年】

據上推測，王慶生以為應與上首作於同時，即 1153 年。而詞「玉
霄琁牓」，則指無競去年題中都宮殿牓額事。

【箋注】

1. 玉霄琁牓陋凌雲，龍跳九天門：你書寫宮廷牓額之才，無愧寫「凌
雲臺」之陋態，反似龍騰九天門一般。吳本魏注：「此言玉霄琁
牓，謂天上牓額也。無競善書，中都宮殿門亭牓額，皆出其手，

雄深穩健，近世更無。」玉霄，即天界。傳說中天帝、神仙之居
處。唐・常建〈古意〉之二：「玉霄九重閉，金鎖夜不開。」蘇
軾〈水龍吟〉（古來雲海茫茫）：「向玉霄東望，蓬萊暗靄，有雲
駕，驂風馭。」琁牓，亦作「璇牓」、「璇榜」。指玉飾之匾額。
宋・梅堯臣〈和謝希琛會聖宮〉：「宸縱躍璇牓，瑞羽集舳棱。」
凌雲，直上雲霄。多形容志向崇高或意氣高超。《史記》卷一百
一十七〈司馬相如列傳〉：「相如既奏〈大人之頌〉，天子大說，
飄飄有凌雲之氣，似游天地之閒意。」此指凌雲臺，三國魏文帝
所築。《三國志・魏書》卷二〈文帝紀〉：「十二月，行東巡，是
歲築凌雲臺。」吳本魏注：「凌霄，觀名也。魏明作凌霄觀，工
人誤先釘額，去地二十五丈，令韋誕就書之。比下，鬚鬢皓然，
因誡子孫勿復學書。」按：檢索史書，魏明帝並未築凌雲臺。然
魏道明此注應本於《太平廣記》卷二百九十：「姜詡、梁宣、田
彥和及司徒韋誕，皆伯英弟子，並善書。誕最優，魏宮館寶器，
皆是誕書。魏明帝起凌雲臺，誤先釘榜，而未之題。以籠盛誕，
轆轤引上書之，去地二十五丈，誕甚危懼，乃誡子孫，絕此楷法。」
陋凌雲，吳本魏注：「無競從容書額，故陋陵雲見逼之事。」吳
本魏注又云「凌雲」指「凌霄賦」，應非。龍跳九天門，南朝・
梁武帝〈書評〉：「王羲之書如龍跳天門，虎臥鳳闕，是故歷代寶
之，永以為訓。」九天，亦作「九霄」、「九重」。謂天空最高處。
《孫子・形篇》：「善攻者，動於九天之上。」梅堯臣注：「九天，
言高不可測。」

2. 不負平生稽古，仙卿躐拜恩綸：不辜負平生師古苦讀之功，你因
   皇帝恩詔而越級升任。稽古，見〈洞仙歌〉（六峯翠氣）注 5。
   仙卿，仙界之貴官。柳永〈巫山一段雲〉（蕭氏賢夫婦）：「蕭氏
   賢夫婦，茅家好弟兄。羽輪飆駕赴層城，高會盡仙卿。」躐拜，
   謂越級升任。恩綸，猶恩詔。《禮記・緇衣》：「王言如絲，其出
   如綸；王言如綸，其出如綍。」吳本魏注：「故制詞謂之絲綸。」

3. 星明南極，天開太室，收拾殊勳：南極星明亮，表示你壽命之
　長；太室之星出現，表示你文章傑出，能獲特出之功勳。南極，
　星名，即南極老人星。《史記》〈天官書〉：「狼比地有大星，曰南
　極老人。老人見，治安；不見，兵起。」唐·張守節正義：「老
　人一星，在弧南，一曰南極，爲人主占壽命延長之應。」吳本魏
　注作「狼北地火星」，疑爲字形之誤。太室，辭典釋作「太廟」
　或「山名」（嵩山）。然吳本魏注：「室宿主文章。或云：辟館曰
　太室。」應爲二十八星宿之室宿。收拾，韓愈〈送張道士〉：「霜
　天熟柿栗，收拾不可遲。」殊勳，特出之功勳。《三國志·魏書》
　〈荀彧傳〉：「董昭等謂太祖宜進爵國公，九錫備物，以彰殊
　勳。」

4. 賀客晨香如霧，他年壓倒平津：祝賀之賓客眾多，他年足以勝過
　公孫弘之高位。晨香如霧，比喻賓客如香如霧般，綿延不絕。壓
　倒，勝過、超過。五代後漢·王定保《唐摭言》卷三〈慈恩寺題
　名遊賞賦詠後雜記〉：「寶曆年中，楊嗣復相公具慶下繼放兩榜。
　時先僕射自東洛入覲，嗣復率生徒迎於潼關。既而大宴於新昌
　里第，僕射與所執坐於正寢，公領諸生翼坐於兩序。時元、白俱
　在，皆賦詩於席上。惟邢部楊汝士侍郎詩後成。元、白覽之失
　色……汝士其日大醉，歸謂子弟曰：『我今日壓倒元、白。』」平
　津，指漢·公孫弘，武帝封其爲平津侯。亦泛指丞相等高級官僚。
　《漢書》卷五十八〈公孫弘傳〉：「其以高成之平津鄉戶六百五十
　封丞相弘爲平津侯……時上方興功業，婁舉賢良。弘自見爲舉
　首，起徒步，數年至宰相封侯，於是起客館，開東閣以延賢人，
　與參謀議。」

四十一、南鄉子　庚申仲秋，陪虎茵居士，置酒小斜川 1

霜籟入枯桐，山壓江城秀藹濃 2。誰著夜光松竹裏，玲瓏

³。十丈冰花射好風⁴。　物外蘂珠宮，幾縷明霞玉鏡中⁵。銀浪三江都一吸，春融⁶。曉病眉尖翠埽空⁷。

【編年】

庚申年，即 1140 年，金熙宗天眷三年。

【箋注】

1. 庚申仲秋，陪虎茵居士，置酒小斜川：虎茵居士，見〈水調歌頭〉（丁年跨生馬）注 1。置酒，設宴。《史記》卷八〈高祖本紀〉：「高祖大朝諸侯群臣，置酒未央前殿。」小斜川，許丹房置園亭之處，見〈滿江紅〉（半嶺雲根）注 10。

2. 霜籟入枯桐，山壓江城秀藹濃：秋天肅殺之聲傳入琴中，山勢迫近江城，使得雲氣濃厚。霜籟，秋籟、秋聲。草木搖落之肅殺之聲。《西崑酬唱集·楊億·直夜》：「三殿夜籤傳漏箭，九秋霜籟入風琴。」王仲犖注：「劉孝勝詩：『林壑秋籟急。』按霜籟即指秋籟言之，以秋日多霜也。」枯桐，《後漢書》卷六十下〈蔡邕傳〉：「吳人有燒桐以爨者，邕聞火烈之聲，知其良木，因請而裁爲琴，果有美音，而其尾猶焦，故時人名曰『焦尾琴』焉。」後遂以「枯桐」爲琴之別稱。蘇軾〈次韻范淳父送秦少章〉：「瘦馬識騶耳，枯桐得雲和。」吳本魏注：「言霜風入琴也。」壓，逼近、迫近。江城，臨江之城市、城郭。唐·崔湜〈襄陽早秋寄岑侍郎〉：「江城秋氣早，旭旦坐南闈。」秀，秀麗、秀美。藹，通「靄」，雲氣。

3. 誰著夜光松竹裏，玲瓏：誰近夜光松竹，看見一片明徹。著，接、近。玲瓏，明澈貌。南朝宋·鮑照〈中興歌〉之四：「白日照前窗，玲瓏綺羅中。」韓愈〈題百葉桃花〉：「百葉雙桃晚更紅，窺窗映竹見玲瓏。」吳本魏注「窺」作「臨」。

4. 十丈冰花射好風：十丈冰花伴隨著好風。冰花，冰初結時所凝成

之細碎片塊，形狀如花。五代・錢俶〈宮中作〉：「崑第晚宜供露茗，小池寒欲結冰花。」蘇軾〈再和潛師〉：「江南無雪春瘴生，爲散冰花除熱惱。」好風，唐・杜審言〈大酺〉：「梅花落處疑殘雪，柳葉開時任好風。」蘇軾〈永遇樂〉（明月如霜）：「明月如霜，好風如水，清景無限。」

5. 物外蘂珠宮，幾縷明霞玉鏡中：方外仙宮，遠在雲霞明月中。吳本魏注：「言月射斜川如玉鏡，又有微雲點綴之也。」物外，見〈念奴嬌〉（離騷痛飲）注11。蘂珠宮，「蘂」同「蕊」，亦省稱「蕊宮」，道教經典中所說之仙宮。唐・顧雲〈華清詞〉：「相公清齋朝蕊宮，太上符籙龍蛇蹤。」吳本魏注：「蘂珠宮，月宮也。」明霞，燦爛之雲霞。唐・盧照鄰〈駙馬都尉喬君集序〉：「明霞曉挹，終登不死之庭；甘露秋團，儻踐無生之岸。」玉鏡，喻明月。唐・張子容〈碧池望秋月〉：「滿輪沈玉鏡，半魄落銀鉤。」

6. 銀浪三江都一吸，春融：在此時暢快飲酒，彷彿春暖解凍般舒適。吳本魏注：「銀浪，謂酒也。三江付之一吸，言豪飲。」三江，古代各地眾多水道之總稱。《漢書》卷二十八上〈地理志〉顏師古注：「三江，謂北江、中江、南江。」吳本魏注：「漢志：岷江爲大江，至九江爲中江，徐陵爲北江，乃三江也。」似乎有所出入。蘇軾〈洞庭春色賦〉：「盡三江於一吸，吞魚龍之神奸。」春融，春氣融和。亦指春暖解凍。唐・羅隱〈春日湘中題岳麓寺僧院〉：「春融只待乾坤醉，水闊深知世界浮。」蘇軾〈常潤道中有懷錢塘寄述古〉之三：「浮玉山頭日日風，湧金門外已春融。」

7. 曉病眉尖翠埽空：吳本魏注：「言人醉則憂病都失，而眉尖展也。翠埽空，山色也。」指佐以青翠山色，飲酒能使因憂病而深鎖之眉尖得以舒展。眉尖，雙眉附近處。宋・張先〈江城子〉（小圓珠串靜慵拈）：「夜厭厭，下重簾，曲屛斜燭，心事人眉尖。」埽，

即「掃」。翠埽空，蘇軾〈秀州報本禪院鄉僧文長老方丈〉:「每
逢蜀叟談終日，便覺蛾眉翠掃空。」

四十二、瑞鷓鴣　邢崑夫招游故宮之玉溪館[1]，壬戌人日

東風歲月似斜川，蕭散心情媿昔賢[2]。人向道山羣玉去，
眼橫春水瘦梅邊[3]。　　但知有酒能無事，便是新年勝故年[4]。
明日相尋有佳處，野雲堆外淡江天[5]。

【編年】

壬戌年，即 1142 年，金熙宗皇統二年。人日，指農曆正月初七。

【箋注】

1. 邢崑夫招游故宮之玉溪館：邢崑夫，即邢具瞻，見見〈臨江仙〉
   （誰信玉堂金馬客）注 2。招游，招呼遊覽。玉溪館，見〈水調
   歌頭〉（西山六街碧）注 13。

2. 東風歲月似斜川，蕭散心情媿昔賢：這般春風歲月好似淵明斜川
   之游，但我蕭散之心情卻愧對昔日賢者。吳本魏注：「淵明以正
   月五日游斜川，臨波班坐，作斜川詩，今以人日會飲，故云歲月
   似斜川。但蕭散無累之心，媿淵明也。」東風，即春風。《禮記·
   月令》：「東風解，蟄蟲始振，魚上冰，獺祭魚，鴻鴈來。」斜川，
   見〈滿江紅〉（半嶺雲根）注 10。蕭散，閒散。《新唐書》卷一
   七三〈裴度傳〉：「度野服蕭散，與白居易、劉禹錫為文章，把酒
   窮晝夜相歡，不問人間事。」媿，「愧」之異體字。蘇軾〈湯村
   開運鹽河雨中督役〉：「居官不任事，蕭散羨長卿。」吳本魏注作
   「蕭散媿辰卿」。

3. 人向道山羣玉去，眼橫春水瘦梅邊：人們朝著文苑、宮殿藏書之
   所走去，所見盡是春水與瘦梅。道山，指儒林、文苑。文人聚集
   之地。《後漢書》卷二十三〈竇章傳〉：「是時學者稱東觀為老氏

臧室，道家蓬萊山。」羣玉，《穆天子傳》卷二：「天子北征，東
還，乃循黑水，癸巳，至于羣玉之山……先王之所謂策府。」郭
璞注：「言往古帝王以爲藏書冊之府，所謂藏之名山者也。」本
爲傳說中古帝王藏書冊處。後用以稱帝王珍藏圖籍書畫之所。眼
橫，黃庭堅〈登快閣〉：「朱弦已爲佳人絕，青眼聊因美酒橫。」
吳本魏注作「聊因病酒橫」。

4. 但知有酒能無事，便是新年勝故年：只知若能有酒而身無事，今
   年即已勝過去年。有酒能無事，韓愈〈游青龍寺贈崔大補闕〉：「何
   人有酒身無事，誰家多竹門可款。」吳本魏注記爲黃庭堅作，應
   誤。《史記》卷七十〈張儀傳〉：「陳軫曰：『公何好飲也？』犀首
   曰：『無事也。』」新年勝舊年，黃庭堅〈送少章從翰林蘇公餘杭〉：
   「但使新年勝故年，即如常在郎罷前。」

5. 明日相尋有佳處，野雲堆外淡江天：明日若能找到風景勝境，便
   能在這空闊之處歸隱。佳處，見〈水調歌頭〉（雲間貴公子）注
   29。野雲，郊外之雲。江天，江和天。多指江河上之廣闊空際。
   南朝梁・范雲〈之零陵郡次新亭〉：「江天自如何，煙樹還相
   似。」歐陽修〈漁家傲〉（十月小春梅蕊綻）：「風急雁行吹字斷，紅日
   短。江天雪意雲撩亂。」吳本魏注記爲蘇軾作，應誤。

四十三、其二　是日以事不克往，復用韻

酬春當得酒如川，日典春衣也自賢[1]。孤負風光忙有底，
婆娑邱壑興無邊[2]。　　書生大抵少成事，老境尚堪加數年[3]。
重作梅花上元約，醉歸星斗聚壺天[4]。

【編年】

時間同上首，即作於 1142 年。王慶生以爲此時松年已除中台，
將隨宗弼入朝，故無暇應召。

【箋注】

1. 酬春當得酒如川，日典春衣也自賢：酬謝春光應有大量美酒，即使日日典當所穿之春衣，也能稱爲賢人。酬春，黃庭堅〈踏莎行〉（畫鼓催春）：「尊中有酒且酬春，更尋何處無愁地。」酒如川，黃庭堅〈和張沙河招飲〉：「誰料丹圖布衣得，今朝忽有酒如川。」春衣，春季所穿之衣。典春衣，杜甫〈曲江二首〉之二：「朝回日日典春衣，每日江頭盡醉歸。」也自賢，蘇軾〈戲書吳江三賢畫像三首〉之二：「不須更說知機早，直爲鱸魚也自賢。」（寫張翰）

2. 孤負風光忙有底，婆娑邱壑興無邊：忙碌得辜負無限春光，但逍遙於山水間之興致卻無窮盡。孤負，違背、對不起。舊題漢・李陵〈答蘇武書〉：「功大罪小，不蒙明察，孤負陵心。」風光，風景。唐・駱賓王〈從軍中行路難二首〉之一：「三春邊地風光少，五月瀘中瘴癘多。」忙有底，即「有底忙」之倒裝。韓愈〈同水部張員外籍曲江春游，寄白二十二舍人〉：「曲江水滿花千樹，有底忙時不肯來。」吳本魏注「滿」作「暖」。婆娑，逍遙、閒散自得。《文選・班彪・北征賦》：「登障隧而遙望兮，聊須臾以婆娑。」李善注：「婆娑，容與之貌也。」邱壑，見〈水調歌頭〉（西山六街碧）注5。無邊，見〈念奴嬌〉（范侯久別）注3。

3. 書生大抵少成事，老境尚堪加數年：讀書人大都沒能有所作爲，我已年老，應再多給我幾年時間。書生，讀書人。《後漢書》卷八十二下〈方術傳・費長房傳〉：「長房曾與人共行，見一書生黃巾被裘，無鞍騎馬，下而叩頭。」少成事，《史記》卷八〈高祖本紀〉：「蕭何曰：『劉季固多大言，少成事。』」《史記》卷一百三十〈太史公自序〉：「儒者博而寡要，勞而少功，是以其事難盡從。」老境，見〈水調歌頭〉（星河淡城闕）注8。加數年，《論語・述而》：「子曰：『加我數年，五十以學《易》，可以無大過矣。』」

4. 重作梅花上元約，醉歸星斗聚壺天：重新約定於上元梅開時相聚，暢飲至星斗滿天，彷彿到了仙境。吳本魏注：「人日之會既往，故又約上元也。上元即正望燈夕也。是時梅花正開，又多鬻雪梅者。」上元，即元宵，農曆正月十五日。民間習慣於當天通宵張燈，供人觀賞，並有舞龍、舞獅、踩高蹺、跑旱船、猜燈謎等活動。更以吃元宵、年糕、餃子等，象徵闔家團圓、生活美滿。星斗，泛指天上星星。《晉書》卷六〈元帝本紀〉：「馳章獻號，高蓋成陰，星斗呈祥，金陵表慶。」壺天，《後漢書》卷八十二下〈方術傳・費長房傳〉：「費長房者，汝南人也。曾爲市掾。市中有老翁賣藥，懸一壺於肆頭，及市罷，輒跳入壺中。市人莫之見，唯長房於樓上覩之，異焉，因往再拜奉酒脯。翁知長房之意其神也，謂之曰：『子明日可更來。』長房旦日復詣翁，翁乃與俱入壺中。唯見玉堂嚴麗，旨酒甘肴盈衍其中，共飲畢而出。」後即以「壺天」謂「仙境」。《神仙傳》中亦有相關記載。

四十四、千秋歲　起晉對菊小酌，有懷溪山酒隱 [1]

碧軒清勝，俗物無由到 [2]。蒼江半壁山傳照。几窗黃菊媚，天北重陽早 [3]。金靨小，秋光秀色明霜曉 [4]。　　手撚清香笑，今古閑身少 [5]。放醉眼，看雲表 [6]。淵明千載意，松偃斜川道 [7]。誰會得、一樽喚取溪山老 [8]。

【編年】

王慶生以爲，因此詞：「几窗黃菊媚，天北重陽早」，可知應作於上京。蔡松年至上京在 1140、1142 年。而筆者以爲，雖松年 1140 年亦曾至上京，然九月起行，故抵達上京時應已是嚴冬時節，此詞言菊已開花，故知爲秋天。推應作於 1142 年。

【箋注】

1. 起晉對菊小酌，有懷溪山酒隱：吳本魏注：「起晉，齋名。」溪山，指山林之間。酒隱，謂因不得志而寄情於酒。

2. 碧軒清勝，俗物無由到：碧窗外景致清雅優美，俗人俗事不會來干擾。吳本魏注：「窗之可開闔者曰軒。碧軒，以青碧畫窗為瑣文也。」清勝，清雅優美。《世說新語·識鑒》：「衛玠年五歲，神衿可愛。祖太保曰：『此兒有異，顧吾老，不見其大耳！』」南朝梁·劉孝標注引《衛玠別傳》：「玠有虛令之秀，清勝之氣。」俗物，見〈洞仙歌〉（竹籬茅舍）注 6。無由，沒有門徑、沒有辦法。《儀禮·士相見禮》：「某也願見，無由達。」鄭玄注：「無由達，言久無因緣以自達也。」

3. 蒼江半壁山傳照。几窗黃菊媚，天北重陽早：日光由半壁山頭轉移至江水上，使得屋內黃菊更顯嬌媚。上京之重陽好似早來到。蒼江，江流、江水。以江水成蒼色，故稱。南朝梁·任昉〈贈郭桐廬〉：「滄江路窮此，湍險方自茲。」傳，移動、轉移。吳本魏注：「言西山落日，其影半紅也。」几窗，蘇軾〈眾妙堂廣州何道士〉：「餘光照我玻璃盆，倒射窗几清而溫。」吳本魏注：「天北，上京也。重陽早，言早寒，或云九日之早朝也。」

4. 金靨小，秋光秀色明霜曉：秋日的菊花使得早晨顯得更加清明。金靨，見〈水調歌頭〉（空涼萬家月）注 11。吳本魏注：「金靨，金鈿以比菊花。」應誤。吳本魏注：「秋光，秋日：秀色，菊色也。」王安石〈次韻張子野秋中久雨晚晴〉：「埽除供晚色，洗刷放秋光。」蘇軾〈孫莘老寄墨四首〉之二：「此中有何好，秀色紛滿眼。」

5. 手撚清香笑，今古閑身少：手持菊花而笑，感嘆古今閒適之人少。吳本魏注：「清香，亦言菊也。」賀鑄〈減字浣溪沙〉（樓角初銷一縷霞）：「笑撚粉香歸洞戶，崔櫓算來、爭得此身閑。」

6. 放醉眼，看雲表：放縱喝醉酒之眼，仰望萬里雲外。放，放縱、放蕩。醉眼，見〈水調歌頭〉（星河淡城闕）注 6。雲表，雲外。

漢・張衡〈西京賦〉：「立脩莖之仙掌，承雲表之清露。」

7. 淵明千載意，松偃斜川道：淵明千年以前歸隱之意，都在斜川松
林之間。千載，見〈水調歌頭〉（西山六街碧）注 10。淵明千載
意，應指有〈歸去來辭〉之歸隱意，見〈雨中花〉（嗜酒偏憐風
竹）注 10。偃，仰臥、倒伏、短矮。唐・李洞〈送雲卿上人遊
安南〉：「長安卻回日，松偃舊房前。」蘇軾〈過高郵寄孫君孚〉：
「故園在何處，已偃手種松。」吳本魏注：「蓋松老而多偃也。」
斜川，見〈滿江紅〉（半嶺雲根）注 10。

8. 誰會得、一樽喚取溪山老：誰能懂得這般心情？還是在山水中暢
飲至老吧！會得，猶言能理會、懂得。元稹〈嘉陵驛〉之二：「無
人會得此時意，一夜獨眠西畔廊。」喚取，見〈念奴嬌〉（倦游
老眼、放閑身）注 7。

四十五、浣溪沙　季霑壽日

天上仙人亦讀書，鳳麟形相不枯臞，十年傲雪氣淩虛 [1]。
誰道郗侯功業晚，莫教文舉酒樽疏，他年玉頰秀芙蕖 [2]。

【箋注】

1. 天上仙人亦讀書，鳳麟形相不枯臞，十年傲雪氣淩虛：天上仙人
亦讀書，《續仙傳》：「侯道華嘗看子史，手不釋卷。或問之，答
曰：『天上無愚懵神仙。』」蘇軾〈寓居合江樓〉：「樓中老人日
清新，天上豈有癡仙人。」鳳麟，鳳凰與麒麟。漢・揚雄〈法
言・問明〉：「或問鳥有鳳，獸有麟，鳥獸皆可鳳麟乎？」杜預
《春秋左氏傳・序》：「麟鳳五靈，王者之嘉瑞。」形相枯臞，
《史記》卷一百一十七〈司馬相如傳〉：「相如以為列僊之傳居山
澤間，形容甚臞，此非帝王之僊意也，乃遂就大人賦」。《楚辭・
漁父》：「屈原既放，游於江潭，行吟澤畔，顏色憔悴，形容枯
槁。」傲雪，同「傲霜」，指不為寒霜所屈。蘇軾〈送鄭戶曹賦

席上果得櫃子〉：「願君如此木，凜凜傲霜雪。」凌虛，升向高空或高高地在空中。魏・曹植〈節游賦〉：「建三臺於前處，飄飛陛以凌虛。」

2. 誰道鄴侯功業晚，莫教文舉酒樽疏，他年玉頰秀芙蕖：鄴侯，唐・李泌於貞元三年，拜中書侍郎、同中書門下平章事，累封鄴縣侯，見《新唐書》卷一百三十九〈李泌傳〉。家富藏書，故常用爲稱美他人藏書眾多之典。然此處應指李泌之官位。吳本魏注：「李泌事肅宗，又相代宗、德宗，皆見親任，封鄴侯。」功業晚，指事業晚成。文舉，孔融之字。每曰：「座上客常滿，樽中酒不空，吾無憂矣。」按：孔融之言，乃出於《三國演義》第十一回〈劉皇叔北海救孔融，呂溫侯濮陽破曹操〉：「座上客常滿，樽中酒不空，吾之願也。」文字與魏注稍異。玉頰，美麗之臉頰。多指女子容顏。唐・戴叔倫〈早春曲〉：「玉頰啼紅夢初醒，羞見青鸞鏡中影。」芙蕖，亦作「芙渠」。荷花之別名。《爾雅・釋草》：「荷，芙渠。其莖茄，其葉蕸，其本蔤，其華菡萏，其實蓮，其根藕，其中的，的中薏。」郭璞注：「（芙蕖）別名芙蓉，江東呼荷。」

四十六、其二

壽骨雲門白玉山，山光千丈落毫端，姓名先掛爛銀盤[1]。編簡馨香三萬卷，未應造物放君閑，功成卻恐退身難[2]。

【箋注】

1. 壽骨雲門白玉山，山光千丈落毫端，姓名先掛爛銀盤：你在雲門山，好似居住於神仙山中。山裡之風光都被你寫入筆端，姓名得以顯現在明月上。壽骨，借指壽命。宋・毛滂〈清平樂〉（雪餘寒退）：「欲助我公壽骨，蟠桃等見開花。」蘇軾〈和致仕張郎中春畫〉：「不禱自安緣壽骨，苦藏難沒是詩名。」雲門，見〈念奴

嬌〉（范侯久別）注 1。玉山，古代傳說中之仙山。《山海經・西
山經》：「又西三百五十里，曰玉山，是西王母所居也。」郭璞注：
「此山多玉石，因以名云。《穆天子傳》謂之群玉之山。」山光，
見〈念奴嬌〉（洞宮碧海）注 3。毫端，猶言筆底、筆下。南朝
梁・庾肩吾《〈書品〉序》：「其轉註假借之流，指事會意之類，
莫不狀範毫端，形呈字表。」吳本魏注：「山落筆端，言詞翰清
麗也。《先賢傳》：閏澤年十三，夢姓名洒然在月中。」爛銀盤，
燦爛之月亮。銀盤，比喻明月。唐・盧仝〈月蝕〉：「爛銀盤從海
底出，出來照我草屋東。」

2. 編簡馨香三萬卷，未應造物放君閑，功成卻恐退身難：你的書籍
多而馨香，沒有順應上天讓你閒適之命，因此雖然有功業，卻很
難隱退。編簡，書籍、史冊。韓愈〈上兵部李侍郎書〉：「凡自唐
虞以來，編簡所存，大之為河海，高之為山岳。」三萬卷，韓愈
〈送諸葛覺往隨州讀書〉：「鄴侯家多書，插架三萬軸。」《北史》
卷七十二〈牛弘傳〉：「梁人阮孝緒亦為七錄。總其書數，三萬餘
卷。」造物，即造物者。特指創造萬物之神。《莊子・大宗師》：
「嗟乎！夫造物者又將以予為此拘拘也！」《新唐書》二百一〈文
藝傳上・杜審言〉：「初，審言病甚，宋之問、武平一等省候何如，
答曰：『甚為造化小兒相苦，尚何言？』」吳本魏注記為「林審言」，
應誤。功成身退，《史記》卷七十九〈蔡澤傳〉：「夫四時之序，
成功者去。」吳本魏注作「功成者退」。《老子》：「功遂身退，天
之道。」吳本魏注作「功成名遂身退，天之道。」

四十七、其三

范季霑一夕小醉，乘月羽衣見過，僕時已被酒 1。顧窗間梨花
清影，相視無言，乃攜一枝徑歸 2。明日作〈浣溪沙〉見意，戲次其
韻。

月下仙衣立玉山，霧雲窗戶未曾開①，沈香詩思夜猶寒³。閑卻春風千丈秀，只攜玉藥一枝還，夜香初到錦班殘⁴。

【校勘】

①開，吳本作「關」。

【箋注】

1. 乘月羽衣見過，僕時已被酒：你穿著輕盈衣衫，趁著月色來找我，我那時已酒醉。乘月，趁著月色。《晉書》卷九十二〈文苑傳・袁宏〉：「謝尚時鎮牛渚，秋夜乘月，率爾與左右微服泛江。」羽衣，此指輕盈之衣衫。南朝宋・鮑照〈代白紵舞歌詞〉之一：「吳刀楚製爲佩褘，纖羅霧縠垂羽衣。」被酒，爲酒所醉。猶中酒。《史記》卷八〈高祖本紀〉：「高祖被酒，夜徑澤中，令一人行前。」張守節正義：「被，加也。」

2. 顧窗間梨花清影，相視無言，乃攜一枝徑歸：雖有窗間之梨花與月色，但我與你卻相對無言，因此摘取一朵花便逕自回家。清影，清朗之光影；月光。魏・曹植〈公宴〉：「明月澄清影，列宿正參便差。」徑歸，直接回家。徑，通「逕」，指「直接」，副詞。

3. 月下仙衣立玉山，霧雲窗戶未曾開，沈香詩思夜猶寒：你在月下彷彿穿著仙衣之神仙，雲霧繚繞窗戶，未曾打開；你似太白般在這寒夜中創作。仙衣，秦觀〈牽牛花〉詩：「仙衣染得天邊碧，乞與人間向曉看。」玉山，見〈浣溪沙〉（壽骨雲門白玉山）注1。霧雲窗戶，韓愈〈華山女〉：「雲窗霧閣事恍惚，重重翠幕深金屏。」沈香，指沈香亭。沈香詩思，《松窗雜錄》：「開元中，禁中初重木芍藥，即今牡丹也。得四本紅紫淺紅通白者，上因移植於興慶池東沈香亭前。會花方繁開，上乘月夜召太眞妃以步輦從。詔特選梨園弟子中尤者，得樂十六色。李龜年以歌擅一時之名，手捧檀板，押眾樂前欲歌之。上曰：『賞名花，對妃子，焉用舊樂詞爲？』遂命龜年持金花宣賜翰林學士李白，進清平調詞

三章。白欣承詔旨，猶苦宿醒未解，因援筆賦之。」按：清平調
末兩句爲：「解釋春風無限恨，沈香亭北倚闌干。」吳本魏注：「此
以太白比季霈也。」

4. 閑卻春風千丈秀，只攜玉蘂一枝還，夜香初到錦班殘：悠閑之東
風吹拂這一片繁花，你只帶著一朵花回家，辜負了夜晚這芳香而
盛開之花叢。玉蘂，亦作「玉蕊」、「玉蕋」。本指玉蕊花，但此
處應指梨花。《太平廣記》：「長安安業唐昌觀，舊有玉蕊花。其
花每發，若瓊林瑤樹……忽一日，有女子年可十七八，衣綠繡衣，
垂雙鬟，無簪珥之飾，容色婉娩，迥出於眾……既而下馬，以白
角扇障面，直造花所，異香芬馥，聞于數十步外佇立良久，令
女……撲取花數枝而出。」今《全唐詩》嚴休復〈唐昌觀玉蕊花
折有仙人遊悵然成二絕〉引《劇談錄》載：「長安安業坊唐昌觀，
有玉蕊花，每發若瓊林瑤樹，元和中，見一女子，年可十七八，
容色婉娩，從二女冠造花所，佇立良久。折花數枝，曰：曩有玉
峰之期，可以行矣，行百許步，不復見。」吳本魏注：「此借用
其意。」夜香，夜晚之花香。此亦指梨花。錦班，即「錦斑」。
美麗之斑紋。唐・李群玉〈寄友人鹿胎冠子〉：「數點疏星紫錦斑，
仙家新樣剪三山。」宋・毛滂〈生查子〉：「花地錦斑殘，月箔波
零亂。」吳本魏注：「錦班，謂花與葉青白如錦文。」

四十八、其四　春津[1]道中，和子文韻

溪雨空濛灑面涼，暮春初見柳梢黃，綠陰空憶送春忙[2]。
芍藥弄香紅撲暖，酴醾趁雪翠綃長，夢為蝴蝶亦還鄉[3]。

【編年】

王慶生以爲應作於入京後 1142～1145 年間。

【箋注】

1. 春津：吳本魏注：「春津，春水。大駕飛放之所。」按：大駕，指帝王。飛放，指飛放海東青等獵鷹。亦即是，言春水爲金朝皇帝春天打獵之處。

2. 溪雨空濛灑面涼，暮春初見柳梢黃，綠陰空憶送春忙：溪中煙雨迷茫，灑落臉上卻十分清涼。暮春時剛見到柳梢變黃，在綠蔭之下徒然回憶以往送春之忙碌。吳本魏注：「言暮春三月，中州已送春，而天東地寒，柳色纔黃也。」空濛，亦作「空蒙」。迷茫、縹緲貌。南朝齊·謝朓〈觀朝雨〉：「空濛如薄霧，散漫似清埃。」灑面涼，蘇軾〈同柳子玉游鶴林招隱醉歸呈景純〉：「花時臘酒照人光，歸路春風灑面涼。」暮春，陰曆三月，春季的末期。語出王羲之〈蘭亭集序〉，見〈念奴嬌〉（離騷痛飲）注9。柳梢黃，晏殊〈殘句〉：「蠟雪半含梅粉白，春風先著柳梢黃。」綠陰空憶送春忙，蘇軾〈正月二十六日，偶與數客野步嘉祐僧舍東南野人家，雜花盛開，扣門求觀。主人林氏嫗出應，白髮青裙，少寡，獨居三十年矣。感歎之餘作詩記之〉：「縹帶湘枝出絳房，綠陰青子送春忙。」

3. 芍藥弄香紅撲暖，酴醾趁雪翠綃長，夢爲蝴蝶亦還鄉：芍藥開紅花時天氣已暖，酴醾此時花葉也已茂盛，我希望變成蝴蝶而飛還故鄉。芍藥，植物名。初夏之間開花，形似牡丹，有紅、白、紫等色。根可入藥，有鎮痛、通經等作用。古代人們離別時，常以芍藥贈欲遠行者，故亦稱爲「可離」、「將離」。吳本魏注：「紅撲，猶紅蕾也。」酴醾，亦稱「荼蘼」、「酴醾」。花名。柄上多刺，夏初開黃白色重瓣花。本酒名。以花顏色似之，故取以爲名。唐〈題壁〉詩：「禁煙佳節同遊此，正值酴醾夾岸香。」趁雪，言花白。翠綃，綠色薄絹。杜牧〈題池州弄水亭〉：「弄水亭前溪，颭灩翠綃舞。」吳本魏注：「趁雪，言花白。翠綃，比枝葉也。」夢爲蝴蝶，《莊子·齊物論》：「昔者莊周夢爲胡蝶，栩栩然胡蝶也，自喻適志與！不知周也。俄然覺，則蘧蘧然周也。不知周之

夢爲胡蝶與，胡蝶之夢爲周與？周與胡蝶，則必有分矣。此之謂
物化。」還鄉，杜甫〈夏夜歎〉：「青紫雖被體，不如早還鄉。」
吳本魏注記爲李白作，誤。

四十九、人月圓　丙辰晚春即事

梨雪東城又迴春，風物屬閑身¹。不堪禁酒，百重堆按，
滿馬京塵²。

眼青獨拄西山笏，本是箇中人³。一犁春雨，一篙春水，
自樂天真⁴。

【編年】

丙辰，即 1136 年，金熙宗天會十四年。

【箋注】

1. 梨雪東城又迴春，風物屬閑身：梨花似雪，東城春天又到，這些
風俗景物應歸於閒適之人。梨雪，即梨花。梨花色白、片小，猶
如雪花，故稱。五代・韋莊〈浣溪沙〉（欲上鞦韆四體慵）：「此
夜有情誰不極，隔牆梨雪又玲瓏。」吳本魏注：「迴春，言春將
還也。」東城，指燕山府。風物，見〈水龍吟〉（太行之麓清輝）
注 8。屬，歸於。閑身，見〈念奴嬌〉（倦游老眼，看黃塵堆裏）
注 7。

2. 不堪禁酒，百重堆按，滿馬京塵：不能忍受禁止喝酒，還得處理
堆積之文書，以及世俗利祿之事。禁酒，禁止釀酒或飲酒。《後
漢書》卷七十五〈呂布傳〉：「布怒曰：『布禁酒，而卿等醞釀，
爲欲因酒共謀布邪？』」堆按，即「堆案」。堆積案頭。爲文書甚
多。《晉書》卷四十九〈嵇康傳・與山巨源絕交書〉：「素不便書，
又不喜作書，而人間多事，堆按盈機。」百重堆案，蘇軾〈立秋
日禱雨宿靈隱寺同周徐二令〉：「百重堆案挈身閑，一葉秋聲對榻

眼。」京塵，見〈滿江紅〉（老境駸駸）注5。

3. 眼青獨拄西山笏，本是箇中人：獨愛歸隱山林，因我本是其中之
人。眼青，即「青眼」。見〈水調歌頭〉（玻瓈北潭面）注9。獨
拄西山笏，即王子猷事，見〈水調歌頭〉（東垣步秋水）注6。
蘇軾〈再用前韻寄莘老〉：「困窮誰要卿料理，舉頭看山笏拄
頰。」箇中人，蘇軾〈送金山鄉僧歸蜀開堂〉：「我非箇中人，何
以默識子。」

4. 一犁春雨，一篙春水，自樂天眞：即使只有一犁春雨、一篙春
水，我也天眞自樂。春雨，春天之雨。《莊子‧外物》：「春雨日
時，草木怒生。」一犁春雨，蘇軾〈如夢令〉（自淨方能淨彼）：
「歸去。歸去。江上一犁春雨。」春水，春天之河水。《三國志‧
吳書》卷五十二〈諸葛瑾傳〉：「黃武元年，遷左將軍。」裴松之
注引晉‧張勃《吳錄》：「及春水生，潘璋等作水城於上流。」
一篙春水，蘇軾〈和鮮于子駿鄆州新堂月夜二首〉之一：「池中
半篙水，池上千尺柳。」蘇轍〈泛潩水〉：「半篙春水花千片，八
尺輕船酒一壺。」天眞，心地純眞，性情直率，沒有做作和虛
僞。杜甫〈寄李白〉：「劇談憐野逸，嗜酒見天眞。」蘇軾〈行香
子〉（清夜無塵）：「且陶陶，樂盡天眞。」吳本魏注「盡」作
「取」。

五十、西江月

己酉四月暇日，冒暑游太平寺[1]。古松陰間，聞破茶聲，意頗欣
愜[2]。晚歸對月小酌，賦〈西江月〉記之。

古殿蒼松偃蹇，孤雲丈室清深[3]。茶聲破睡午風陰，不用
涼泉石枕[4]。　　枯木人忘獨坐，白蓮意可相尋[5]。歸時團月
印天心，更作逃禪小飲[6]。

【編年】

己酉，即 1129 年，金太宗天會七年。

【箋注】

1. 己酉四月暇日，冒暑游太平寺：暇日，空閒的時日。《孟子‧梁
   惠王上》：「壯者以暇日修其孝悌忠信。」冒，不顧。太平寺，《金
   史》無資料。吳本魏注：「太平萬壽寺，在中都北城。本華嚴寺。
   天眷中，青州辯老施得之易教爲禪，敕賜今名。」萬壽寺，《宋
   史》卷六十三〈五行志〉記載其名；華嚴寺，《遼史》卷四十一
   〈地理志〉：「清寧八年建華嚴寺，奉安諸帝石像、銅像。」《金
   史》卷六〈世宗本紀〉：「五月戊申，幸華嚴寺，觀故遼諸帝銅像，
   詔主僧謹視之。」可知，華嚴寺應建於遼，金世宗時仍沿舊稱，
   於天眷中更名爲太平寺。

2. 古松陰間，聞破茶聲，意頗欣愜：在古松蔭下，聽聞煮茶之聲驚
   破美夢，心中頗爲高興。此狀其悠閒之態。茶聲，茶水煮沸聲。
   白居易〈酬夢得秋夕不寐見寄〉：「病聞和藥氣，渴聽碾茶聲。」
   欣愜，高興滿意。蘇軾〈九日閑居〉：「九日獨何日，欣然愜平
   生。」

3. 古殿蒼松偃蹇，孤雲丈室清深：古老宮殿，翠綠松樹高聳，孤雲
   伴著狹小的房間，十分清幽。偃蹇，高聳貌。《楚辭‧離騷》：「望
   瑤臺之偃蹇兮，見有娀之佚女。」孤雲，比喻貧寒或客居之人。
   陶潛〈詠貧士〉七首之一：「萬族各有託，孤雲獨無依。」丈室，
   猶斗室。言房間狹小。白居易〈秋居書懷〉：「何須廣居處，不用
   多積蓄。丈室可容身，斗儲可充腹。」清深，清靜幽深。杜甫
   〈自瀼西荊扉且移居東屯茅屋四首〉：「幽獨移佳境，清深隔遠
   關。」

4. 茶聲破睡午風陰，不用涼泉石枕：煮茶聲劃破睡夢，午風清涼，
   使我不必依靠泉水以及石枕。茶聲，見本詞注 2。破，或解爲
   「解除」、「破除」，指茶醒腦。白居易〈贈東鄰王十三〉：「驅愁

知酒力，破睡見茶功。」吳本魏注：「謝無逸：茶甌破睡午風涼。」但檢閱《全宋詩》及《全宋詞》皆無此句，惟陸游〈飯罷碾茶戲書〉：「江風吹雨暗衡門，手碾新茶破睡昏」，及黃庭堅〈戲答陳元輿〉：「官饔同盤厭腥膩，茶甌破睡秋堂空」較近似。石枕，石制枕頭。《西京雜記》卷六：「復入一戶，亦石扉，開鑰得石牀方七尺……石枕一枚，塵埃朏朏甚高，似是衣服。」蘇軾〈歸宜興留題竹西寺〉：「暫借藤牀與瓦枕，莫教孤負竹風涼。」吳本魏注「瓦枕」作「石枕」，並以為：「此用其意，但改風為泉也。」

5. 枯木人忘獨坐，白蓮意可相尋：打禪之人忘我獨坐，能夠領會白蓮社之深意。枯木，禪宗臨濟宗有「枯木禪」，後人也將打坐參禪之屋稱為「枯木堂」。《景德傳燈錄》：「枯木龍吟真見道，髑髏無識眼初明。」人忘獨坐，即指忘我獨坐。白蓮，即白蓮社，見〈水龍吟〉（太行之麓清輝）注18。意可，香名。宋・葉廷珪《海錄碎事・飲食器用》：「意可香，初名宜愛。或云：此江南宮中香，有美人字曰宜，愛此香，故名宜愛。山谷曰：『香殊不凡，而名乃有脂粉氣』易名曰意可。」

6. 歸時團月印天心，更作逃禪小飲：回家時圓月掛在天空，讓我逃出禪戒而飲酒作樂。吳本魏注：「言雖在醉中，亦往往逃入於禪，而談說之。」天心，天空中央。李白〈臨江王節士歌〉：「白日當天心，照之可以事明主。」吳本魏注：「月印天心，月午時也。」宋・曹組〈點絳脣〉（月勁風高）：「秋勁風高，暗知斗力添弓面。靶分筠幹。月到天心滿。」逃禪，逃出禪戒。杜甫〈飲中八仙歌〉：「蘇晉長齋繡佛前，醉中往往愛逃禪。」仇兆鰲注：「逃禪，猶云逃墨逃楊，是逃而出，非逃而入。」小飲，李白〈魯郡堯祠送竇明府薄華還西京〉：「高陽小飲真瑣瑣，山公酩酊何如我。」

五十一、菩薩蠻　攜酒過分定張子華[1]

披雲撥雪鵝兒酒，澆公枯燥談天口[2]。秋夢浪翻江，雨窗深炷香[3]。

風煙公耐久，宜結神明友[4]。醉裏好微言，君平莫下簾[5]。

【箋注】

1. 分定張子華：吳本魏注：「子華，汴之日者，以術游士大夫閒，道號分定居士。凡爲發占仕祿狀，無不懸驗。」按：日者，占候卜筮的人。《墨子・貴義》：「子墨子北之齊，遇日者。」

2. 披雲撥雪鵝兒酒，澆公枯燥談天口：用好酒來澆灌你乾燥談天之口。披雲撥雪，喻撥開酒醅之表面。蘇軾〈眞一酒〉：「撥雪披雲得乳泓，蜜蜂又欲醉先生。」鵝兒酒，即鵝黃酒。杜甫〈舟前小鵝兒〉：「鵝兒黃似酒，對酒愛鵝黃。」後因以「鵝黃酒」泛指好酒。枯燥，乾枯、乾燥。漢・蔡邕〈蟬賦〉：「聲嘶嗌以沮敗，體枯燥以冰凝。」談天，談論天地五行的事情。《史記》卷七十四〈荀卿列傳〉：「故齊人頌曰：『談天衍，雕龍奭，炙轂過髡。』」按：「談天衍」指鄒衍；「雕龍奭」指鄒奭；「髡」爲淳于髡。蘇軾〈洞庭春色〉：「須君灩海杯，澆我談天口。」

3. 秋夢浪翻江，雨窗深炷香：秋夢浪翻江，黃庭堅〈六月十七日晝寢〉：「馬齕枯其喧午枕，夢成風雨浪翻江。」炷香，焚香。宋・周密《乾淳歲時記・元正》：「先詣福寧殿龍墀及聖堂炷香。」

4. 風煙公耐久，宜結神明友：你能夠長久忍受這樣風景，我應該與你結爲神明之友。風煙，見〈念奴嬌〉（范侯久別）注8。神明，明智如神。或指天地間一切神靈之總稱。吳本魏注：「《易經・繫辭傳上》：『神而明之，存乎其人。』言宜與子華結爲神明之友。或云子華深於術數，宜結神明爲交友也。」

5. 醉裏好微言，君平莫下簾：喝醉時所說之精妙言詞，你可別傳授

於人。微言，精深微妙之言辭。語出《晉書》〈衛玠傳〉，見〈永遇樂〉（正始風流）注 5。君平莫下簾，君平，指漢・嚴遵，字君平。《漢書》卷七十二〈王貢兩龔鮑列傳〉：「君平卜筮於成都市⋯⋯裁日閱數人，得百錢足自養，則閉肆下簾而授老子。」

五十二、點絳脣　同浩然賞崔白梅竹圖 [1]

半幅生綃，便教風韻平生足 [2]。枕溪湖玉 [3]，數點梅橫竹。花露天香，香透金荷釀 [4]。明高燭，醉魂清淑，吸盡江山綠 [5]。

【箋注】

1. 同浩然賞崔白梅竹圖：浩然，可能為曹浩或張浩。崔白，字子西，北宋畫家。《宋史》無傳，為宋神宗時畫院待詔。

2. 半幅生綃，便教風韻平生足：半卷圖畫之風格情趣，便讓我這一生感到滿足。生綃，未經漂煮過的絲絹，可做為畫布。韓愈〈桃源圖〉：「流水盤迴生百轉，生綃數幅垂中堂。」風韻，指詩文書畫之風格、情趣。《北史》卷四十一〈楊素傳〉：「素嘗以五言詩七百字贈番州刺史薛道衡，詞氣穎拔，風韻秀上，為一時盛作。」

3. 枕溪湖玉：溪湖，李白〈湖邊採蓮婦〉：「大嫂採芙蓉，溪湖千萬重。」玉，此應指水邊石頭。

4. 花露天香，香透金荷釀：芳香花朵上的露水，比酒杯中的美酒更香。花露，花上之露水。五代・王仁裕《開元天寶遺事・花露》：「貴妃每宿，酒初消，多苦肺熱，嘗凌晨獨遊後苑，傍花樹，以手攀枝，口吸花露，借其露液，潤於肺也。」天香，芳香之美稱。北周・庾信〈奉和同泰寺浮圖〉：「天香下桂殿，仙梵入伊笙。」吳本魏注：「花露、天香，皆狀梅也。」金荷，即「金荷葉」。金制蓮葉形之杯皿。宋・胡仔《苕溪漁隱叢話後集・山谷上》：「山谷云：『八月十七日，與諸生步自永安城，入張寬夫園待月，以

金荷葉酌客。』」醁，醽醁，亦作「酃淥」、「醽淥」。以湖南衡陽縣東醽湖湖水所釀製之酒。後泛稱美酒。李白〈敘舊贈江陽宰陸調〉：「多酤新豐醁，滿載剡溪船。」

5. 明高燭，醉魂清淑，吸盡江山綠：點著蠟燭，醉夢間風氣清和，彷彿吸盡了江山翠色。此言崔白圖畫絕妙，令人如置身自然之中。高燭，特長之蠟燭。蘇軾〈海棠〉：「只恐夜深花睡去，故燒高燭照紅妝。」醉魂，猶醉夢。宋・張耒〈觀梅〉：「不如痛飲臥其下，醉魄爲蝶棲其房。」清淑，即清和，見〈雨中花〉（嗜酒偏憐風竹）注 7。吸盡江山綠，蘇軾〈書林逋詩後〉：「吳儂生長湖山曲，呼吸湖光飲山綠。」

五十三、相見歡

九日種菊西嵓，雲根石縫，金葩玉蕊徧之[1]。夜置酒，前軒花間，列蜜炬，風泉悲鳴，爐香蓊於嵓穴[2]。故人陳公輔，坐石橫琴，蕭然有塵外趣，要余作數語，使清音者度之[3]。

雲閑晚溜琅琅，泛爐香[4]。一段斜川松菊，瘦而芳[5]。　人如鵠、琴如玉、月如霜[6]。一曲清商人物，兩相忘[7]。

【箋注】

1. 九日種菊西嵓，雲根石縫，金葩玉蕊徧之：西嵓，見〈石州慢〉（京洛三年）注 2。雲根，見〈滿江紅〉（半嶺雲根）注 3。金葩，金色之花。韓愈〈奉和杜相公太清宮記事〉：「殿階鋪水碧，庭炬坼金葩。」玉蕊，見〈浣溪沙〉（月下仙衣立玉山）注 4。徧，即「遍」，布滿。
2. 列蜜炬，風泉悲鳴，爐香蓊於嵓穴：插著蠟燭，風吹過泉水發出悲鳴之聲，薰爐裡之香氣聚集在巖穴之中。蜜炬，蠟燭。唐・李賀〈河陽歌〉：「皝船飫口紅，蜜炬千枝爛。」風泉，唐・陳子昂〈酬暉上人秋夜山亭有贈〉：「風泉夜聲雜，月露宵光冷。」爐

香，薰爐裡之香氣。唐・韋應物〈觀早朝〉：「禁旅下城列，爐香起中天。」蘇軾〈台頭寺步月得人字〉：「浥浥爐香初泛夜，離離花影欲搖春。」蓊，聚集、密集貌。戰國・宋玉〈高唐賦〉：「滂洋洋而四施兮，蓊湛湛而弗止。」嵒穴，亦作「巖穴」。山巖的窟穴。《莊子・山木》：「豐狐文豹，棲於山林，伏於巖穴，靜也。」

3. 故人陳公輔……使清音者度之：我的老友陳公輔，坐石上，橫擺著琴，瀟灑自如而有方外之趣，要我作詞，令歌聲嘹亮者譜曲。陳公輔，《宋史》有傳。字國佐，吳本魏注記為「唐佐」，誤。吳本魏注：「公輔，字唐佐，汝南人。仕宋為省句。歸朝後放浪山水，不復出為官。工篆隸，以琴書香茗自娛，蓋賢大夫也。」然《宋史》本傳中雖記其生平約在徽宗至高宗時期，然卻未見其流落金朝之事，與吳本魏注所記有極大落差；且據本傳中記其字為「國佐」，與吳本魏注之字亦異推測，可能非同一人。蕭然，瀟灑、悠閒。晉・葛洪《抱朴子・刺驕》：「高蹈獨往，蕭然自得。」清音，悠揚嘹亮的聲音。《文選・左思・招隱詩二首》之一：「非必絲與竹，山水有清音。」

4. 雲閑晚溜琅琅，泛爐香：夜晚天上之水聲琅琅，爐香漂浮於空氣之中。雲閑，即「雲間」。指天上。南朝梁・劉孝威〈鬥雞篇〉：「願賜淮南藥，一使雲間翔。」溜，水流。漢・杜篤〈首陽山賦〉：「青羅落漠而上覆，穴溜滴瀝而下通。」琅琅，象聲詞。形容清朗、響亮之聲音。漢・司馬相如〈子虛賦〉：「礧石相擊，琅琅礚礚。」吳本魏注：「晚溜琅琅，序言風泉悲鳴也。或云琴聲。」泛，漂浮。

5. 一段斜川松菊，瘦而芳：這一段似斜川景色之松菊，清瘦而芳香。斜川，見〈滿江紅〉（半嶺雲根）注10。松菊，出自陶潛〈歸去來辭〉，見〈雨中花〉（嗜酒偏憐風竹）注10。

6. 人如鵠、琴如玉、月如霜：人如鶴一般清高，琴聲如玉一般清亮，

而明月如霜雪般潔白。人如鵠，蘇軾〈別子由三首〉之二：「遙
想茅軒照水開，兩翁相對清如鵠。」辛棄疾〈滿江紅〉（老子平
生）：「一舸歸來輕似葉，兩翁相對清如鵠。道如今，吾亦愛吾廬，
多松菊。」琴如玉，蘇軾〈遷居之夕聞鄰舍兒誦書欣然而作〉：「可
以侑我醉，琅然如玉琴。」月如霜，蘇軾〈永遇樂〉（明月如霜）：
「明月如霜，好風如水，清景無限。」

7. 一曲清商人物，兩相忘：彈奏清商樂曲因此使人想起先賢，令我
陶醉其中而感到人世兩忘。清商，本指商聲，古代五音之一。古
謂其調淒清悲凉，故稱。此應指清商曲、清商樂。吳本魏注：「清
商、側商皆琴調。」兩相忘，元稹〈遣晝〉：「心跡兩相忘，誰能
驗行止。」

五十四、烏夜啼　　留別趙粹文[1]

一段江山秀氣，風流故國王孫[2]。三年不慣冰天雪，白璧
借春溫[3]。

宦路常難聚首，別期先已銷魂[4]。與君兩鬢猶青在，梅
竹老夷門[5]。

【編年】

吳本魏注記趙粹文於天會後，徙上京以終；詞又言「三年不慣
冰天雪」，故推測應為松年於上京時，與趙粹文游所作。而詞序言「留
別」，故應為松年自上京告假南還時所作，推測在 1145 年。

【箋注】

1. 留別趙粹文：留別，離別時留為紀念。唐・許渾〈訪別韋隱居不
值〉序：「棹回已晚，因題留別是詩。」趙粹文，吳本魏注：「粹
文初名伯璘，後更名伯玉。宋太祖七世孫。居汴之睦親宅，築堂
曰隱春，號隱春道人。天會中，北徙上京以終。」然《宋史》無

傳，僅出現於《宋史》卷三百七十三〈洪皓傳〉：「懿節后之戚趙
伯璘隸悟室戲下，貧甚，皓賙之。」按：睦親宅，《宋史》卷一
百六十五〈職官志・國子監・宗學〉：「南宮者，太祖、太宗諸王
之子孫處之，所謂睦親宅也。」懿節后應指高宗憲節邢皇后，《宋
史》有傳。金人犯京師時北遷，紹興九年崩於五國城。

2. 一段江山秀氣，風流故國王孫：此處之江山有靈秀之氣，你這位
故國之王孫則是風雅瀟灑。秀氣，靈秀之氣。《禮記・禮運》：「故
人者其天地之德，陰陽之交，鬼神之會，五行之秀氣也。」吳本
魏注：「坡云讀靈運詩，知其覽盡江山秀氣。」風流，見〈水調
歌頭〉（雲間貴公子）注 32。王孫，貴族子孫。因粹文爲宋太祖
之裔，故稱。

3. 三年不慣冰天雪，白璧借春溫：在北方三年，仍不習慣冰天雪地
之氣候，希望能借文章傳遞春天之溫暖。吳本魏注：「冰天，言
寒地。」白璧，見〈一翦梅〉（白璧雄文冠玉京）注 4。春溫，
春天之溫暖。《史記》卷四十六〈田敬仲完世家〉：「夫大弦濁以
春溫者，君也；小弦廉折以清者，相也。」蘇軾〈送魯元翰少卿
知衛州〉：「時於冰雪中，笑語作春溫。」吳本魏注：「言文章可
以回春色。」

4. 宦路常難聚首，別期先已銷魂：在宦途上很難碰面，離別時候又
特別難受。宦路，即「宦途」，爲官之道路、官場。聚首，聚會、
碰頭。宋・蘇舜欽〈詣匭疏〉：「然民情洶洶，聚首橫議，咸有憂
悸之色。」銷魂，心神迷惑。《文選・江淹・別賦》：「黯然銷魂
者，唯別而已矣。」蘇軾〈子由將赴南都……以慰子由云〉：「別
期漸近不堪聞，風雨蕭蕭已斷魂。」

5. 與君兩鬢猶青在，梅竹老夷門：我與你都還年輕，希望能就此隱
居於汴梁山水之間。吳本魏注：「欲未及老，具隱汴梁，適意梅
竹閒也。」兩鬢猶青在，蘇軾〈送家安國教授歸成都〉：「別君二
十載，坐失兩鬢青。」夷門，戰國爲都城之東門，在今河南開封

城內東北隅。開封即汴梁，見〈水調歌頭〉(西山六街碧) 注7。
《史記》卷七十七〈魏公子列傳〉：「魏有隱士曰侯嬴，年七十，
家貧，爲大梁夷門監者。公子聞之，往請，欲厚遺之。不肯受，
曰：『臣脩身絜行數十年，終不以監門困故而受公子財。』公子
於是乃置酒大會賓客。坐定，公子從車騎，虛左，自迎夷門侯生。
侯生攝敝衣冠，直上載公子上坐，不讓，欲以觀公子。公子執轡
愈恭。侯生又謂公子曰：『臣有客在市屠中，願枉車騎過之。』
公子引車入市，侯生下見其客朱亥，俾倪故久立，與其客語，微
察公子。公子顏色愈和。當是時，魏將相宗室賓客滿堂，待公子
舉酒。市人皆觀公子執轡。從騎皆竊罵侯生。侯生視公子色終不
變，乃謝客就車。至家，公子引侯生坐上坐，贊賓客，賓客皆驚。
酒酣，公子起，爲壽侯生前。侯生因謂公子曰：『今日嬴之爲公
子亦足矣。嬴乃夷門抱關者也，而公子親枉車騎，自迎嬴於人廣
坐之中，不宜有所過，今公子故過之。然嬴欲就公子之名，故久
立公子車騎市中，過客以觀公子，公子愈恭。市人皆以嬴爲小人，
而以公子爲長者能下士也。』於是罷酒，侯生遂爲上客。」故用
此有欲於夷門歸隱而修養身性、以成賢者之意。

五十五、水調歌頭　高德輝[1]生朝

年時海山路，寒碧亂清淮[2]。客中壽酒，醉眼不見一枝梅
[3]。何似今年心事，千丈好雲新雨，飛下玉粧臺[4]。晴雪洗佳
氣，河漢酒腸開[5]。　　九秋雕，千里馬，出風埃[6]。藍橋得
道，鶴骨端自見雲來[7]。我有雲山後約，不得夜燈親酌，傾
倒好情懷[8]。為寫芳鮮句，扶起玉山頹[9]。

【編年】

吳本魏注有「欲言今日，先敘去年德輝奉命南聘，泛舟淮甸，

曾逢壽日」之句，而〈念奴嬌〉（洞宮碧海）作於 1135 年，即描述此事，故今年應爲 1136 年。

【箋注】

1. 高德輝：見〈念奴嬌〉（洞宮碧海）注 1。

2. 年時海山路，寒碧亂清淮：去年你在海中，清淮之河水寒冷碧綠。吳本魏注：「欲言今日，先敘去年德輝奉命南聘，泛舟淮甸，曾逢壽日。」年時、海山，見〈水調歌頭〉（年時海山國）注 4。寒碧，〈水調歌頭〉（星河淡城闕）注 7。但此指水色。清淮，清澈的淮水。蘇軾〈詞九首・歸來引〉：「亂清淮而俯鑑兮，驚昔容之是非。」吳本魏注：「說文：截流而渡曰亂。」

3. 客中壽酒，醉眼不見一枝梅：雖是客中過生日，卻痛快暢飲，酒醉不省人事。吳本魏注：「當時客次忽忽，有酒無人，故云不見一枝梅。越使諸稽郢，持一枝梅遺梁王。」按：「越使」兩句，乃出自劉向《說苑》卷十二〈奉使〉：「越使諸發執一枝梅遺梁王，梁王之臣曰韓子，顧謂左右曰：『烏有以一枝梅以遺列國之君者乎？請爲二三子慚之。』」壽酒，《詩經・國風・豳風》：「爲此春酒，以界眉壽。」

4. 何似今年心事，千丈好雲新雨，飛下玉粧臺：哪如今年剛成婚，快意雲雨之心事？吳本魏注：「德輝今年新婚，故言。心事，雲雨玉粧臺也；雲雨千丈，言快意。」雲雨，指男女歡會。戰國・宋玉〈高唐賦・序〉：「去而辭曰：妾在巫山之陽，高丘之岨，且爲朝雲，暮爲行雨。」玉粧臺，《世說新語・假譎》：「溫公喪婦，從姑劉氏，家值亂離散，唯有一女，甚有姿慧，姑以屬公覓婚。公密有自婚意……公報姑云：『已覓得婚處，門地粗可，婿身名宦，盡不減嶠。』因下玉鏡臺一枚。姑大喜。既婚，交禮，女以手披紗扇，撫掌大笑曰：『我固疑是老奴，果如所卜！』」

5. 晴雪洗佳氣，河漢酒腸開：晴空下白雪似乎洗淨了美好雲氣，對

著美麗銀河，心情愉悅，酒量突然大增。佳氣，美好之雲氣。古代以爲是吉祥、興隆之象徵。漢·班固〈白虎通·封禪〉：「德至八方則祥風至，佳氣時喜。」河漢，即銀河。見〈水調歌頭〉（星河淡城闕）注2。酒腸，見〈念奴嬌〉（洞宮碧海）注5。

6. 九秋雕，千里馬，出風埃：你如秋天之雕、能行千里之馬，早已特出於塵世之外。吳本魏注：「雕況其神，駿馬況其超越，出風埃，言無塵俗之態。」九秋，指秋天。秋季九十日。晉·張協〈七命〉：「晞三春之溢露，遡九秋之鳴飆。」雕，鷲的別名。同「鵰」。王維〈觀獵〉：「迴望射雕處，千里暮雲平。」千里馬，日行千里之駿馬。《戰國策·燕策一》：「臣聞古之君人，有以千金求千里馬者，三年不能得。」風埃，指世俗，紛亂之社會現實。《晉書》〈列女傳·論〉：「馳騖風埃，脫落名教，頹縱忘反，於茲爲極。」

7. 藍橋得道，鶴骨端自見雲來：你好似在藍橋得道，因有美好婚配故能得遠孫。藍橋，橋名，在今陝西省藍田縣東南蘭溪之上。相傳其地有仙窟，爲唐·裴航遇仙女雲英處。唐·裴鉶《傳奇·裴航》：「一飲瓊漿百感生，玄霜搗盡見雲英。藍橋便是神仙窟，何必崎嶇上玉京。」蘇軾〈和雜詩十一首〉之七：「藍橋近得道，常苦世褊迫。」鶴骨，見〈滿庭芳〉（森玉筠林）注4。端，正好。雲來，如雲飛卷而來。或指傳說中仙山蓬萊山之別稱。吳本魏注以爲是「雲孫」、「來孫」之並稱。泛指後代。《爾雅·釋親》：「子之子爲孫，孫之子爲曾孫，曾孫之子爲玄孫，玄孫之子爲來孫，來孫之子爲晜孫，晜孫之子爲仍孫，仍孫之子爲雲孫。」蘇軾〈坤成節功德疏文〉之七：「坐俟雲來之養，受祿無疆；屢觀甲子之周，與民同樂。」吳本魏注：「詞意言德輝因仙配而得道，可見遠孫。」

8. 我有雲山後約，不得夜燈親酌，傾倒好情懷：我有約定歸隱之言，你卻應當爲仕途努力，故不能夜夜與你點燈飲酒，傾吐好心

情。吳本魏注：「公言我有後日雲山，退居之約，而高方壯仕，未應勇退，故不得與之燈窗把酒，傾盡情素也。」雲山，指遠離塵世之地。隱者或出家人之居處。雲山後約，約定歸隱之言。蘇軾〈秋興〉之二：「報國無成空白首，退更何處有名田。黃雞白酒雲山約，此計當時已浩然。」夜燈親酌，杜甫〈醉時歌〉：「清夜沈沈動春酌，燈前細雨簷花落。」傾倒，傾吐。猶暢談。朱熹〈答王才臣書〉：「若得會面，彼此傾倒，以判所疑，幸何如之！」情懷，心情、心境。杜甫〈北征〉：「老夫情懷惡，嘔泄臥數日。」

9. 為寫芳鮮句，扶起玉山頹：為寫出芳香自然的文章，只好將我這醉倒之人扶起。芳鮮，味美新鮮。也指新鮮美味之食物。《藝文類聚》卷五十七引漢·傅毅〈七激〉：「酌旨酒，割芳鮮。」蘇軾〈送鄭戶曹〉：「游遍錢塘湖上山，歸來文字帶芳鮮。」玉山頹，見〈滿江紅〉（老境駸駸）注5。

五十六、其二　乙卯高陽寒食¹，次嵓夫韻

　　寒食少天色，花柳各春風²。身閑勝日，都在花影酒壚中³。秀野碧城西畔，獨有斗南溫頓，雪陣暖輕紅⁴。欲辦酬春句，誰喚好情悰⁵。　　世間物，無一點，似情濃⁶。心期偶得，一念千劫莫形容⁷。好在輕煙暮雨，只有西廂紅樹，曾見月朦朧⁸。醉眼盡空碧，風袖障歸鴻⁹。

【編年】

　　乙卯，即 1135 年，金熙宗天會十三年。

【箋注】

1. 高陽寒食：高陽，在安州。宋代屬河北東路；金代則屬中都路。在今河北省。寒食，每年多至後一百零五日，約在清明節前一、

二日。晉文公時為求介之推出仕而焚林，之推抱木而死，全國哀悼，於是乃定是日禁火寒食。見《藝文類聚・歲時中・寒食》引晉・陸翽《鄴中記》：「並州俗，冬至後百五日，為介之推斷火，冷食三日，作乾粥，今之糗是也。」。

2. 寒食少天色，花柳各春風：天色，吳本魏注：「石曼卿：寒食少天色，春風多花柳。」按：此句出自宋・石延年〈春陰〉詩。

3. 身閑勝日，都在花影酒壚中：與親友相聚之悠閑日子，都在賞花飲酒間度過。勝日，見〈水調歌頭〉（雲間貴公子）注 6。酒壚，見〈念奴嬌〉（九江秀色）注 6。

4. 秀野碧城西畔，獨有斗南溫頓，雪陣暖輕紅：秀野，秀美之原野。宋・張先〈木蘭花・乙卯吳興寒食〉（龍頭蚱蜢吳兒競）：「芳洲拾翠暮忘歸，秀野踏青來不定。」碧城，傳說中仙人所居住的地方。李商隱〈碧城三首〉之一：「碧城十二曲闌干，犀辟塵埃玉辟寒。」吳本魏注：「春時野色秀潤，故曰秀野；樹影在城，故曰碧城；又云城以黛泥塗之也。」斗南，北斗星之南的相星。舊時用來代稱宰相或相位。此應指北斗星以南，指南方。《晉書》卷十一〈天文志上〉：「相一星，在北斗南。相者，總領百司而掌邦教，以佐帝王安邦國，集眾事也」。溫頓，即「溫軟」。溫暖柔軟。元稹〈送嶺南崔侍御〉：「火布垢塵須火浣，木棉溫軟當棉衣。」雪陣，比喻浪花。蘇軾〈南歌子〉（山雨瀟瀟過）：「茗岸霜花盡，江湖雪陣平。」輕紅，淡紅色、粉紅色。南朝梁・簡文帝〈梁塵詩〉：「依帷濛重翠，帶日聚輕紅。」吳本魏注：「雪陣，黎絮之類；輕紅，桃杏花之類。溫頓、雪陣、輕紅，皆指婦人也。」故此處或許指邢嵓夫有眾侍妾之陪伴。

5. 欲辦酬春句，誰喚好情悰：想寫出酬答春天之文章，但誰能引出美好的心情？吳本魏注：「惟佳句可以酬賞春物，但無起予者，故云誰喚好情悰。」辦，準備。酬春，見〈瑞鷓鴣〉（酬春當得酒如川）注 1。情悰，猶情懷、情緒。前蜀・李珣〈臨江仙〉（鶯

報簾前暖日紅):「別愁春夢，誰解此情惊。」

6. 世間物，無一點，似情濃：宋・蔡伸〈南歌子〉（恨入眉峯翠）：
「需信世間無物、似情濃。」

7. 心期偶得，一念千劫莫形容：偶然遇見與自己心靈相同之人，在
剎那間卻不知該如何表達。心期，見〈永遇樂〉（正始風流）注
2。一念，佛教用語，指心念活動最短的時間。《仁王般若波羅蜜
經》卷上：「九十剎那爲一念，一念中一剎那經九百生滅。」千
劫，佛教語。指曠遠之時間與無數之生滅成壞。劫，梵語 kalpa
之音譯。唐太宗〈聖教序〉：「無滅無生歷千劫。」蘇軾〈芙蓉城〉：
「俗緣千劫磨不盡，翠被冷落淒余馨……從渠一念三千齡，下作
人間尹與邢。」

8. 好在輕煙暮雨，只有西廂紅樹，曾見月朦朧：還好此時之煙雨，
適合讓男女相通約會。吳本魏注：「輕煙暮雨，寒食時也。」西
廂待月，唐張生見崔鶯鶯容貌動人，爲之傾心，作春詞二首贈之，
崔氏回詩曰：「待月西廂下，迎風戶半開。拂牆花影動，疑是玉
人來。」後二人果於月圓之夜，於西廂房中相見。典出元稹《鶯
鶯傳》。比喻青年男女相通私情，密約幽會。紅樹，盛開紅花之
樹。唐・王建〈調笑令〉：「紅樹，紅樹，燕語鶯啼日暮。」

9. 醉眼盡空碧，風袖障歸鴻：醉眼所見盡是澄碧的天空，飄動之衣
袖欲留住歸鴻。吳本魏注：「言醉中欲張風袖而追歸鴻也。」醉
眼，見〈水調歌頭〉（星河淡城闕）注 6。空碧，見〈念奴嬌〉（倦
游老眼，放閑身）注 8。風袖，見〈念奴嬌〉（范侯久別）注 6。
歸鴻，歸雁。詩文中多用以寄託歸思。嵇康〈贈秀才入軍〉之四：
「目送歸鴻，手揮五絃。」

五十七、滿江紅

虎茵老人去汴二十年，重醉蠟梅於明秀峯下，謂侑觴稚秀者，有
宣和玉宇間風製，俾僕發揚其事[1]

端正樓空，琵琶冷、月高絃索²。人換世、世間春在，幾番花落³。縹緲餘情無處託，一枝梅綠橫冰萼⁴。對淡雲、新月燗疎星，都如昨⁵。　　蕭閑老，平生樂。借秀色，明杯杓⁶。吐凌雲好句，張吾邱壑⁷。此樂莫教兒輩覺，微官束置高高閣⁸。便歸來，招我雪霜魂，春邊著⁹。

【編年】

〈水調歌頭〉（丁年跨生馬）吳本魏注：「宣和癸卯，自中山廉訪移燕山廉使。明年天兵臨府，遂降於軍前。」宣和癸卯爲 1123 年，可知虎茵自 1123 年自中山（定州）徙燕山後，隔年即入金，故在汴京應爲 1123 年以前。而詞序言「虎茵老人去汴二十年，重醉蠟梅於明秀峯下」，可知虎茵事隔二十年，又於蔡松年家山中看見有宣和玉宇風製之人。松年於 1140 年至汴，欲赴上京時曾於家中盤桓數日，故詞應作於此時。而若往前推二十年，爲 1120 年，亦符合前之推測。

【箋注】

1. 虎茵老人……俾僕發揚其事：虎茵老人離開汴京二十年，今又醉於明秀峯下，以爲那年輕美麗之勸酒者，有徽宗時宮中歌伎之風韻，要我宣揚此事。虎茵老人，見〈水調歌頭〉（丁年跨生馬）注 1。蠟梅，落葉灌木。葉對生，卵形。冬末開花，色如黃蠟，香味濃，供觀賞。花可提取芳香油；花蕾入藥，功能解暑生津、順氣、止咳。宋・趙彥衛《雲麓漫鈔》卷四：「今之蠟梅，按山谷詩後云：京洛兼有一種花，香氣似梅花，亦五出，而不能晶明，類女功捻蠟所成，京洛人因謂蠟梅。」侑觴，勸酒，佐助飲興。宋・周密《齊東野語・張功甫豪侈》：「別有名姬十輩，皆白衣，凡首飾衣類皆牡丹，首帶照殿紅一枝，執板奏歌侑觴，歌罷樂止，乃退。」稚秀，見〈雨中花〉（嗜酒偏憐風竹）注 13。宣和，宋徽宗年號。玉宇，用玉建成之殿宇，傳說中天帝或神仙

之住所。此指華麗之宮殿。南朝宋·劉鑠〈擬古·擬〈明月何皎皎〉〉：「玉宇來清風，羅帳延秋月。」風製，法度、綱紀。南朝梁·江淹〈始安王拜征虜將軍丹陽尹章〉：「還迷懍慄，風製罔樹。」俾，使。發揚，宣揚、提倡。《禮記·禮器》：「德發揚，詡萬物。」

2. 端正樓空，琵琶冷、月高絃索：故國宮殿空無一人，在這月亮高掛的夜晚，聽不到琵琶絃音。吳本魏注：「今云樓空絃冷者，言宋之宮媛零落，絃索冷靜不鳴也。」端正樓，在華清宮中，爲楊貴妃梳洗之所。絃索，弦樂器上的絲弦。蘇軾〈老人行〉：「美人如花弄絃索，只恨尊前明月落。」元稹〈連昌宮詞〉：「夜半月高弦索鳴，賀老琵琶定場屋……寢殿相連端正樓，太眞梳洗樓上頭。」

3. 人換世、世間春在，幾番花落：人世更替，但春天仍在，經過了多少花開花落。吳本魏注：「言舊國變換，人世更易，世閒春色何嘗不在？但花開花落，幾番榮替矣。」

4. 縹緲餘情無處託，一枝梅綠橫冰萼：高遠之情無處託付，只有託付於新綠之枝條。吳本魏注：「言縹緲高情，何所寄託耶？當付之於綠梢。」縹緲，見蔡松年詞〈石州慢〉（京洛三年）注9。餘情，蘇軾〈罷徐州，往南京，馬上走筆寄子由五首〉其三：「暫別復還見，依然有餘情。」吳本魏注：「冰萼，以梅比侑觴者。」

5. 對淡雲、新月焖疏星，都如昨：面對穿著薄衣、眉目如月星之侍女，彷彿看到昔日之宮姬。吳本魏注：「淡雲，衣也；新月，眉也；疏星，目也。覩其衣裝眉宇，渾如舊宮媛風調也。」新月，陰曆每月初所見的形細而彎的月牙。南朝陳·陰鏗〈五洲夜發〉：「夜江霧裡闊，新月中明。」蘇軾〈芙蓉城〉：「中有一人長眉青，炯如微雲淡疏星」都如昨，蘇軾〈生日，蒙劉景文以古畫松鶴爲壽，且貺佳篇，次韻爲謝〉：「高標忽在眼，清夢了如

昨。」

6. 蕭閑老……明杯杓：我平生之樂，即是藉著幽美之景色來痛快暢飲。吳本魏注：「公平生喜於杯酒，必借稚秀之人以發明之。」秀色，即指歌伎有宣和風韻之秀美容色。杯杓，亦作「桮杓」。酒杯與杓子。借指飲酒。《漢書》卷四十五〈息夫躬傳〉：「霍顯之謀將行於杯杓，荊軻之變必起於帷幄。」吳本魏注：「史張良曰：漢王不禁杯杓。」然檢閱史料，應指《史記》卷七〈項羽本紀〉：「沛公已去，間至軍中，張良入謝，曰：『沛公不勝桮杓，不能辭。』」可知吳本魏注在文字上有誤。

7. 吐凌雲好句，張吾邱壑：吟誦著自己之凌雲壯志，張揚我隱居於山林之趣。吳本魏注：「以此張大我邱壑退居之趣。」凌雲，見〈朝中措〉（玉霄琱牓陋凌雲）注 1。邱壑，見〈水調歌頭〉（西山六街碧）注 5。

8. 此樂莫教兒輩覺，微官束置高高閣：這般樂趣不要讓世俗之人發現，應將微官棄置不管。「此樂」句，語出《晉書》卷八十〈王羲之傳〉，見〈滿江紅〉（半嶺雲根）注 9。束置高閣，《晉書》卷七十三〈庾翼傳〉：「翼字稚恭。風儀秀偉，少有經綸大略。京兆杜乂、陳郡殷浩並才名冠世，而翼弗之重也，每語人曰：『此輩宜束之高閣，俟天下太平，然後議其任耳。』」

9. 便歸來，招我雪霜魂，春邊著：招回我高潔之心靈，陶醉在美妙聲色之中。「便歸來」二句，《文選·宋玉·招魂》：「魂兮歸來！不可以止些。增冰峨峨，飛雪千里些。」唐·僧棲白弔劉得仁：「思苦爲詩身到此，冰魂雪魄已難招。」吳本魏注：「春，謂侑觴稚秀者。」

五十八、其二　和高子文春津道中 [1]

梁苑當時，春如水、花明酒冽 [2]。寒食夜、翠屏入①照，

海棠紅雪[3]。底事年來常馬上，不堪齒髮行衰缺[4]。解見人、幽獨轉寒江，樽前月[5]。

平生友，中年別。恨無際，那容髮[6]。蕭閑便歸去，此圖清絕[7]。花徑酒壚身自在，都憑細解丁香結[8]。儘世間，臧否事如雲，何須說[9]。

【編年】

王慶生以爲應作於入京後 1142～1145 年間。與〈浣溪沙〉（溪雨空濛灑面涼）應作於同時。

【校勘】

①入，吳本作「人」。

【箋注】

1. 和高子文春津道中：高子文，見〈石州慢〉（京洛三年）注 6。春津，見〈浣溪沙〉（溪雨空濛灑面涼）注 1。

2. 梁苑當時，春如水、花明酒洌：汴京當時的春天，如水般清明，且花朵盛開，美酒清澈。吳本魏注：「言春色多也。」梁苑，西漢・梁孝王所建之東苑。故址在今河南省開封市東南。園林規模宏大，方三百餘里，宮室相連屬，供游賞馳獵。梁孝王在其中廣納賓客，當時名士司馬相如、枚乘等均爲座上客。也稱「兔園」。事見《史記》卷五十八〈梁孝王世家〉。此指開封，即汴京。花明，吳本魏注：「花以開榮爲明，衰謝爲暗。」宋・蘇舜欽〈淮中晚泊犢頭〉：「春陰垂野草青青，時有幽花一樹明。」洌，清澈。酒洌，歐陽修〈醉翁亭記〉：「釀泉爲酒，泉香而酒洌。」

3. 寒食夜、翠屏入照，海棠紅雪：翠屏，南朝梁・江淹〈麗色賦〉：「紫帷鉿匝，翠屏環合。」紅雪，喻枝頭紅花。白居易〈同諸客攜酒早春看櫻桃花〉：「綠餳粘盞杓，紅雪壓枝柯。」海棠紅雪，蘇軾〈寒食帖〉：「臥聞海棠花，泥污燕支雪。」吳本魏注：「言

其人之顏色，如海棠花之燦紅雪也。」

4. 底事年來常馬上，不堪齒髮行衰缺：近年來常因公職奔波，但究
竟作了何事？不能忍受自己越來越衰老之身體。底事，見〈念奴
嬌〉（離騷痛飲）注3。馬上，馬背上。多指用武。《漢書》卷四
十三〈陸賈傳〉：「乃公居馬上得之，安事詩書。」或比喻在職做
官。年來，近年以來。唐・盧綸〈春日登樓有懷〉：「年來笑伴皆
歸去，今日清明獨上樓。」行，即「將」。齒髮行衰缺，狀年紀
將老之貌。韓愈〈進學解〉：「頭童齒豁，竟死何裨？」唐・李端
〈冬夜與故友聚送吉校書〉：「雲霄望且遠，齒髮行應暮。」

5. 解見人、幽獨轉寒江，樽前月：明月照著我孤獨於江上飲酒。解，
會、能夠。幽獨，獨處於僻靜之地。《文選・張衡・玄思賦》：「幽
獨守此庂陋兮，敢怠遑而捨勤。」秋月寒江，明亮皎潔的秋月，
寒冷清澈的江水。比喻有才德的人內心明淨清澈。黃庭堅〈贈別
李次翁〉：「德人天游，秋月寒江。」

6. 平生友……那容髮：平生親友，都在中年時分別。這樣之離恨，
漫天而來，沒有空隙。「平生友」兩句，語出《晉書》卷八十〈王
羲之傳〉，見〈滿江紅〉（半嶺雲根飲）注9。容髮，即「間不容
髮」。距離十分相近，中間不能容納一絲毫髮。比喻情勢危急。《文
選・枚乘・上書諫吳王》：「係絕於天，不可復結，墜入深淵，難
以復出，其出不出，間不容髮。」此喻沒有空間。吳本魏注：「此
言愁恨之來，無毫髮許閒斷也。」

7. 此圖清絕：圖，計也。清絕，形容美妙至極。唐・李山甫〈山中
覽劉書記新詩〉：「記室新詩相寄我，藹然清絕更無過。」

8. 花徑酒壚身自在，都憑細解丁香結：在歌樓酒店中，過得非常自
在，而且能夠解開無邊之愁緒。花徑，指尋花問柳之處。酒壚，
見〈念奴嬌〉（九江秀色）注6。身自在，蘇軾〈題文與可墨竹〉：
「斯人定何人，游戲身自在。」丁香結，丁香之花蕾。丁香花簇
生莖頂，往往含苞不放，所以常用來比喻愁思固結不解。李商隱

〈代贈〉:「芭蕉不展丁香結,同向春風各自愁。」吳本魏注:「此以丁香結為愁也。」

9. 儘世間,臧否事如雲,何須說:儘管世間是非善惡之事如雲般眾多,但卻不必談論這些。吳本魏注:「言不道是非也。」臧否,善惡得失。《詩經・大雅・抑》:「於呼小子,未知臧否。」如雲,比喻數量眾多。《詩經・齊風・敝笱》:「齊子歸止,其從如雲。」

五十九、其三

舅氏丹房先生,方外偉人,輕財如糞土,常有輕舉八表之志,故世莫能用之[1]。時時出煙霞九天上語,醉墨淋漓,擺落人間俗學,自謂得三代鼎鐘妙意[2]。今年以書抵僕,言行年七十,精力愈強,貧愈甚,知大丹之旨愈明。意使早成明秀歸計,以供其薪水[3]之費也。作滿江紅長短句,以發千里一笑云。

玉斧雲孫,自然有、仙風道骨[4]。眉宇帶、九秋清氣,半山晴月[5]。入手黃金還散盡,短蓑醉舞青冥窄[6]。向大梁、城裡覓丹砂,聊為客[7]。

驚人字,蛟蛇活。借造物,驅春色。問別來揮灑,幾多珠璧[8]。合眼夢魂尋故里,摩挲明秀峯頭碧[9]。看歸來,都卷五湖光,杯中吸[10]。

【箋注】

1. 舅氏丹房先生……故世莫能用之:舅父丹房先生,是世外高人,不重富貴,且常有登仙於物外之志,因此不為世所用。丹房,見〈滿江紅〉(半嶺雲根)注 10。方外,見〈雨中花〉(嗜酒偏憐風竹)注 16。輕財如糞土,《世說新語・文學》:「人有問殷中軍:『何以將得位而夢棺器,將得財而夢矢穢?』殷曰:『官本是臭

腐，所以將得而夢棺尸；財本是糞土，所以將得而夢穢污。』」
吳本魏注：「梁武言當使黃金與糞土同價。」按：《南齊書》卷二
〈高帝本紀下〉：「每曰：『使我治天下十年，當使黃金與土同價。』」
可能爲吳本魏注所本，然疑誤。輕舉，登仙、歸隱。漢・王充《論
衡・道虛》：「且凡能輕舉入雲中者，飲食與人殊之故也。」八表，
見〈念奴嬌〉（范侯久別）注 6。

2. 時時……自謂得三代鼎鐘妙意：常常說出天上神仙之妙語，而酒
   醉後所作之詩畫很多，不受世俗之拘束，自認得三代鐘鼎文字之
   精髓。煙霞，亦作「烟霞」，泛指山水、山林。南朝梁・蕭統〈錦
   帶書十二月啓・夾鍾二月〉：「敬想足下，優游泉石，放曠烟霞。」
   九天，見〈朝中措〉（玉霄琱牓陋凌雲）注 1。淋漓，見〈水調
   歌頭〉（雲間貴公子）注 10。醉墨，見〈水調歌頭〉（雲間貴公
   子）注 33。擺落，擺脫、不受拘束。陶潛〈飲酒詩二十首〉之
   十二：「去去當奚道，世俗久相欺。擺落悠悠談，請從余所之。」
   鼎鐘，亦作「鼎鍾」。鼎與鐘。古代鐘鼎上刻銘文，以旌有功者。
   有時借指功業。此應指鐘鼎上之文字。

3. 薪水：柴和水。借指生活必需品。《魏書》卷四十七〈盧玄傳〉：
   「若實有此，卿可量胸山薪水得支幾時……如薪水少急，即可量
   計。」

4. 玉斧雲孫，自然有、仙風道骨：仙人之後，自然有仙人之風骨。
   吳本魏注：「言師聖仙裔。」玉斧，許謐第三子。名歲，小名玉
   斧。南朝梁・陶弘景《眞誥》：「紫雲夫人曰：『玉醴金漿，交生
   神梨，方丈火棗，玄光靈芝，我當與山中許道士，不以與人間許
   長史也。』」按：許長史即許謐。吳本魏注記「紫雲夫人」爲「雲
   林夫人」，應爲雲林夫人與紫雲夫人同授許謐守眞之術之誤。雲
   孫，見〈水調歌頭〉（年時海山路）注 7。仙風道骨，見〈水調
   歌頭〉（年時海山國）注 10。

5. 眉宇帶、九秋清氣，半山晴月：其面貌帶有天上清和之氣，人格

彷彿半山上晴空中的明月般高潔。眉宇，《新唐書》卷一九四〈卓行傳・元德秀〉：「房琯每見德秀，歎息曰：『見紫芝眉宇，使人名利之心都盡。』」「紫芝眉宇」後即用爲稱讚他人相貌之詞。九秋，見〈水調歌頭〉（年時海山路）注6。清氣，見〈水調歌頭〉（空涼萬家月）注4。晴月，黃庭堅〈濂溪詞並序〉稱周敦頤：「茂叔人品甚高，胸中灑落，如光風霽月。」

6. 入手黃金還散盡，短蓑醉舞青冥窄：雖有錢財收入，卻一下子即用盡，因此常常穿著短蓑，飲酒歌舞，感嘆天地之狹窄不容人。「入手」句，李白〈將進酒〉：「天生我材必有用，千金散盡還復來。」蘇軾詩題：「回先生過湖州東林沈氏……白酒釀來因好客，黃金散盡爲收書。」短蓑醉舞，孟郊〈送淡公〉十二首之三：「腳踏小船頭，獨速舞短蓑。」蘇軾〈漁父〉（漁父醉）：「漁父醉，蓑衣舞。」青冥，形容青蒼幽遠，此指青天。《楚辭・九章・悲回風》：「據青冥而攄虹兮，遂儵忽而捫天。」王逸注：「上至玄冥，舒光耀也。所至高眇不可逮也。」吳本魏注：「言醉中狂舞，天宇猶窄。」

7. 向大梁、城裡覓丹砂，聊爲客：向汴京城中尋覓煉丹之砂，姑且成爲其中之客。大梁，即開封，見〈水調歌頭〉（西山六街碧）注7。丹砂，亦作「丹沙」。即朱砂。礦物名。色深紅，古代道教徒用以化汞煉丹，中醫作藥用，也可製作顏料。《管子・地數》：「上有丹沙者，下有黃金。」聊爲客，《史記》卷一百十七〈司馬相如傳〉：「會景帝不好辭賦，是時梁孝王來朝，從游說之士齊人鄒陽、淮陰枚乘、吳莊忌夫子之徒，相如見而說之，因病免，客游梁。梁孝王令與諸生同舍，相如得與諸生游士居數歲，乃著子虛之賦。」

8. 驚人字……幾多珠璧：酒醉中所寫之文字，如蛟蛇般生動；藉由造物之神，將春色驅趕至筆端，別後不知創作了多少優秀之作品。吳本魏注：「言其筆勢如龍蛇，借造化之力以驅逐春色，而

揮埽珠玉也。」「驚人字」兩句，蘇軾〈洞庭春色〉：「賢王文字
飲，醉筆蛟蛇走。」造物，見〈浣溪沙〉（壽骨雲門白玉山）注
2。驅春色，蘇軾〈次韻秦少游王仲至元日立春三首〉之三：「好
遣秦郎供帖子，盡驅春色入毫端。」揮灑，揮毫灑墨。形容運筆
自如。杜甫〈寄薛三郎中〉：「賦詩賓客間，揮灑動八垠。」珠璧，
見〈念奴嬌〉（范侯久別）注 7。

9. 合眼夢魂尋故里，摩挲明秀峯頭碧：在睡夢中尋找故鄉，希望能
再看到明秀峯之翠色。吳本魏注：「公自言夢想鄉里閒，對明秀
峯也。」合眼，閉目、睡眠。白居易〈勸酒·不如來飲酒七首〉
之四：「不如來飲酒，合眼醉昏昏。」夢魂尋故里，蘇軾〈秋興
三首〉其一：「故國依然一夢前，相攜重上釣魚船。」摩挲，見
〈念奴嬌〉（倦游老眼，負梅花京洛）注 6。明秀峯，見〈水調
歌頭〉（東垣步秋水）注 11。

10. 看歸來，都卷五湖光，杯中吸：想著歸去之後，能夠在山光水
色間，暢飲美酒。看，估量之詞。五湖，可用以指稱不同之「湖
泊」，但皆指位於江南之湖。吳本魏注：「五湖，太湖之別名。
一名宮亭、一名彭蠡、一名震澤、一名洞庭、一名青草。周行
五百里，故云五湖。此應指公家明秀峯五湖之景。」黃庭堅〈子
瞻詩句妙一世，乃云效庭堅體，蓋退之戲效孟郊樊宗師之比。
以文滑稽耳，恐後生不解，故次韻道之〉：「公如大國楚，吞五
湖三江。」蘇軾〈書林逋詩後〉：「吳儂生長湖山曲，呼吸湖光
飲山綠。」

六十、其四

辛亥三月，春事婉娩，土風熙然[1]。東城雜花間，梨為最。去家
六年，對花無好情悰[2]。然得流坎有命，無不可者[3]。古人謂人生安樂，
孰知其他[4]。屢誦此語，良用慨嘆。插花把酒[5]，偶記去年今日事，賦
十數長短句遣意，非知心人，亦殆難明此意。以仙呂調滿江紅歌之，

是月十五日，玩世酒狂⁶。

翠掃山光，春江夢、蒲萄綠遍⁷。人換世、歲華良是，此身流轉⁸。雲破春陰花玉立，又逢故國春風面⁹。記去年、曉月掛星河，香淩亂¹⁰。　　年年約，常相見。但無事，身強健¹¹。賴孫壚獨有，酒鄉溫粲¹²。老驥天山非我事，一蓑煙雨違人願¹³。識醉歌、悲壯一生心，狂嵇阮¹⁴。

【編年】

辛亥，即 1131 年，金太宗天會九年。

【箋注】

1. 春事婉娩，土風熙然：春景溫潤，當地風俗和樂。春事，春意，春天的景象。唐·徐晶〈同蔡孚五亭詠〉：「幽栖可憐處，春事滿林扉。」婉娩，天氣溫和。南朝梁·庾肩吾〈奉使北徐州參丞御〉：「年光正婉娩，春樹轉丰茸。」土風，當地的風俗。《文選·陸機·吳趨行》：「山澤多藏育，土風清且嘉。」熙然，和樂、和悅貌。《列子·力命》：「在家熙然有棄朕之心，在朝諤然有傲朕之色。」

2. 情悰：見〈水調歌頭〉（寒食少天色）注 5。

3. 流坎有命，無不可者：生命之進退行止固定，沒有什麼不可能。流坎，即「流行坎止」。《漢書》卷四十八〈賈誼傳〉：「乘流則逝，得坎則止；縱軀委命，不私與己。」謂順流而行，遇險而止。比喻行止進退視情況而定。「流坎」二句，蘇軾〈答程天侔書〉之一：「尚有此身，付與造物者，聽其運轉，流行坎止，無不可者。」

4. 古人謂人生安樂，孰知其他：「人生」兩句，見於《史記》卷三十九〈晉世家〉：「重耳曰：『人生安樂，孰知其他！必死於此，不能去。』」

5. 插花把酒：插花，戴花。南朝梁・袁昂〈古今書評〉：「衛恒書如插花美女，舞笑鏡臺。」把酒，端著酒杯。表示敬酒或喝酒。孟浩然〈過故人莊〉：「開軒面場圃，把酒話桑麻。」

6. 玩世酒狂：吳本魏注：「玩世酒狂，公少年時自號也。」

7. 翠掃山光，春江夢、蒲萄綠徧：山光翠綠，夢到春天江水邊，盡是一片碧藍。掃，塗抹。山光，見〈念奴嬌〉（洞宮碧海）注 3。蒲萄，即「葡萄」。唐・李頎〈古從軍行〉：「年年戰骨埋荒外，空見蒲萄入漢家。」此指江水顏色碧綠如葡萄。李白〈襄陽歌〉：「遙看漢水鴨頭綠，恰似蒲萄初醱醅。」

8. 歲華良是，此身流轉：見〈滿江紅〉（春色三分）注 3。吳本魏注：「歲時與舊則同，但此身轉徙他州也。」

9. 雲破春陰花玉立，又逢故國春風面：天露微雲，春光浮現，花開朵朵，好似看到故國的春天美景。吳本魏注：「陰雲微破，春花弄影，如玉立然，以比佳人也。」春陰，春日時光。唐・鄭谷〈水軒〉：「楊花滿牀席，搔首度春陰。」玉立，見〈水調歌頭〉（雲間貴公子）注 2。春風面，指春光美好。朱熹〈春日〉：「等閒但得春風面，萬紫千紅總是春。」

10. 記去年、曉月掛星河，香凌亂：想起去年，明月與銀河都高掛天空，而香氣四溢。吳本魏注：「觀此意，公於去年曾偶故邦佳麗也。」王慶生因此推測松年應於此時（1130 年）娶妻。星河，見〈水調歌頭〉（星河淡城闕）注 2。凌亂，雜亂、紛亂。南朝梁・何遜〈和劉諮議守風〉：「彌旬苦凌亂，揆景候阡陌。」

11. 年年約，常相見。但無事，身強健：見〈滿江紅〉（春色三分）注 6。

12. 賴孫壚獨有，酒鄉溫粲：只有孫家之酒最好，讓我能沈醉於美酒之中。孫壚，吳本魏注：「燕市多名酒，小孫家為絕品，故云。孫壚，猶古人謂黃公壚也。」酒鄉，猶醉鄉。唐・皮日休〈酒中十咏・酒鄉〉：「何人置此鄉，杳在天皇外。有事忘哀樂，有時忘

顯晦。如尋罔象歸，似與希夷會。從此共君遊，無煩用冠帶。」

溫粲，吳本魏注：「言柔麗也。」

13. 老驥天山非我事，一蓑煙雨違人願：年老而有所作為，不是我能做到；而歸隱山林這個願望又一直不能實現。驥，千里馬。老驥，此為「老驥伏櫪」之省稱。魏·曹操〈步出夏門行〉：「老驥伏櫪，志在千里。烈士暮年，壯心不已。」比喻年雖老而仍懷雄心壯志。天山，山名，位於新疆省中部。此為「三箭定天山」之省稱。《新唐書》卷一百一十一〈薛仁貴傳〉：「時九姓有兵十餘萬，令驍騎數十來挑戰，仁貴發三矢，輒殺三人，於是虜氣懾，皆降……軍中歌曰：『將軍三箭定天山，壯士長歌入漢關。』九姓遂衰。』」一蓑煙雨，蘇軾〈定風波〉（莫聽穿林打葉聲）：「竹杖芒鞋輕勝馬，誰怕？一蓑煙雨任平生。」

14. 狂嵇阮：嵇康、阮籍因酣酒自適，世以為狂。

六十一、念奴嬌

念奴玉立，記連昌宮裏，春風相識[1]。雲海茫茫人換世，幾度梨花寒食[2]。花萼霓裳，沈香水調，一串驪珠溼[3]。九天飛上，叫雲遏斷箏笛[4]。　　老子陶寫平生，清音裂耳，覺庾愁都釋[5]。淡淡長空今古夢，只有此聲難得[6]。溢浦心情，落花時節，還對天涯客[7]。春溫玉盌，一聲洗盡冰雪[8]。

【箋注】

1. 念奴玉立，記連昌宮裏，春風相識：記得在春日連昌宮裡，念奴亭亭玉立，因而得以受寵。元稹〈連昌宮詞〉：「連昌宮中滿宮竹，歲久無人森似束。又有牆頭千葉桃，風動落花紅蔌蔌……初過寒食一百六，店舍無煙宮樹綠。夜半月高弦索鳴，賀老琵琶定場屋。力士傳呼覓念奴，念奴潛伴諸郎宿。須臾覓得又連催，特敕街中

許然燭。春嬌滿眼睡紅綃，掠削雲鬟旋裝束。飛上九天歌一聲，二十五郎吹管逐。逶巡大遍涼州徹，色色龜茲轟錄續。李謨攏笛傍宮牆，偷得新翻數般曲。」元積自注：「念奴，天寶中名倡，善歌。每歲樓下酺宴，累日之後，萬眾喧隘，嚴安之、韋黃裳輩闢易不能禁，眾樂為之罷奏。明皇遣高力士大呼於樓上曰：『欲遣念奴唱歌，邠二十五郎吹小管逐。看人能聽否。』未嘗不悄然奉詔。其為當時所重也如此。然而明皇不欲奪俠遊之盛，未嘗置在宮禁，或歲幸湯泉。時巡東洛，有司潛遣從行而已。又明皇嘗於上陽宮夜後按新翻一曲，屬明夕正月十五日。潛遊燈下，忽聞酒樓上有笛奏前夕新曲。大駭之，明日密遣捕捉笛者。詰驗之。自云：其夕竊於天津橋玩月，聞宮中度曲，遂于橋柱上插譜記之。臣即長安少年善笛者李謨也。明皇異而遣之。」玉立，見〈水調歌頭〉（雲間貴公子）注 2。春風相識，唐・唐彥謙〈春風四首〉之四：「更種明年花，春風自相識。」

2. 雲海茫茫人換世，幾度梨花寒食：雲海茫茫無際，人間已經過幾個塵世，幾度寒食。雲海茫茫，蘇軾〈水龍吟〉（古來雲海茫茫）：「古來雲海茫茫，道山絳闕知何處？」梨花寒食，蘇軾〈送表弟程六之楚州〉：「功成頭白早歸來，共藉梨花作寒食。」

3. 花萼霓裳，沈香水調，一串驪珠淫：明皇在花萼樓上演奏霓裳羽衣曲，與楊貴妃在沈香亭聆聽清平調曲子，歌聲婉轉渾圓，如成串珍珠。霓裳，神仙之衣裳。相傳神仙以雲為裳。《楚辭・九歌・東君》：「青雲兮白霓裳，舉長矢兮射天狼。」沈香，見〈浣溪沙〉（月下仙衣立玉山）注 3。水調，曲調名。杜牧〈揚州〉之一：「誰家唱水調，明月滿揚州。」自注：「煬帝鑿汴渠成，自造水調。」「花萼」兩句，出自《松窗雜錄》，見〈浣溪沙〉（月下仙衣立玉山）注 3。一串珠，蘇軾〈菩薩蠻〉（繡簾高卷傾城出）：「遺響下清虛，纍纍一串珠。」驪珠，寶珠。傳說出自驪龍頷下，故名。《莊子・列御寇》：「夫千金之珠，必在九重之淵而驪龍頷

下。」「一串驪珠」比喻歌聲圓潤有如成串的珍珠。

4. 九天飛上，叫雲過斷箏笛：歌聲響亮，直衝雲霄，幾乎阻斷箏笛之聲。九天，見〈朝中措〉(玉霄琛膀陋凌雲) 注 1。叫雲，唐‧崔櫓〈聞笛〉：「橫玉叫雲天似水，滿空霜逐一聲飛。」過雲，使雲停止不前，形容歌聲響亮動聽。《列子‧湯問》：「薛譚學謳於秦青，未窮青之技，自謂盡之，遂辭歸。秦青弗止，餞於郊衢，撫節悲歌，聲振林木，響遏行雲。薛譚乃謝，求反，終身不敢言歸。」箏笛，蘇軾〈聽賢師琴〉：「歸家且覓千斛水，淨洗從前箏笛耳。」吳本魏注「千」作「十」，「淨」作「靜」。

5. 老子陶寫平生，清音裂耳，覺庾愁都釋：我欲抒發平生之志，而清越之聲音徹入心坎，故國之思頓時消釋。老子，見〈一翦梅〉(白璧雄文冠玉京) 注 4。陶寫，見〈石州慢〉(京洛三年) 注 14。清音，清越之聲音。《淮南子‧兵略訓》：「夫景不爲曲物直，響不爲清音濁。」裂耳，吳本魏注：「聒耳欲裂也。」庾愁，南朝梁詩人庾信，使西魏，阻於兵，留長安。北周代西魏後，官至驃騎大將軍、開府儀同三司。位雖通顯，而常有鄉關之思，曾作〈哀江南賦〉以寄意。後因稱鄉思或故國之思爲「庾愁」。

6. 淡淡長空今古夢，只有此聲難得：在遼闊之天地間，古今以來，聽見這個聲音真是難能可貴。吳本魏注：「古今興廢，如空中之夢，但酒前新聲爲難遇也。」淡淡長空，杜牧〈登樂遊原〉：「長空淡淡孤鳥沒，萬古銷沈向此中。」

7. 溢浦心情，落花時節，還對天涯客：秋季落花時分，溢浦送客、同是天涯淪落人之情，油然而生。溢浦，即溢水。溢浦心情，指白居易謫江州時，秋夜送客溢浦，聞商婦琵琶，所做之〈琵琶行〉：「同是天涯淪落人，相逢何必曾相識。」落花時節，杜甫〈江南逢李龜年〉：「正是江南好風景，落花時節又逢君。」

8. 春溫玉盌，一聲洗盡冰雪：春暖之時，圓月當空，如此歌聲將北方寒冷之氣一掃而盡。春溫，見〈烏頁啼〉(一段江山秀氣) 注

3。盌，音ㄨㄢˇ。玉盌，亦作「玉椀」，此喻圓月。韓愈〈晝月〉：
「玉盌不磨著泥土，青天恐出白石補。」洗盡冰雪，言將北方寒
冷天氣一掃而盡。

六十二、其二

辛亥新正五日，天氣晴暖。偶出，道逢賣燈者。晚至一人家，飲
橙酒，以滴蠟黃梅侑樽[1]。醉歸感嘆節物[2]，顧念身世，殆無以爲懷，
作此自解。

小紅破雪，又一燈香動，春城節物[3]。春事新年獨夢繞，
江浦南枝橫月[4]。萬戶糟邱，西山爽氣，差慰人岑寂[5]。六年
今古，只應花鳥相識[6]。　　老去嚼蠟心情，偶然流坎，豈
悲歡人力[7]。莫望家山桑海變，唯有孤雲落日[8]。玉色橙香，
宮黃花露，一醉無南北[9]。終焉此世，正爾猶是良策[10]。

【編年】

辛亥，即 1131 年，金太宗天會九年。

【箋注】

1. 飲橙酒，以滴蠟黃梅侑樽：橙酒，歲暮年新之際，以柑橙所釀之
   酒。滴蠟黃梅，即指蠟梅。《廣芳群譜・花譜二十・蠟梅》引明・
   王世懋《學譜餘蔬》：「考蠟梅原名黃梅，故王安國西寧間，尚詠
   黃梅，至元祐間蘇黃命爲蠟梅。人言蠟時開，故名蠟梅，非也。
   爲色正似黃蠟耳。」侑樽，亦作「侑尊」。即助飲興，勸酒。宋・
   方勺《泊宅編》卷一：「因閱阮田曹所製〈黃鶴引〉，愛其詞調清
   高，寄爲一闋，命稚子歌之，以侑尊焉。」
2. 節物：見〈水調歌頭〉（星河淡城闕）注 4。
3. 小紅破雪，又一燈香動，春城節物：吳本魏注：「小紅破雪，謂
   紅燈破除臘雪之寒氣。一燈，一番燈火也。或云小紅，小桃也。

老杜：點注桃花舒小紅，余恐非是。蓋公序唯言鬻燈及橙酒蠟梅事，殊不及小桃，不應首句言小桃也。」

4. 春事新年獨夢繞，江浦南枝橫月：新年到來，所思所夢盡是家鄉江邊之梅月。春事，見〈滿江紅〉（翠掃山光）注 1。夢繞，黃庭堅〈又寄王立之〉：「南人羈旅不成歸，夢繞南枝與北枝。」南枝橫月，南朝梁・何遜〈揚州法曹梅花盛開〉：「枝橫卻月觀，花繞凌風臺。」吳本魏注「花繞」作「香動」。

5. 萬戶糟邱，西山爽氣，差慰人岑寂：人們皆忙著釀酒，西山爽致之氣，尚能安慰我寂寞之心。萬戶，蘇軾〈王氏生日致語口號〉：「萬戶春風爲子壽，坐看滄海起揚塵。」注曰：「嶺南萬戶有酒。」吳本魏注以爲此言「萬戶有酒」也。糟邱，見〈滿庭芳〉（森玉筠林）注 6。西山爽氣，見〈水調歌頭〉（東垣步秋水）注 6。差，尚、略。岑寂，寂寞，孤獨冷清。唐・唐彥謙〈樊登見寄〉之三：「良夜最岑寂，旅況何蕭條。」

6. 六年今古，只應花鳥相識：吳本魏注：「汴都以丙午城陷，至辛亥六年矣，故云六年今古。公來北方，無會心友，故唯花鳥相識也。」六年，從靖康之變到今年（辛亥），共六年。花鳥相識，蘇軾〈常潤道中，有懷錢塘，寄述古五首〉之三：「二年魚鳥渾相識，三月鶯花付與公。」

7. 老去嚼蠟心情，偶然流坎，豈悲歡人力：我年老之心如同嚼蠟一般無味，偶欲世事之變，則知悲歡非人力所能及。吳本魏注：「公言老去忘情，得行勿喜，欲止勿悲，蓋知其非人力。」嚼蠟，比喻無味。《楞嚴經》卷八：「我無欲心，應汝行事，於橫陳時，味如嚼蠟。」流坎，見見〈滿江紅〉（翠掃山光）注 3。人力，人爲之力量。《文選・陳琳・檄吳將校部曲文》：「若此之事，皆上天威明，社稷神武，非徒人力所能立也。」

8. 莫望家山桑海變，唯有孤雲落日：不要再向遠處眺望，滄海桑田，家國已變，只有孤雲落日與我相伴。吳本魏注：「言陸海變換，

南國已改，豈得更到家山西南望之？但有孤雲落日也。」桑海，即「桑田滄海」之省稱。語出晉‧葛洪《神仙傳‧麻姑》，見〈水調歌頭〉（丁年跨生馬）注 4。後以「桑田滄海」喻世事之巨大變遷。孤雲，見〈西江月〉（古殿蒼松偃寒）注 3。孤雲落日，蘇軾〈詹守攜酒見過，用前韻作詩，聊復和之〉：「孤雲落日西南望，長羨歸鴉自識村。」蘇軾〈虔州八境圖八首〉：「倦客登臨無限思，孤雲落日是長安。」

9. 玉色橙香，宮黃花露，一醉無南北：酒色清透、橙子芳香，而女子裝扮美麗。這樣之情景，讓我酒醉而分不清南北之異同。吳本魏注：「玉色橙香，言酒；宮黃花露，言人。意味遇酒花而一醉，則南北同也。或云人已大醉，則不知南北。如秦詞：醉臥古藤陰下，了不知南北。」玉色，如玉之顏色，此以喻酒色之清透。蘇軾〈洞庭春色〉：「今年洞庭春，玉色疑非酒。」宮黃，古代婦女額上塗飾之黃色。周邦彥〈瑞龍吟〉（章臺路）：「侵晨淺約宮黃，障風映袖，盈盈笑語。」花露，見〈點絳唇〉（半幅生綃）注 4。

10. 終焉此世，正爾猶是良策：在這裡度過餘生，應該正是好計策。終焉，杜甫〈寄岳州賈司馬六丈巴州嚴八使君兩閣老五十韻〉：「古人稱逝矣，吾道卜終焉。」《周易‧序卦傳》：「物不可窮也，故受之以未濟終焉。」正爾，宋‧葉夢得〈石林詩話〉：「黃魯直嘗作三詩贈澹，其一云：『有客夢超俗，去髮脫塵冠。平明視清鏡，正爾良獨難。』蓋述荊公事也。」

六十三、其三　浩然勝友[1]生朝

紫蘭玉樹，自琅霄分秀，懸知英物[2]。萬壑清冰搏爽氣，老鶴憑虛仙骨[3]。醉帖蛟騰，豪篇玉振，不受春埋沒[4]。蓬萊清淺，便安黃卷寒寂[5]。　　冰簟壽酒光風，宮衣縹緲，猶

帶嬰香濕[6]。老去浮沈唯是酒，同作蕭閑閑客[7]。耐久風煙，期君端似，明秀高峯碧[8]。冷雲幽處，月波無際都吸[9]。

【箋注】

1. 浩然勝友：浩然，吳本魏注於「老鶴憑虛仙骨」下言「浩然，遼陽人」，故此應指張浩。勝友，猶良友。唐・王勃〈邱日登洪府滕王閣餞別序〉：「十旬休暇，勝友如雲；千里逢迎，高朋滿座。」

2. 紫蘭玉樹，自琅霄分秀，懸知英物：你如紫蘭玉樹般，得天上靈氣，早預知你是傑出之人。吳本魏注：「琅霄，天界。分秀，猶分端也。言其如蘭如玉，自天分得秀氣，早知其爲英異也。」玉樹，見〈驀山溪〉（人生寄耳）注3。懸知，料想、預想。北周・庾信〈和趙王看伎〉：「懸知曲不誤，無事畏周郎。」英物，優秀而傑出的人物。《晉書》卷九十八〈桓溫傳〉：「（桓溫）生未朞而太原溫嶠見之，曰：『此兒有奇骨，可試使啼。』及聞其聲，曰：『眞英物也！』」

3. 萬壑清冰摶爽氣，老鶴憑虛仙骨：你所散發之氣質，如萬壑所產生之清冽爽氣，想必你應具仙人之鶴骨。萬壑清冰，杜甫〈入奏行贈西山檢察使竇侍御〉：「炯如一段清冰出萬壑，置在迎風寒露之玉壺。」爽氣，見〈水調歌頭〉（東垣步秋水）注6。老鶴，吳本魏注：「浩然，遼陽人。世言土人皆鶴仙丁令威之裔，故云老鶴仙骨。」按：據傳丁令威爲漢遼陽刺史，爲遼陽鶴野人。陶潛《後搜神記》卷一：「丁令威，本遼東人，學到於靈虛山。後化鶴歸遼，集城門華表柱。時有少年，舉弓欲射之。鶴乃飛，徘徊空中而言曰：『有鳥有鳥丁令威，去家千歲今來歸。城郭如是人民非，何不學仙家壘壘。』遂高上沖天。今遼東諸丁云其先世有升仙者。」憑虛，凌空、飄浮空中。晉・陸雲〈愁霖賦〉：「雷憑虛以振庭兮，電凌牖而耀室。」仙骨，即仙風道骨，見〈水調

歌頭〉（年時海山國）注 10。

4. 醉帖蛟騰，豪篇玉振，不受春埋沒：你所揮灑之草書活潑生動，
篇章壯闊、文辭有力，不受富貴而掩沒。醉帖，指草書。蘇軾
〈孫莘老寄墨〉之三：「便有好事人，敲門求醉帖。」王十朋集
注：「《唐書》：張旭醉，以指頭濡墨而書。」王文誥輯注引施元
之曰：「《法書苑》：僧懷素善草書，常作醉帖。」蛟騰，指書法
字形之活潑生動。豪篇，豪壯之篇章。蘇軾〈送孫勉〉：「更被
髯將軍，豪篇來督戰。」自注：「其兄莘老，以詩寄之，皆言戰
事。」玉振，比喻文辭鏗鏘、詞藻出眾。《文選・潘岳・夏侯常
侍誄》：「飛辯摛藻，華繁玉振。」吳本魏注：「春以喻富貴華美
也。」

5. 蓬萊清淺，便安黃卷寒寂：滄海變異，人世更換，但你卻能安於
文史之中，守著北方之寒冷而自適。吳本魏注：「東都故屬遼，
後乃歸朝，故亦用此事。浩然始仕，未見賞拔，故且安於文史，
而守以閑冷也。」蓬萊清淺，見〈水調歌頭〉（丁年跨生馬）注
4。黃卷，見〈水調歌頭〉（丁年跨生馬）注 4。

6. 冰簟壽酒光風，宮衣縹緲，猶帶嬰香濕：冰簟，涼席。李商隱〈可
嘆〉：「冰簟且眠金縷枕，瓊筵不醉玉交杯。」吳本魏注記為唐彥
謙作，應誤。壽酒，見〈水調歌頭〉（年時海山路）注 3。光風，
見〈驀山溪〉（人生寄耳）注 3。宮衣，杜甫〈送許八拾遺歸江
寧覲省甫昔時嘗客遊此縣於許生處乞瓦棺寺維摩圖樣志諸篇
末〉：「內帛擎偏重，宮衣著更香。」縹緲，見〈石州慢〉（京洛
三年）注 9。嬰香，吳本魏注：「真誥：嬰香，香名。燒之香嬰
嬰也。又仙傳：老君妹名嬰香。」按：黃庭堅有〈嬰香帖〉，即
以毛筆書寫嬰香之書帖。

7. 老去浮沈唯是酒，同作蕭閑閑客：吳本魏注：「公欲與浩然同隱
於酒，而為蕭閑之客。」黃庭堅〈再次韻兼簡履中南玉三首〉之
二：「與世浮沈惟酒可，隨人憂樂以詩鳴。」

8. 耐久風煙，期君端似，明秀高峯碧：希望你像明秀峯般長青，如
   風景般耐久。吳本魏注：「此祝浩然長久似湖山也。」風煙，見
   〈念奴嬌〉（范侯久別）注 8。明秀峯，見〈水調歌頭〉（東垣步
   秋水）注 11。

9. 冷雲幽處，月波無際都吸：冷雲幽處，見〈驀山溪〉（人生寄耳）
   注 6。月波，指月光。月光似水，故稱。《漢書》卷二十二〈禮
   樂志〉：「月穆穆以金波，日華燿以宣明。」蘇軾〈月夜與客引杏
   花下〉：「山城酒薄不堪飲，勸君且吸杯中月。」

六十四、其四　別仲亨[1]

　　大江澄練，對一尊離合，春風江北[2]。燕代三年談笑間，
初識芝蘭白璧[3]。桂窟高寒，鐵衣英壯，早得文章力[4]。崢嶸
富貴，異時方見相逼[5]。　　　明日相背關河，魏家宮闕，西
望千山赤[6]。我亦疏慵歸計久，欲乞幽閒松雪[7]。千里相思，
欣然命駕，醉倒張圓①月[8]。酒鄉堪老，紫雲莫笑狂客[9]。

【編年】

　　詞中有言「燕代三年」，即指在燕山、代州任官之三年。此時仲
亨在帥府，而蔡松年於 1133～1136 年亦在燕山與鎮陽帥府；而代州
與鎮陽僅一州之隔，故推測應作於此段期間內。

【校勘】

　　①圓，吳本作「園」。

【箋注】

1. 仲亨：吳本魏注：「仲亨姓楊，第進士，時爲帥府掾。」按：「帥
   府」可能爲「都元帥府」，《金史》卷五十五〈百官志一〉：「都元
   帥府，掌征討之事，兵罷則省。天會二年，伐宋始置。泰和八年，

復改爲樞密院。」

2. 大江澄練，對一尊離合，春風江北：吳本魏注：「言於春時江北
對酒，才會合而又離缺也。」澄練，喻白絹。南朝宋・謝朓〈晚
登三山還望京邑〉：「餘霞散成綺，澄江靜如練。」吳本魏注記爲
「謝靈運」作，應誤。唐・唐彥謙〈漢代〉：「水淨疑澄練，霞孤
欲建標。」離合，分離與會合。《三國志・吳書》卷六十〈周魴
傳〉：「進有離合去就之宜，退有誣罔枉死之咎。」

3. 燕代三年談笑間，初識芝蘭白璧：在燕、代二地三年風景中，認
識了你這般德行、文章都傑出之人。燕代，指燕山、代州二地。
代州，今山西省代縣，在雁門關東南，金屬河東北路。談笑間，
蘇軾〈赤壁賦〉：「談笑間，檣櫓灰飛煙滅。」芝蘭，芝、蘭爲兩
種香草。比喻人德操、才質的美好。芝蘭玉樹，見〈驀山溪〉（人
生寄耳）注3。白璧，見〈一翦梅〉（白璧雄文冠玉京）注2。

4. 桂窟高寒，鐵衣英壯，早得文章力：雖身在帥府，但你應早得科
舉傑出文章之力。桂窟高寒，見〈望月婆羅門〉（妙齡秀發）注
3。鐵衣，鐵片所製成的戰衣。《樂府詩集・橫吹曲辭五・木蘭詩
二首》之一：「朔氣傳金柝，寒光照鐵衣。」文章力，見〈念奴
嬌〉（九江秀色）注6。吳本魏注：「時在帥府故云。」

5. 崢嶸富貴，異時方見相逼：你早晚都會仕途高昇，享受榮華富貴。
崢嶸，謂仕宦得意。崢嶸富貴，黃庭堅〈次韻子瞻武昌西山〉：「山
川悠遠莫浪許，富貴崢嶸金鼎來。」富貴相逼，《隋書》卷四十
八〈楊素傳〉：「但恐富貴來逼臣，臣無心圖富貴。」異時，不同
時侯。《史記》卷六十七〈仲尼弟子・顏無繇傳〉：「路者，顏回
父，父子嘗各異時事孔子。」

6. 明日相背關河，魏家宮闕，西望千山赤：關河，原指函谷等關與
黃河。《史記》卷六十九〈蘇秦列傳〉：「秦四塞之國，被山帶渭，
東有關河，西有漢中，南有巴蜀，北有代馬，此天府也。」張守
節正義：「東有黃河，有函谷、蒲津、龍門、合河等關。」此指

遠隔山水。宮闕，闕，宮門外的望樓。宮闕指天子所居的宮殿。因門外有兩闕，故稱爲宮闕。《史記》卷八〈高祖本紀〉：「高祖還見宮闕壯甚，怒。」魏家宮闕，吳本魏注：「魏都於鄴，屬今相臺。」西望千山赤，杜甫〈光祿阪〉：「山行落日下絕壁，西望千山萬山赤。」蘇軾〈岐亭五首〉之五：「故鄉在何許，西望千山赤。」

7. 我亦疏慵歸計久，欲乞幽閭松雪：我個性散漫懶惰，計畫歸隱良久，希望能在醫巫閭山度過餘生。吳本魏注：「公始欲卜居閭陽，故有此句。」疏慵，見〈洞仙歌〉（竹籬茅舍）注 3。歸計，見〈水調歌頭〉（雲間貴公子）注 28。幽閭，即醫巫閭山，位於今遼寧省北寧市內。從隋至清，凡有慶典必至閭山告祭，遼代帝王甚至經常於此狩獵。吳本魏注：「醫巫閭，幽州之鎮山也，在遼西。」松雪，見〈滿江紅〉（春色三分）注 8。

8. 千里相思，欣然命駕，醉倒張圓月：若你思念我，一定要駕車不遠千里來看我，此處可媲美張園之風景。千里命駕，見〈念奴嬌〉（倦游老眼，看黃塵堆裏）注 9。張圓，應爲「張園」之誤。張園，吳本魏注：「張園，以姓得名，在靈璧縣。」然宋人多提及張園，如蘇軾〈送周朝議守漢州〉：「猶堪作水衡，供張園林美。」陸游〈張園海棠〉等，可見應爲當時之風景名勝。

9. 酒鄉堪老，紫雲莫笑狂客：我情願於醉鄉中終老，希望你不要笑我這般癡狂。酒鄉，見〈滿江紅〉（翠掃山光）注 12。「紫雲」句，《古今詩話》：「（杜）牧爲御使，分務洛陽。時李司徒願罷鎮閒居，聲伎豪侈，洛中名士咸謁之。李高會朝客，以杜持憲，不敢邀至。杜遣座客達意，願與斯會。李不得已邀之。杜獨坐南向，瞪目注視，引滿三巵，問李云：聞有紫雲者孰是？李指之。杜凝睇良久曰：『名不虛傳，宜以見惠。』李俯而笑，諸伎亦回首破顏。杜又自三爵，朗吟曰：『華堂今日綺筵開，誰喚分司御史來？偶發狂言驚滿座，三重粉面一時回。』」吳本魏注「三重粉面」

作「兩行紅粉」。

六十五、其五

次許丹房韻，時將赴鎮陽，聞北潭雜花已盡，獨木芍藥方開 [1]

飛雲沒馬，轉沙場疊鼓，三年寒食 [2]。聞道西州春漫漫，曉玉天香敲側 [3]。華屋金盤，哀絃清瑟，一曲春風坼 [4]。酒鄉堪老，紫雲莫笑狂客 [5]。　　我本方外閑身，西山爽氣，未信兵塵逼 [6]。拄杖敲門尋水竹，不問禪坊幽宅 [7]。醉墨烏絲，新聲翠袖，不可無吾一 [8]。殷勤紅撲，好留姚魏顏色 [9]。

【編年】

詞序言「時將赴鎮陽」，且詞又有「轉沙場疊鼓，三年寒食」之句，蔡松年 1134 年後隨金軍南征，故推測應作於 1136 年。然魏注言「時帥府在祁，故指眞定爲西州」，而蔡松年 1139、1140 均曾至祁州，且 1140 到祁州後，曾行經眞定，於家中逗留數日，則是否作於此年仍待考。此時與南宋似仍有征戰，且是年卜居鎮陽，始有別墅與潭。

【箋注】

1. 次許丹房韻……獨木芍藥方開：丹房，見〈滿江紅〉（半嶺雲根）注 10。鎮陽，見〈水調歌頭〉（東垣步秋水）注 2。北潭，見〈水調歌頭〉（玻瓈北潭面）注 1。木芍藥，「芍藥」之別名。見〈浣溪沙〉（溪雨空濛灑面涼）注 3。

2. 飛雲沒馬，轉沙場疊鼓，三年寒食：三年都在道路上奔波，甚至轉向鼓聲頻催之戰場。沒馬，黃庭堅〈贈李輔聖〉：「已回青眼追鴻翼，肯使黃塵沒馬頭。」吳本魏注作「豈使黃雲沒馬頭」。沙場，戰場。唐‧王翰〈涼州詞二首〉之一：「醉臥沙場君莫笑，古來征戰幾人回？」疊鼓，亦作「疊鼓」，小擊鼓、急擊鼓。《文

選・謝朓・鼓吹曲〉：「凝笳翼高蓋，疊鼓送華輈。」

3. 聞道西州春漫漫，曉玉天香敧側：聽聞西州春色爛漫，牡丹盛開。西州，本爲謝安事，見〈念奴嬌〉（痛飲離騷）注5。此指眞定。吳本魏注：「時帥府在祁，故指眞定爲西州。」漫漫，遍佈貌。《太平御覽》卷八引《尚書大傳》：「舜歌曰：『卿雲爛兮，糺漫漫兮。』」今本《尚書大傳》作「縵縵」。吳本魏注：「春漫漫，言春色多。」天香，即「國色天香」之省稱。稱讚牡丹之詞，謂其色香俱非他花可比。唐・李濬《松窗雜錄》：「會春暮內殿賞牡丹花，上頗好詩，因爲修己曰：『今京邑傳唱牡丹花詩誰爲首出？』修己對曰：『臣嘗聞公卿間多吟賞中書舍人李正封詩，曰：天香夜染衣，國色朝酣酒。』」吳本魏注：「曉玉天香，言牡丹也。曉玉言其色；天香取其香氣也。」敧側，傾斜。杜甫〈過南越入洞庭湖〉：「敧側風滿帆，微暝水驛孤。」

4. 華屋金盤，哀絃清瑟，一曲春風坼：牡丹花富貴雍容，一首悲涼瑟曲，伴隨一陣春風，便全都開放。華屋，見〈永遇樂〉（正始風流）注10。金盤，亦作「金柈」。金屬製成之盤。華屋金盤，蘇軾〈寓居定惠院之東，雜花滿山，有海棠一株，土人不知貴也〉：「自然富貴出天姿，不待金盤薦華屋。」哀絃，亦作「哀弦」。悲涼之弦樂聲。魏・曹丕〈善哉行〉：「哀弦微妙，清氣含芳。」清瑟，指瑟。瑟音清逸，故稱。陶潛〈閑情賦〉：「褰朱帷而正坐，泛清瑟以自欣。」坼，音彳さˋ，此指花朵開放。「一曲」句，唐・南卓《羯鼓錄》：「上（玄宗）洞曉音律，由於天縱。凡是絲管，必造其妙。若製作曲調，隨意而成，不立章度。取適短長，應指散聲，皆中點拍。至於清濁變轉，律呂呼召，君臣事物，迭相制使，雖古之夔曠，不能過也。尤愛羯鼓……嘗遇二月初，謫旦。巾櫛方華，時宿雨始晴，景色明麗。小殿內亭，杏柳將吐。睹而嘆曰：『對此景物，豈可不與他判斷之乎？』左右相目，將命備酒，獨高力士遣取羯鼓。上旋命之，

臨軒縱擊一曲，曲名〈春光好〉。（上自製也）神思自得。及顧杏柳，皆以發坼。指而笑謂嬪嬙內官曰：『此一事，不喚我作天公可乎？』」

5. 酒鄉堪老，紫雲莫笑狂客：見上闋詞注 9。

6. 我本方外閑身，西山爽氣，未信兵塵逼：我本來即是世外悠閒之人，伴隨著西山爽氣，不信會涉及戰事。方外，見〈雨中花〉（嗜酒偏憐風竹）注 16。西山爽氣，見〈水調歌頭〉（東垣步秋水）注 6。兵塵，兵馬之煙塵。亦借指戰事。唐・戴叔倫〈送僧南歸〉：「兵塵猶澒洞，僧舍亦徵求。」

7. 拄杖敲門尋水竹，不問禪坊幽宅：拄著竹杖遍尋清幽景色，不管是否有人家或禪舍。水竹，水和竹。常借指清幽之景色。唐・孟郊〈旅次洛城東水亭〉：「水竹色相洗，碧花動軒楹。」「拄杖」句，蘇軾〈寓居定惠院之東，雜花滿山，有海棠一株，土人不知貴也〉：「不問人家與僧舍，拄杖敲門看修竹。」禪坊，即「禪房」，指修禪所在之處。唐・常建〈題破山寺後禪院〉：「竹徑通幽處，禪房花木深。」幽宅，墳墓。《儀禮・士喪禮》：「度茲幽宅兆基，無有後艱。」鄭玄注：「今謀此以爲幽冥居兆域之始。」此指幽靜之人家。蘇軾〈和陶移居二首〉之一：「昔我初來時，水東有幽宅。」

8. 醉墨烏絲，新聲翠袖，不可無吾一：醉中揮毫，女子高歌，皆我所愛好，缺一不可。醉墨，見〈水調歌頭〉（雲間貴公子）注 33。烏絲，即「烏絲欄」，亦作「烏絲闌」。指上下以烏絲織成欄，其間用朱墨界行的絹素。後亦指有墨線格子之箋紙。唐・李肇《唐國史補》卷下：「宋亳間，有織成界道絹素，謂之烏絲欄、朱絲欄。」唐・蔣防《霍小玉傳》：「遂取繡囊，出越姬烏絲欄，素縑三尺以授生。」新聲，新穎美妙的音樂或新作的樂曲。陶潛〈諸人共遊周家墓柏下〉：「清歌散新聲，綠酒開芳顏。」翠袖，青綠色衣袖。泛指女子之裝束。杜甫〈佳人〉：「天寒翠袖薄，日暮倚

修竹。」蘇軾〈王晉叔所藏畫跋尾‧芍藥〉:「倚竹佳人翠袖長,天寒猶著薄羅裳。」「不可」句,即「吾不可無一」。吳本魏注:「言上述事皆吾所喜,不可無一事也;或云上述事須我管領,不可無我也。」

9. 殷勤紅撲,好留姚魏顏色:花朵競相開放,其中以黃色、紅色為最。殷勤,急切、頻繁。此指花朵競相開放。紅撲,見〈浣溪沙〉(溪雨空濛灑面涼)注3。姚魏,「姚黃紫魏」之省稱。泛指牡丹花。姚黃紫魏,指牡丹花之兩個名貴品種。姚黃為千葉黃花,出於民姚氏家;魏紫為千葉肉紅花,出於魏相仁溥家。可參見歐陽修《洛陽牡丹記‧花釋名》。

六十六、雨中花

僕將以窮臘去汴,平生親友,零落殆盡,復作天東之別[1]。數日來,蠟梅風味頗已動,感念節物,無以為懷[2]。於是招二三會心者,載酒小集於禪坊,而樂府有清音人,雅善歌雨中花,坐客請賦此曲,以侑一觴[3]。情之所鍾,故不能已,以卒章記重游退閑之樂,庶以自寬云[4]。

憶昔東山,王謝感慨,離情多在中年。正賴哀弦清唱,陶寫餘歡[5]。兩晉名流誰有,半生老眼常寒[6]。夢迴故國,酒前風味,一笑都還[7]。　　湖光玉骨,水秀山明,喚人妙思無邊[8]。吾老矣,不堪冰雪,換此蕭閑[9]。傳語明年曉月,梅梢莫轉銀盤[10]。後期好在,黃柑紫蟹,勸我休官[11]。

【編年】

詞序:「僕將以窮臘去汴,平生親友,零落殆盡,復作天東之別」,故王氏以為作於1142年。

【箋注】

1. 僕將以窮臘去汴……復作天東之別：我將在年底離開汴京，平生親友都已去世。而又須與朋友分別，前往上京。窮臘，古代農曆十二月臘祭百神之日。後以指農曆年底。唐・揚凌〈鍾陵雪夜酬友人〉：「窮臘催年急，陽春怯和歌。」，「平生」兩句，晉・陸機〈門有車馬客行〉：「親友多零落，舊齒皆彫喪。」天東，見〈石州慢〉（京洛三年）注 10。天東，指上京。

2. 蠟梅風味頗已動，感念節物，無以爲懷：蠟梅將要開花，我感嘆想念此時之景物，心情無法平復。蠟梅，見〈滿江紅〉（端正樓空）注 1。風味，見〈水調歌頭〉（空涼萬家月）注 7。節物，見〈水調歌頭〉（星河淡城闕）注 4。

3. 於是招二三會心者……以侑一觴：於是找了兩三個知心好友，聚於禪坊飲酒。其中有歌聲動聽者，擅長唱〈雨中花〉，朋友們因此請我作曲，以勸飲酒。會心，見〈水調歌頭〉（西山六街碧）注 11。清音，見〈相見歡〉（雲閑晚溜琅琅）注 3。侑觴，見〈滿江紅〉（端正樓空）注 1。

4. 情之所鍾……庶以自寬云：我正鍾情於此，不能自已，因此在詞的末節寫下重新遊歷、退隱閒居之樂，並且用來自我安慰。情之所鍾，見〈念奴嬌〉（痛飲離騷）注 3。卒章，此指詞之末節。自寬，自己安慰自己。《列子・天瑞》：「貧者，士之常也。死者，人之終也。處常得終，當何憂哉。孔子曰：『善乎，能自寬者也。』」

5. 憶昔東山……陶寫餘歡：想起謝安東山之志，以及與義之間之對話，不禁感嘆。東山，即東山之志，指謝安。見〈水調歌頭〉（東垣步秋水）注 8。槩，通「慨」。「王謝」四句，見〈滿江紅〉（半嶺雲根）注 9。蘇軾〈游東西巖〉：「謝公含雅量，世運屬艱難。況復情所鍾，感慨萃中年。正賴絲與竹，陶寫有餘歡。嘗恐兒輩覺，坐令高趣闌。」

6. 兩晉名流誰有，半生老眼常寒：誰有王謝諸人之風韻？在這北國

之地，常讓我這年老的人感到心寒。兩晉名流，指王謝諸人。

7. 夢迴故國，酒前風味，一笑都還：夢裡我回到故國，談笑飲酒之
間，彷彿回到東晉風流之時代。吳本魏注：「公在故都，樽酒閒
偶一笑樂，其晉人閑遠風味，頓退還之，如夢迴也。」

8. 湖光玉骨，水秀山明，喚人妙思無邊：這裡之湖光山色，風景秀
麗，讓人興起無限遐思。吳本魏注：「湖光即水，玉骨即山，既
明且秀，喚起人高妙之思，無有畔岸也；以山水比佳人也。」玉
骨，見〈水調歌頭〉（雲間貴公子）注 20。水秀山明，即「山明
水秀」，形容山水秀麗，風景優美。黃庭堅〈驀山溪〉（鴛鴦翡翠）：
「眉黛斂秋波，儘湖南、山明水秀。」妙思，精深之思想。妙，
通「眇」，深遠。漢・王充《論衡・藝增》：「諸子之文，筆墨之
疏，大賢所著，妙思所集。」無邊，見〈念奴嬌〉（范侯久別）
注 3。

9. 吾老矣，不堪冰雪，換此蕭閑：我已年老，不能忍受把這樣之悠
閒情趣，換成冰天雪地之場景。吳本魏注：「公將有天東之行，
其地酷寒，故云：我已老矣，不堪朔漠冰雪之地，換此雅集閑散
之趣。」吾老矣，《論語・微子》：「吾老矣，不能用也。」冰雪，
見〈水調歌頭〉（雲間貴公子）注 21。

10. 傳語明年曉月，梅梢莫轉銀盤：傳話給明月梅樹，要它們等待我
明年再來。吳本魏注：「此記重游之意，故云寄語明年梅月，令
相待也。」傳語，見〈望月婆羅門〉（妙齡秀發）注 7。銀盤，〈浣
溪沙〉（瘦骨雲門白玉山）注 1。蘇軾〈陽關曲〉（暮雲收盡溢清
寒）：「此生此夜不長好，明月明年何處看？」

11. 後期好在，黃柑紫蟹，勸我休官：好在仍有機會再見，連江南美
好之風物，都勸我趕緊歸隱，享受自然之趣。後期，後會、再見。
白居易〈祭中書韋相公文〉：「既同前會，兜率天下，豈無後期？」
黃柑紫蟹，見〈怕春歸〉（老去心情）注 7。

六十七、其二　送趙子堅再赴遼陽幕 ¹

　　化鶴城高，山蟠遼海，參天古木蒼煙 ²。有賢王豪爽，不減梁園 ³。高會端思白雪，清瀾遠泛紅蓮 ⁴。況男兒方壯，好為知音，重鼓冰絃 ⁵。

　　香凝翠幕，月壓溪樓，暮寒有酒如川 ⁶。人半醉、竹西歌吹，催度新篇 ⁷。顧我心情老矣，愛君風誼依然 ⁸。倦游歸去，羽衣相過，會約明年 ⁹。

【編年】

　　〈減字木蘭花〉（春前雪夜）下吳本魏注言：「趙子堅……皇統中兩為遼陽幕僚。天德初，擢邠副改平陽曹同」，可知此詞應作於皇統年間，趙子堅第二次赴遼陽時。皇統共八年，故應在 1141～1148 間。

【箋注】

1. 送趙子堅再赴遼陽幕：本句見〈減字木蘭花〉（春前雪夜）注 1。

2. 化鶴城高，山蟠遼海，參天古木蒼煙：吳本魏注：「今東京即其地（化鶴城）。遼水在京之西南，其宮城即古襄平城，城多古木，陰影蒼然如煙也。」化鶴城，見〈念奴嬌〉（紫蘭玉樹）注 3。山蟠，見〈減字木蘭花〉（山蟠酒綠）注 2。蒼煙，見〈念奴嬌〉（離騷痛飲）注 4。古木蒼煙，蘇軾〈游東西巖〉：「空餘行樂處，古木錯蒼煙。」

3. 有賢王豪爽，不減梁園：東都吏守豪放爽直，氣度規模可與梁孝王相提並論。吳本魏注：「賢王，指當時守東都者。」豪爽，見〈水調歌頭〉（雲間貴公子）注 8。梁園，即「梁苑」，見〈滿江紅〉（梁苑當時）注 2。

4. 高會端思白雪，清瀾遠泛紅蓮：盛大宴會中全是陽春白雪等動聽

樂曲；而園內池中，水色清澈，蓮花盛開。高會，見〈石州慢〉
（京洛三年）注 2。端，全。白雪，樂曲名。指「陽春白雪」。
遠泛紅蓮，吳本魏注記《南史》卷四十九〈庾杲之傳〉：「王儉謂
人曰：『昔袁公作衛軍，欲用我為長史，雖不獲就，要是意向如
此。今亦應須如我輩人也。』乃用杲之為衛將軍長史。安陸侯蕭
緬與儉書曰：『盛府元僚，實難其選。庾景行汎淥水，依芙蓉，
何其麗也。』時人以入儉府為蓮花池，故緬書美之。」吳本魏注：
「宋子京（宋祁）：泛蓮王儉府。」

5. 況男兒方壯，好為知音，重鼓冰絃：況且男子正值青壯之年，正
好可為知音好友，重彈琴曲。壯，《禮記・曲禮》：「二十曰弱，
冠。三十曰壯，有室。」知音，見〈念奴嬌〉（倦游老眼，看黃
塵堆裏）注 4。冰絃，亦作「冰弦」。琴弦之美稱。傳說中有用
冰蠶絲作之琴弦，故稱。吳本魏注：「拾遺記：員嶠山有冰蠶，
作蠒一尺，蓋用此絲為絃也；或云冰絃即今水晶絃也。此以彈琴
喻為政。以再赴遼幕，故云重鼓。」按：此乃出自《太平御覽》
卷六十八「王子年《拾遺錄》」：「東海員嶠山有冰蠶，長七寸，
有鱗角，以霜雪覆之始為繭，其色五彩，織為紋錦，入水不濡，
投火不燎。」

6. 香凝翠幕，月壓溪樓，暮寒有酒如川：花樹繁茂，明月彷彿就在
溪樓之上；在這暮冬之際，能夠暢飲美酒，真是一大樂事。香凝，
唐・韋應物〈郡齋雨中與諸文士燕集〉：「兵衛森畫戟，宴寢凝清
香。」翠幕，比喻蒼翠濃蔭之林木。南朝梁・簡文帝〈和藉田〉：
「地廣重畦淨，林芳翠幕懸。」吳本魏注：「溪樓，言臨漪亭。
亭在城東，下浸渠水，甚壯麗也。」按：《金史》卷二十四〈地
理志・上京路〉注：「有皇武殿，擊毬校射之所也。有雲錦亭，
有臨漪亭，為籠鷹之所，在按出虎水側。」酒如川，見〈瑞鷓鴣〉
（酬春當得酒如川）注 1。

7. 人半醉、竹西歌吹，催度新篇：在半醉半醒之間，如置身竹西路

上，聆聽歌聲樂聲交錯，友人催我快寫出新作。人半醉，蘇軾
〈臨江仙〉（自古相從休務日）：「坐中人半醉，簾外雪將深。」
歌吹，歌聲和樂聲。南朝宋·鮑照〈蕪城賦〉：「廛閈撲地，歌吹
沸天。」竹西歌吹，杜牧〈題揚州禪智寺〉：「誰知竹西路，歌吹
是揚州。」新篇，新作品。劉勰《文新雕龍·樂府》：「張華新篇，
亦充庭萬。」

8. 顧我心情老矣，愛君風誼依然：雖然我心境已老，但依然感佩你
對我的情誼。風誼，風操、節操。宋·曾鞏〈習景純挽歌詞〉之
二：「能臨緩急敦風誼，不向炎涼逐世情。」

9. 倦游歸去，羽衣相過，會約明年：厭倦游宦生涯，應早日退隱。
就約在明年，我將穿著仙衣去拜訪你。倦游，見〈水調歌頭〉（東
垣步秋水）注 14。羽衣，見〈水調歌頭〉（年時海山國）注 6。
會約，預先約定而相會。唐·裴鉶《傳奇·元柳二公》：「少頃有
玉虛尊師當降此島，與南溟夫人會約。」吳本魏注：「公欲於明
年解官而去，遇君於東都也。」

六十八、水龍吟

　　僕三年為郎外臺，故人揚子能作廣文博士，暇日每相尋為文字飲
[1]。其詞章敏妙，臨觴得紙，下筆不能自休[2]。去歲收燈後，過揚於鄭
氏山亭[3]，酗觴賦詩，最為快適。自此僕遂東來，比得其詩，頗道當
時風味。戲作越調水龍吟以寄之。

　　亂山空翠尋人，短松路轉風亭小[4]。論文把酒，燈殘月淡，
春風最早[5]。星斗撐腸，霧雲翻紙，詞源傾倒[6]。自騎鯨人去，
流年四百，知此樂、人閒少[7]。　　　別夢春江漲雪，記雨花、
一聲雲杪[8]。新詩寄我，垂天才氣，凌波詞調[9]。傳酒傳歌，
後來雙秀，也應俱好 [10]。待明年、卻①向黃公壚下，覓蕭閑
老[11]。

【編年】

王慶生以為詞序「去歲收燈後，過揚於鄭氏山亭，酣觴賦詩，最為快適。自此僕遂東來」，在敘述 1142 年自汴至上京之事。若以此推估，1142 年為「去年」，則今年應為 1143 年。

【校勘】

①郤，宜正作「卻」。

【箋注】

1. 僕三年……文字飲：我擔任郎外臺之官職三年，老友揚子能任廣文博士。悠閒之時，總會找我一邊飲酒，一邊論文。外臺，官名。《後漢書》卷七十四上〈袁紹傳〉注：「晉書曰：『漢官尚書為中臺，御史為憲臺，謁者為外臺，是謂三臺。』」「外臺」一職，歷代職掌各有不同。《金史》卷九十八〈完顏匡傳〉：「章宗立提刑司，專糾察黜陟，當時號為外臺。」揚子能，《金史》無傳。文字飲，以文字佐酒，即一邊飲酒，一邊賦詩論文。韓愈〈醉贈張祕書〉：「不解文字飲，惟能醉紅裙。」

2. 下筆不能自休：魏·曹丕《典論·論文》：「文人相輕，自古而然。傅毅之於班固，伯仲之間耳，而固小之，與弟超書曰：『武仲以能屬文，為蘭臺令使，下筆不能自休。』」

3. 去歲收燈後，過揚於鄭氏山亭：去年收燈之後，去鄭氏山亭拜訪他。收燈，舊俗農曆正月十五為燈節，正月十三日謂上燈，正月十八日謂收燈。宋·姜夔〈浣溪沙〉（春點疏梅雨後枝）序：「己酉歲客吳興，收燈夜闌戶無聊，俞商卿呼之共出，因記所見。」

4. 亂山空翠尋人，短松路轉風亭小：在這紛繁蒼翠的山中尋訪人跡，矮松樹隨著道路延伸，道路轉彎之處有著小小涼亭。亂，紛繁。亂山，李煜〈送鄧王二十弟從益牧宣城〉：「浩浪侵愁光蕩漾，亂山凝恨色高低。」空翠，見〈水龍吟〉（太行之麓清輝）注11。

短松，唐・孟郊〈送豆盧策歸別墅〉：「短松鶴不巢，高石雲不棲。」
路轉，唐・陳子昂〈入東陽峽與李明府舟前後不相及〉：「路轉青
山合，峰迴白日曛。」風亭，亭子。唐・宋之問〈旅宿淮陽亭口
號〉：「日暮風亭上，悠悠旅思多。」

5. 論文把酒，燈殘月淡，春風最早：在收燈後，淡淡月色之下飲酒
論文，享受早春之涼風。把酒，見〈滿江紅〉（翠掃山光）注4。
論文把酒，杜甫〈春日憶李白〉：「何時一尊酒，重與細論文。」
吳本魏注：「燈殘，收燈後也。」

6. 星斗撐腸，霧雲翻紙，詞源傾倒：你才學豐富，彷彿腹中充滿雅
文佳句，等不及全傾吐於紙上，付諸文字。星斗，見〈瑞鷓鴣〉
（酬春當得酒如川）注 4。撐腸，亦作「撐腸」。猶滿腹，多喻
飽學、容受之多。唐・盧仝〈月蝕〉：「撐腸拄肚礧偎如山丘，自
可飽死更不偷。」蘇軾〈試院煎茶〉：「不願撐腸拄腹文字五千卷，
但願一甌常及睡足日高時。」詞源，比喻文詞層出不窮，有如水
源。杜甫〈醉歌行〉：「詞源倒流三峽水，筆陣獨掃千人軍。」傾
倒，見〈水調歌頭〉（年時海山路）注8。

7. 自騎鯨人去……人間少：自從太白仙逝，直到今日，又經過了四
百年之光陰。但知道此樂趣的人已不多了。騎鯨，亦作「騎京
魚」。《文選・羽獵賦》：「乘巨鱗，騎京魚。」李善注：「京魚，
大魚也，字或為鯨。鯨亦大魚也。」後因以比喻隱遁或游仙。又
作「騎鯨魚」、「騎長鯨」。杜甫〈送孔巢父謝病歸游江東兼呈李
白〉：「幾歲寄我空中書，南尋禹穴見李白。」清・仇兆鰲注：「南
尋句，一作『若逢李白騎鯨魚。』」按：騎鯨魚，出〈羽獵賦〉。
俗傳太白醉騎鯨魚，溺死潯陽，皆緣此句而附會之耳。」後為詠
李白之典。流年，見〈念奴嬌〉（倦游老眼，看黃塵堆裏）注7。
「自騎鯨」四句，蘇軾〈百步洪二首〉詩序：「王定國訪余於彭
城。一日，棹小舟，與顏長道攜盼、英、卿三子游泗水，北上聖
女山，南下百步洪，吹笛飲酒，乘月而歸。余時以事不得往，夜

著羽衣，佇立於黃樓上，相視而笑，以爲李太白死，世間無此樂三百餘年矣。」吳本魏注：「蕭閑望坡，又百許年，故云流年四百。」

8. 別夢春江漲雪，記雨花、一聲雲杪：我與你離別之時，正好見到春江漲雪。雨中花之歌聲，則響入雲霄，令人印象深刻。春江漲雪，杜牧〈寄題宣州開元寺〉：「何人爲倚東樓柱，正是千山雪漲溪。」吳本魏注：「雨花，雨中花曲。」杪，末端。一聲雲杪，蘇軾〈水龍吟〉（楚山修竹如雲）：「嚼徵含宮，泛商流羽，一聲雲杪。」

9. 新詩寄我，垂天才氣，凌波詞調：看著你寄給我之新作，發現你所具備之才華，可與李白曹操匹敵。垂天，掛在天邊、懸掛天空。《莊子・逍遙游》：「鵬之背，不知其幾千里也；怒而飛，其翼若垂天之雲。」陸德明釋文引司馬彪曰：「若雲垂天旁。」蘇軾〈水龍吟〉（古來雲海茫茫）：「待垂天賦就，騎鯨路穩，約相將去。」吳本魏注：「謂李白也。」因李白有《大鵬賦》。凌波詞調，指曹植〈洛神賦〉：「凌波微步，羅襪生塵。」吳本魏注：「言揚之才調，與曹李敵也。」

10. 傳酒傳歌，後來雙秀，也應俱好：吳本魏注：「言當時會中，有傳酒者、傳歌者，雙雙皆後來之秀，俱應好在也。」傳酒，宴飲中傳遞酒杯勸酒。傳歌，傳送歌聲。《南齊書》卷四十七〈王融傳〉：「方令九服清怡，三靈和晏……東鞮獻舞，南辯傳歌。」黃庭堅〈鷓鴣天〉（聞說君家有翠娥）：「拖遠岫，壓橫波，何時傳酒更傳歌。」後來雙秀，《晉書》卷七十五〈王忱傳〉：「（范）甯謂曰：『卿風流雋望，眞後來之秀。』忱曰：『不有此舅，焉有此甥！』」

11. 待明年、郤向黃公壚下，覓蕭閑老：等到明年，你要去黃公酒壚下，尋找我這蕭閑自適之人。郤，「卻」之異體字，宜正作「卻」。黃公壚，亦作「黃公鑪」，「黃公酒壚」之省稱。魏晉時王戎與阮

籍、嵇康等竹林七賢會飲之處。後以指朋友聚飲之所，抒發物是
人非之感嘆。見〈念奴嬌〉（九江秀色）注6。吳本魏注：「公欲
以來年退休，尋黃公酒壚，而先囑揚君相訪覓也。」

六十九、其二

乙丑八月，得告上都，行李滯留，寄食於江壖村舍[1]。晚雨新晴，
江月烔然，秋濤有聲，如萬松哀鳴澗壑[2]。時去中秋不數日，方遑遑
[3]於道路。宦游飄泊，節物如馳[4]，此生餘幾春秋？而所謂樂以酬身者
乃如此，謀生之拙，可不哀耶[5]？幸終焉之有圖，坐歸歟之不早[6]，慨
焉興感，無以爲懷，因作長短句詩，極道蕭閑退居之樂。歌以自寬，
亦以自警[7]，蓋越調水龍吟也。與我同志，幸各賦一首，爲他日林下
故事[8]。

水村秋入江聲，夢驚萬壑松風冷[9]。中秋幾日，銀盤今夜，
八分端正[10]。身似驚烏，半生飄蕩，一枝難隱[11]。夜漫漫、
只有澄江霽月，應知我、倦游興[12]。　　好在蕭閑桂影，射
五湖、高峯玉潤[13]。木犀宜月，生香浮動，玻瓈吸盡[14]。准
擬餘年，筩中心賞，追隨名勝[15]。看年年玉笛，新傳秀句，
約嫦娥聽[16]。

【編年】

乙丑，即1145年，金熙宗皇統五年。

【箋注】

1. 乙丑八月……村舍：乙丑年八月，從上都告假，行李延遲未到，
寄住於江邊村舍。告，休假。《史記》卷一百二十〈汲鄭列傳〉：
「（黯）最後病，莊助爲請告。」吳本魏注：「得告，得假也。」
上都，即上京（會寧府）。行李，出門時所攜帶之行裝。壖，音
ㄖㄨㄢˊ。緣河邊之地。《史記》卷二十九〈河渠書〉：「五千頃

故盡河壖棄地，民荴牧其中耳。」裴駰集解引韋昭曰：「壖，謂緣河邊地。」江壖，江邊地。唐・陶翰〈贈房侍御〉：「浩蕩臨海曲，迢遙濟江壖。」

2. 晚雨新晴……如萬松哀鳴澗壑：晚間雨停放晴，江上之月顯得非常光明。秋日松濤之聲，彷彿在山谷中哀鳴。烱然，亦作「炯然」。明亮、光明貌。《法苑珠林》卷八二：「見小光炯然，狀若熒火。」濤，似波浪之聲。蘇軾〈監試呈諸試官〉：「聊欲廢書眠，秋濤喧午枕。」澗壑，溪澗山谷。宋・陸游〈松驥行〉：「松閟千年棄澗壑，不如殺身扶明堂。」李白〈憶舊遊寄譙郡元參軍〉：「一溪初入千花明，萬壑度盡松風聲。」

3. 遑遑：亦作「皇皇」、「惶惶」。心神不定的樣子。陶潛・〈歸去來辭〉：「寓形宇內復幾時，曷不委心任去留，胡為遑遑欲何之？」

4. 宦游飄泊，節物如馳：為官到處奔波，似無定處，而各個季節之風物景色，如奔馳般消失無蹤。宦游，見〈水龍吟〉（太行之麓清輝）注 8。飄泊，比喻東奔西走，行止無定。《魏書》卷三十八〈袁式傳〉：「雖羈旅飄泊，而清貧守度，不失士節。」節物，見〈水調歌頭〉（星河淡城闕）注 4。如馳，曹丕〈清河見挽船士新婚與妻別作〉：「不悲身遷移，但惜歲月馳。」又〈善哉行〉其一：「今我不樂，歲月如馳。」

5. 而所謂樂以酬身者乃如此，謀生之拙，可不哀耶：而所謂安樂度日，竟然如此，可見拙於營生，可不是太悲哀嗎？謀生之拙，吳本魏注：「杜甫：計拙謀衣食。」然經查證為「計拙無衣食」。可不哀耶，《莊子・齊物論》：「其形化，其心與之然，可不謂大哀乎？」

6. 幸終焉之有圖，坐歸歟之不早：幸好安身終老有所規劃，只可惜沒法早日歸隱。終焉，見〈雨中花〉（嗜酒偏憐風竹）注 10。圖，規劃、藍圖。坐，因也。歸歟，即「歸與」。《論語・公冶長》：「歸與！歸與！吾黨之小子狂簡，斐然成章，不知所以裁之！」

7. 歌以自寬，亦以自警：自寬，見〈雨中花〉（憶昔東山）注 4。
　　自警，自我警惕。

8. 與我同志，幸各賦一首，為他日林下故事：希望和我志趣相同之
　　人，能各作一首詞，將來也許能傳為林下故事。同志，志趣、志
　　向相同的人。《後漢書》卷五十七〈劉陶傳〉：「所與交友，必也
　　同志。」林下，見〈念奴嬌〉（倦游老眼，看黃塵堆裏）注 9。

9. 水村秋入江聲，夢驚萬壑松風冷：水邊村落傳來江水秋聲，萬壑
　　吹送冷肅之松風，驚醒了睡夢中的人。水村，水邊村落。杜牧〈江
　　南春絕句〉：「千里鶯啼綠映紅，水村山郭酒旗風。」松風，松林
　　間吹拂之風。《南史》卷七十六〈隱逸下・陶弘景傳〉：「特愛松
　　風，庭院皆植松，每聞其響，欣然為樂。」

10. 中秋幾日，銀盤今夜，八分端正：過不了幾日就到中秋，夜晚的
　　月亮已八分滿。中秋幾日，黃庭堅〈洞仙歌〉：「望中秋、纔有幾
　　日，十分圓。」銀盤，見〈浣溪沙〉（瘦骨雲門白玉山）注 1。
　　八分端正，宋・范仲淹〈八月十四夜月〉：「已知千里共，猶訝一
　　分虧。」吳本魏注：「此云八分端正，少許未圓也。」

11. 身似驚烏，半生飄蕩，一枝難隱：我好似受驚之烏鵲，一直飄
　　泊，找不到地方歸隱。驚烏，同「驚鵲」，受驚之烏鵲。比喻無
　　處棲身之人。魏・曹操〈短歌行〉：「月明星稀，烏鵲南飛。繞樹
　　三匝，何枝可依？」半生飄蕩，白居易〈風雨晚泊〉：「此生飄蕩
　　何時定，一縷鴻毛天地中。」一枝，《莊子・逍遙遊》：「鷦鷯巢
　　於深林，不過一枝；偃鼠飲河，不過滿腹。」

12. 夜漫漫、只有澄江霽月，應知我、倦游興：長夜漫漫，只有澄澈
　　江水和雨後明月，瞭解我倦游之情。漫漫，長、久貌。《後漢書》
　　〈蔡邕傳〉：「甯子有清商之歌，百里有豢牛之事。」李賢注引
　　《三齊記》載甯戚歌曰：「從昏飯牛薄夜半，長夜漫漫何時旦！」
　　霽月，澄澈的明月。倦游，見〈水調歌頭〉（東垣步秋水）注
　　14。

13. 好在蕭閑桂影，射五湖、高峯玉潤：幸好家鄉的月光，能照到明秀峯與五湖，使它看起來更加玉潤。吳本魏注：「公在江村，思恆陽月照，湖山如玉之潤。」好在，見〈水調歌頭〉（星河淡城闕）注7。桂影，指月影、月光。唐・駱賓王〈秋晨同淄州毛司馬秋九咏・秋月〉：「裛露珠暉冷，凌霜桂影寒。」五湖，見〈滿江紅〉（玉斧雲孫）注10。玉潤，形容外貌光潔潤澤。唐・顧況〈露青竹杖歌〉：「玉潤猶沾玉壘雪，碧鮮似染萇弘血。」

14. 木犀宜月，生香浮動，玻瓈吸盡：木犀花適合伴隨月光一同欣賞，而光照花影，芳香飄動，我醉倒於在如此之景色中。木犀，見〈水調歌頭〉（西山六街碧）注13。浮動，林逋〈瑞鷓鴣〉（眾芳搖落獨先妍），見〈念奴嬌〉（倦游老眼，負梅花京洛）注10。玻瓈，見〈水調歌頭〉（東垣步秋水）注3。吳本魏注：「亦想像恆陽花月閒醉飲也。」

15. 准擬餘年，箇中心賞，追隨名勝：打算在餘年中，仿效所忻慕之前賢。准擬，打算、準備。白居易〈不准擬二首〉之二：「不准擬身年六十，遊春猶自有心情。」箇中，見〈雨中花〉（嗜酒偏憐風竹）注21。心賞，心中喜愛欣賞。南朝宋・鮑照〈代白頭吟〉：「心賞猶難持，貌恭豈易憑？」追隨，仿效前人。杜甫〈過南鄰朱山人水亭〉：「看君多道氣，從此數追隨」。名勝，有名望的才俊之士。《晉書》卷六十五〈王導傳〉：「帝親觀禊，乘肩輿，具威儀，敦、導及諸名勝皆騎從。」吳本魏注：「東坡云：所與游者，皆一時名勝之流。」即蘇軾〈書諸公送鼂繹先生詩後〉：「鼂繹先生既歿三十餘年，軾始從其子復游，雖不識其人，而得其為人。先生為閬中主簿，以詩餞行者，凡二十餘人，皆一時豪傑名勝之流。」

16. 看年年玉笛，新傳秀句，約嫦娥聽：享受美妙笛聲、優秀文句，並邀請明月與我一同欣賞。玉笛，指笛之美聲。李白〈春夜洛城聞笛〉：「誰家玉笛暗飛聲，散入春風滿洛城。」秀句，優美之文

句。南朝梁·鍾嶸《詩品》卷中：「奇章秀句，往往警遒。」新
傳秀句，杜甫〈哭李尚書〉：「史閣行人在，詩家秀句傳。」嫦娥，
即「姮娥」。后羿的妻子。相傳因偷吃不死之藥而飛昇月宮，成
爲仙女。漢人爲避文帝諱，改姮爲嫦。《淮南子·覽冥》：「羿請
不死之藥於西王母，姮娥竊以奔月，悵然有喪，無以續之。」亦
喻月亮。

七十、其三

九秋白玉盤高，夜來冷射銀河水¹。好風清露，碧梧高竹，
駸駸涼氣²。女手香纖，一山黃菊，半青橙子³。趁鵝兒新酒，
篘雲漉雪，一年好、君須記⁴。　　我走天東萬里，笑歸來、
山川良是⁵。沙鷗遠浦，野麋①豐草，唯便適意⁶。但願當歌，
月光常共，金樽搖曳⁷。聽穿雲聲裏，驚人秀句，卷澄江醉⁸。

【編年】

詞中有「我走天東萬里，笑歸來、山川良是」之句，推測時間
應近於上闋，爲歸鄉後之作品。故成於 1145 年。

【校勘】

①麋，吳本魏注作「麋」。

【箋注】

1. 九秋白玉盤高，夜來冷射銀河水：秋日明月高掛，夜晚之時冷冷
   照射在銀河間。九秋，見〈水調歌頭〉（年時海山路）注 6。玉
   盤，見〈水調歌頭〉（空涼萬家月）注 10。冷射，唐·韓偓〈洞
   庭玩月〉：「寒驚烏鵲離巢噪，冷射蛟螭換窟藏。」銀河，見〈水
   調歌頭〉（星河淡城闕）注 2。隋·江總〈內殿賦新詩〉：「織女
   今夕渡銀河，當見新秋停玉梭。」

2. 好風清露，碧梧高竹，駸駸涼氣：美好微風、潔淨露水、碧綠梧桐、高聳綠竹，伴隨陣陣涼意。好風，見〈南鄉子〉（霜籟入枯桐）注4。清露，潔淨之露水。漢·張衡〈西京賦〉：「立脩莖之仙掌，承雲表之清露。」碧梧，杜甫〈秋興八首〉之八：「香稻啄餘鸚鵡粒，碧梧棲老鳳皇枝。」駸駸，見〈滿江紅〉（老境駸駸）注2。涼氣，唐太宗〈儀鸞殿早秋〉：「欲知涼氣早，巢空燕不窺。」

3. 女手香纖，一山黃菊，半青橙子：整山遍佈黃色菊花，還有女子之纖纖玉手，欲剖未熟的橙柑。女手，《詩經·國風·魏風》：「摻摻女手，可以縫裳。」毛傳：「摻摻猶纖纖也。」唐·黃滔〈卷簾〉：「綠鬢侍女手纖纖，新捧嫦娥出素蟾。」一山黃菊，蘇軾〈次韻謝子高讀《淵明傳》〉：「一山黃菊平生事，無酒令人意缺然。」半青橙子，見〈水調歌頭〉（空涼萬家月）注8。

4. 趁鵝兒新酒……君須記：就喝著剛濾完的鵝黃色新酒，你應記住這秋日美景。鵝兒，見〈菩薩蠻〉（披雲撥雪鵝兒酒）注2。篘，音ㄔㄡ。濾酒用之竹具；或指濾酒。漉，過濾。篘雲漉雪，即比喻過濾酒渣。見〈菩薩蠻〉（披雲撥雪鵝兒酒）注2。「一年」兩句，蘇軾〈贈劉景文〉：「一年好景君須記，最是橙黃菊綠時。」吳本魏注「好景」作「最好」，「最是」作「正是」。

5. 我走天東萬里，笑歸來、山川良是：我從萬里遠之天東歸來，很高興山川人事仍然依舊。天東，見〈石州慢〉（京洛三年）注10。山川良是，見〈滿江紅〉（春色三分）注3。

6. 沙鷗遠浦，野麋豐草，唯便適意：在江水山色、沙鷗野麋的自然中，我才能感到自在合意。野麋，吳本魏注作「麋」。按：黃庭堅〈鵲橋仙〉（八年不見）：「野麋豐草，江鷗水遠，老去唯便疏放。」「沙鷗」兩句應從此詞而來，故「麋」應作「麋」為是。麋，音ㄐㄩㄣ。獐子。《詩經·召南·野有死麋》：「野有死麋，白茅包之。」適意，自在合意。《世說新語·識鑒》：「張季鷹（翰）

關齊王東曹掾，在洛，見秋風起，因思吳中菰菜羹、鱸魚膾，曰：『人生貴得適意爾，何能羈宦數千里以要名爵？』遂命駕便歸。」此與晉書文字略有不同。

7. 但願當歌，月光常共，金樽搖曳：希望能對著皓月高歌飲酒，而月色常與我爲伴。「但願」三句，李白〈把酒問月〉：「唯願當歌對酒時，月光長照金樽裏。」吳本魏注「唯願」作「但願」，「長照」作「常滿」。搖曳，亦作「搖拽」。晃蕩、飄蕩、搖動貌。南朝宋‧鮑照〈代櫂歌行〉：「揚戾長風振，搖曳高帆舉。」

8. 聽穿雲聲裏，驚人秀句，卷澄江醉：聽著清越的歌聲助興，我醉倒在優美的文字間。穿雲，見〈念奴嬌〉（倦游老眼，放閑身）注7。驚人，見〈念奴嬌〉（范侯久別）注7。秀句，見〈水龍吟〉（水村秋入江聲）注16。

七十一、其四　甲寅歲，從師南還，贈趙肅之[1]

輾紅塵裏西山，亂雲曉馬清相向[2]。新年有喜，洗兵和氣，春風千丈[3]。青鬢何人，鳳池墨客，虎頭飛將[4]。聽前驅一夜，鳴珂碎月，催笳鼓、作清壯[5]。　紅袖橫斜醉眼，酒腸傾、九江銀浪[6]。小桃仙館，霜筠蕭寺，風光蕩漾[7]。我欲尋春，郡中誰有，國香宮樣[8]。待酒酣妙續，珠簾句法，作穿雲唱[9]。

【編年】

甲寅，即1134年，金太宗天會十二年。

【箋注】

1. 趙肅之：趙肅之，吳本魏注：「肅之，名愿恭，白霫惠和人。遼相孝嚴之孫，德興中第進士。天會閒任定同，帥府辟置機幕，從師經略兩河，稍遷史中，改右使。中統三年，除遼西漕使，改刺深州，卒官。」按：《宋史》、《遼史》、《金史》皆無肅之資料。

白霫惠和，遼時屬中京道大定府；金時屬北京路，約在今北京附近。遼相孝嚴，指趙孝嚴，《遼史》無傳，但曾記載其爲官及行事。德興，《遼史》卷二十九〈天祚皇帝本紀・保大二年〉：「奉遺命，迎立天祚次子秦王定爲帝。太后遂稱制，改元德興。」可知蕭之及第在遼末金初。中統三年，爲元世祖忽必烈之時，爲1262 年。然趙蕭之從遼末金初到元初方卒，時代過長，甚爲可疑，姑錄俟考。

2. 輭紅塵裏西山，亂雲曉馬清相向：吳本魏注：「燕都迫於西山，故云輭紅塵裏西山也。燕中早行，山雲與馬清徹相對。」輭紅塵裏，見〈念奴嬌〉（范侯久別）注9。西山，見〈水調歌頭〉（束垣步秋水）注6。

3. 洗兵和氣，春風千丈：戰爭勝利結束，春風拂來，天地間一片和氣。洗兵，傳說周武王出師遇雨，認爲是老天洗刷兵器之好兆頭，後果擒紂滅商，戰爭停息。事見漢・劉向《說苑・權謀》。後遂以「洗兵」表示勝利結束戰爭。《文選・左思・魏都賦》：「洗兵海島，刷馬江洲。」和氣，古人認爲天地間陰氣與陽氣交合而成之氣。萬物由此「和氣」而生。《老子》：「道生一，一生二，二生三，三生萬物。萬物負陰而抱陽，沖氣以爲和。」唐・劉商〈金井歌〉：「文明化合天氣清，和氣氤氳孕至零。」吳本魏注：「千丈，言快意。」

4. 青鬢何人，鳳池墨客，虎頭飛將：你還年輕，還能成爲翰林文人，或是功勳卓著之將軍。青鬢，濃黑之鬢髮。唐・許渾〈送客自兩河歸江南〉：「遙羨落帆逢舊友，綠額青鬢醉橫塘。」鳳池，即「鳳凰池」。指禁院中池沼。魏晉時設中書省於禁苑，掌管機要，接近皇帝，故稱中書省爲「鳳凰池」。《晉書》卷三十九〈荀勗傳〉：「勗久在中書，專管機事。及失之，甚罔罔悵恨。或有賀之者，勗曰：『奪我鳳皇池，諸君賀我邪！』」南朝齊・謝朓〈直中書省〉：「茲言翔鳳池，鳴珮多清響。」墨客，指文人。《文選・

揚子雲・長楊賦・序》：「雄從至射熊館，還，上長楊賦，聊因筆
墨之成章，故藉翰林以爲主人，子墨爲客卿以風。」虎頭，謂頭
形似虎，古時以爲貴相。《東觀漢記・班超傳》：「相者曰：『生燕
頷虎頭，飛而食肉，此萬里侯相也。』飛將，即「飛將軍」，指
漢代名將李廣。《史記》卷一〇九〈李將軍傳〉：「廣居右北平，
匈奴聞之，號曰：『漢之飛將軍。』」

5. 聽前驅一夜，鳴珂碎月，催笳鼓、作清壯：整夜聽在前引導之
人，以及你乘馬玉飾之聲響，彷彿要撞碎明月一般。此時軍樂加
快，聲音更爲清新豪邁。前驅，在前引導的人。《詩經・衛風・
伯兮》：「伯也執殳，爲王前驅。」鳴珂，顯貴者所乘之馬以玉爲
飾，行則作響，因名。南朝梁・何遜〈車中見新林分別甚盛〉：「隔
林望行幰，下阪聽鳴珂。」笳鼓，笳聲與鼓聲。借指軍樂。《南
史》卷五十五〈曹景宗傳〉：「時韻已盡，唯餘競病二字。景宗便
操筆，斯須而成，其辭曰：『去時兒女悲，歸來笳鼓競。借問行
路人，何如霍去病。』」清壯，清新豪健。晉・陸機〈文賦〉：「銘
博約而溫潤，箴頓挫而清壯。」

6. 紅袖橫斜醉眼，酒腸傾、九江銀浪：斜著醉眼瞧著身旁美女，我
開懷暢飲，酒量彷如江河一般。紅袖，指美女。元稹〈遭風〉：「喚
上驛亭還酩酊，兩行紅袖拂尊罍。」橫斜，蘇軾〈聚星堂雪〉：「恨
無翠袖點橫斜，祇有微燈照明滅。」醉眼，見〈水調歌頭〉（星
河淡城闕）注6。酒腸，見〈念奴嬌〉（洞宮碧海）注5。九江，
見〈念奴嬌〉（九江秀色）注4。銀浪，見〈南鄉子〉（霜籟入枯
桐）注6。吳本魏注：「九江銀浪，言酒多。」

7. 小桃仙館，霜筠蕭寺，風光蕩漾：道觀佛寺，座落在風光幽美的
竹林中。小桃仙館，指玄都觀。劉禹錫〈元和十一年自朗州召至
京戲贈看花諸君子〉：「玄都觀裏桃千樹，盡是劉郎去後栽。」筠，
指竹子。霜筠，王安石〈殘句〉：「霜筠雪竹鍾山寺，投老歸歟寄
此生。」蕭寺，唐・李肇《唐國史補》卷中：「梁武帝造寺，令

蕭子雲飛白大書『蕭』字，至今一『蕭』字存焉。」後因稱佛寺
爲蕭寺。李賀〈馬詩二十三首〉之十九：「蕭寺馱經馬，元從竺
國來。」風光，見〈瑞鷓鴣〉（酬春當得酒如川）注 2。蕩漾，
水波微動。李白〈夢游天姥吟留別〉：「謝公宿處今尙在，淥水蕩
漾清猿啼。」

8. 我欲尋春，郡中誰有，國香宮樣：我想找尋歌館歡樂，但城中有
誰似國色天香？尋春，唐・陳子昂〈晦日宴高氏林亭〉：「尋春遊
上路，追宴入山家。」國香，《左傳・宣公三年》：「鄭文公有賤
妾曰燕姞，夢天使與己蘭，曰余爲伯鯈，余而祖也，以是爲而子，
以蘭有國香，人服媚之如是。」後人因稱蘭花爲國香。宮樣，皇
宮中流行之裝束、服具等式樣。唐玄宗〈好時光〉：「寶髻偏宜宮
樣，蓮臉嫩，體紅香。」

9. 待酒酣妙續，珠簾句法，作穿雲唱：等到酒酣半醉，再以詩文
助興，並聽取圓潤美妙的歌聲。酒酣，飲酒盡興而呈半醉狀態。
《史記》卷八〈高祖本紀〉：「酒酣，高祖擊筑，自爲歌詩。」
妙續珠簾，吳本魏注：「小說《煙中怨》：楊氏女有才色，嘗作
詩：『珠簾半床月，清竹滿林風。』人或繼之，皆不如意，有
謝生續之曰：『何是今宵蚤，無人解與同。』女曰：『天生吾夫
也。』遂偶之。」按：據《全唐五代小說》卷二十五「南卓」
條所載〈烟中怨解〉（節文），應爲：「越溪有漁者楊父，一女絕
色。年十四，能詩，每吟不過兩句。人問：『胡不終篇？』答
曰：『無奈情思纏繞，至兩句即思迷，不復爲繼。』有謝生求
娶……父曰：『吾女爲詞，多不過兩句，子能續之，稱吾女意，
則妻矣。』乃命女奴示其篇曰：『珠簾半牀月，青竹滿林風。』
謝續曰：『何事今宵景，無人解與同？』女曰：『天生吾夫。』遂
偶之。」今《全唐詩》有作者爲「越溪楊女」之〈聯句〉：「珠
簾半床月，青竹滿林風（楊女）。何事今宵景，無人解語同（謝
生）。」文字上略有出入。穿雲，見〈念奴嬌〉（倦游老眼，放閑

身）注7。

七十二、其五　梁虎茵家以絳綃作荔枝[1]，戲作

一山星月，長生殿裏，端正人微笑[2]。風枝玉骨，冰丸紅霧，長安初到[3]。小部清新，上尊甘冷，風流天寶[4]。自蓬山仙去，人間月曉，遺芳滿、漢宮草[5]。　　聞到雲膇玉指，化奇苞、天容纖妙[6]。香通鼻觀，春浮手藉，教人夢好[7]。青瑣窺韓，紫囊賭謝，屬狂年少[8]。但閑窗酒病，東風曉枕，笥中時要[9]。

【編年】

虎茵入金後，依蔡靖父子居恆陽，詞又言在虎茵家，故王慶生推測作於1140年。

【箋注】

1. 梁虎茵家以絳綃作荔枝：梁虎茵，即梁兢，見〈水調歌頭〉（丁年跨生馬）注1。絳綃，紅色綃絹。綃為生絲織成之薄紗、細絹。晉·郭璞〈游仙詩〉之十：「振髮兮翠霞，解褐披絳綃。」荔枝，《新唐書》七十六〈楊貴妃傳〉：「妃嗜荔枝，必欲生致之，乃置騎傳送，走數千里，味未變已至京師。」

2. 一山星月，長生殿裏，端正人微笑：滿山星月之夜，長生殿中，貴妃正微笑著。一山星月，唐·王建〈霓裳辭十首〉之七：「一山星月霓裳動，好字先從殿裏來。」長生殿，唐代華清宮中的殿名。白居易〈長恨歌〉：「七月七日長生殿，夜半無人私語時。」亦指唐代帝后之寢殿。杜牧〈過華清宮絕句三首〉之一：「一騎紅塵妃子笑，無人知是荔枝來。」端正，即「端正樓」，見〈滿江紅〉（端正樓空）注2。端正人，指楊貴妃。

3. 風枝玉骨，冰丸紅霧，長安初到：荔枝之高貴姿態、豔紅外

貌，才剛送到長安。玉骨，見〈水調歌頭〉（雲間貴公子）注20。
此用以喻荔枝。吳本魏注：「風枝言其幹，玉骨言其核，冰丸言
其肉，紅霧言其殼。」歐陽修〈浪淘沙〉（五嶺麥秋殘）：「五嶺
麥秋殘，荔子初丹。絳紗囊裏水晶丸。可惜天教生處遠，不近長
安。　　往事憶開元，妃子偏憐。一從魂散馬嵬關。只有紅塵無
驛使，滿眼驪山。」吳本魏注「可惜」作「何是」、「斷」作「散」、
「只」作「有」、「飛」「作「無」。「風枝」三句化用此詞，設想
荔枝由南方初到長安之情形。

4. 小部清新，上尊甘冷，風流天寶：宮中歌舞樂隊之音樂清爽動
聽，而宴會上美酒風味甘淳，明皇此時正是風流瀟灑。小部，指
唐代宮廷中之少年歌舞樂隊。唐・袁郊〈甘澤謠・許雲封〉：「值
梨園法部置小部音聲，凡三十餘人，皆十五以下。」宋・樂史〈楊
太眞外傳〉：「（天寶）十四載六月一日，上幸華清宮，乃貴妃生
日，上命小部音聲於長生殿奏新曲，未有名，會南海進荔枝，遂
名〈荔枝香〉。」後泛指梨園、教坊演劇奏曲。清新，此指樂音
清爽動聽。上尊，即「上尊酒」。指上等酒。《漢書》卷七十一〈平
當傳〉：「使尚書令譚賜君養牛一，上尊酒十石。」顏師古注：「如
淳曰：『律，稻米一斗得酒一斗爲上尊，稷米一斗得酒一斗爲中
尊，粟米一斗得酒一斗爲下尊。』稷即粟也。中尊者宜爲黍米，
不當言稷。且作酒自有澆醇之異爲上中下耳，非必繫之米。」風
流，見〈水調歌頭〉（雲間貴公子）注32。天寶，唐玄宗年號。
《新唐書》七十六〈楊貴妃傳〉：「天寶初，進冊貴妃。」指天寶
時貴妃初受寵幸。

5. 自蓬山仙去，人間月曉，遺芳滿、漢宮草：自從貴妃仙逝，明皇
思念異常，無論晝夜，彷見貴妃遺芳滿布宮草。蓬山，即「蓬萊
山」，見〈水調歌頭〉（丁年跨生馬）注4。月曉，指白晝與夜晚。
遺芳，遺留之芳香。此指「遺芳夢室」，即「延凉室」。漢武帝室
名。晉・王嘉《拾遺記・前漢上》：「帝（漢武帝）席於延凉室，

臥夢李夫人授帝蘅蕪之香。帝驚起，而香氣猶著衣枕，歷月不
歇。帝彌思求，終不復見，涕泣洽席，遂改延涼室爲遺芳夢
室。」吳本魏注：「此曲首言一山星月，繼言人閒月曉，不但述
當日之事，亦自別有深意。古人以畫比治、半夜比昏亂，故其詩
曰：『晝短苦夜長。』謂治時少、亂時多也。方明皇惑於妃子，
驕奢無度，委政楊國忠，卒至祿山漁陽之變。當是之時，昏昏常
如宵夜，故首言一山星月也；及國忠誅，妃子縊，肅宗破賊，收
復兩京，明皇自蜀還京，是亦小康，故云人閒月曉。其寓意深遠
如此。」

6. 聞到雲牎玉指，化奇苞、天容纖妙：好像能聞到絳綃所做的荔
   枝，纖妙無比，有奇特的果粒和外形。吳本魏注：「奇苞、天容，
   皆狀其工巧。」指女子用絳綃作荔枝之形狀可愛。雲牎，亦作「雲
   窗」、「雲窻」。華美之窗。通常用以指女子居處。隋·姚察〈賦
   得笛〉：「宛轉度雲窗，透迤出碧帳。」玉指，見〈臨江仙〉（夢
   裏秋江當眼碧）注5。天容，指出眾人物之非凡儀表。纖妙，亦
   作「孅妙」。精細美妙。五代·王仁裕《開元天寶遺事·射團》：
   「宮中每到端午節，造粉團角黍貯於金盤中，以小角造弓子，纖
   妙可愛，架箭射盤中粉團，中者得食。」

7. 香通鼻觀，春浮手藉，教人夢好：無論用鼻聞，或手捧，都能
   叫人陶醉入夢。鼻觀，佛教觀想法，謂觀鼻端白。鼻端白，指
   佛教修行法之一。注目諦觀鼻間，時久鼻息成白。吳本魏注記
   出於《圓覺經》。蘇軾〈西江月〉（公子眼花亂發）：「公子眼花
   亂發，老夫鼻觀先通。」此處指鼻孔，嗅覺。藉，古時祭祀朝
   聘時陳列禮品之草墊。《楚辭·九歌》：「蕙肴蒸兮蘭藉。」手
   藉，吳本魏注：「蘇子美作愛愛傳：余至楚舍，云愛已死。出
   其故繡、手藉、香囊、履數物，香皆郁然如新。」夢好，吳本
   魏注：「歐陽修：繡被五更春夢好。」（〈蝶戀花〉（簾幕東風寒料
   峭））然今本作「春睡好」。吳本魏注：「此謂睹物思人，或成好

夢也。」

8. 青瑣窺韓，紫囊賭謝，屬狂年少：從青瑣中偷窺男子、以打賭分
輸贏，這些都是年少輕狂所爲之事，我則無也。吳本魏注：「公
言竊香佩囊，皆少年狂宕之事，我無是也。」青瑣窺韓，《晉書》
卷四十〈賈謐傳〉：「謐字長深。母賈午，充少女也。父韓壽，字
德眞，南陽堵陽人，魏司徒暨曾孫。美姿貌，善容止，賈充辟爲
司空掾。充每讌賓僚，其女輒於青璅中窺之，見壽而悅焉。問其
左右識此人不，有一婢說壽姓字，云是故主人。女大感想，發於
寤寐。婢後往壽家，具說女意，并言其女光麗艷逸，端美絕倫。
壽聞而心動，便令爲通殷勤。婢以白女，女遂潛修音好，厚相贈
結，呼壽夕入。壽勁捷過人，踰垣而至，家中莫知，惟充覺其女
悅暢異於常日。時西域有貢奇香，一著人則經月不歇，帝甚貴之，
惟以賜充及大司馬陳騫。其女密盜以遺壽，充僚屬與壽燕處，聞
其芬馥，稱之於充。自是充意知女與壽通，而其門閣嚴峻，不知
所由得入。乃夜中陽驚，託言有盜，因使循牆以觀其變。左右白
曰：『無餘異，惟東北角如狐狸行處。』充乃考問女之左右，具
以狀對。充祕之，遂以女妻壽。壽官至散騎常侍、河南尹。元康
初卒，贈驃騎將軍。」紫囊賭謝，《晉書》卷七十九〈謝玄傳〉：
「玄少好佩紫羅香囊，安患之，而不欲傷其意，因戲賭取，即焚
之，於此遂止。」屬狂年少，白居易〈代書詩一百韻寄微之〉：「疏
狂屬年少，閒散爲官卑。」

9. 但閑窗酒病，東風曉枕，箇中時要：吳本魏注：「言病酒攲枕閒，
或須此物以蠲除憂思耳。」酒病，猶病酒。因飲酒過量而生病。
唐・姚合〈寄華州李中丞〉：「養生非酒病，難隱題詩名。」箇中，
見〈雨中花〉（嗜酒偏憐風竹）注 21。時要，當世之要害。《後
漢書》五十二〈崔寔傳〉：「（寔）指切時要，言辯而確。」

補遺

七十三、好事近①

天上賜金匳，不減壑源三月[1]。午晚②春風纖手，看一時如雪[2]。

幽人只慣茂林前，松風聽清絕[3]。無奈十年黃卷，向枯腸搜徹[4]。

【校勘】

①趙本記《堯山堂外紀》題作「詠茶」。

②晚，吳本作「盌」、趙本作「椀」。

【箋注】

1. 天上賜金匳，不減壑源三月：雖上天賜與金匣，卻不損壑源新茶之風味。金匳，即「金奩」。金匣。唐・張說〈道家四首奉敕撰〉之二：「金奩調上藥，寶案讀仙經。」壑源，茶名。蘇軾有〈次韻曹輔寄壑源試焙新芽〉詩；黃庭堅〈謝送碾壑源揀芽〉：「矞雲從龍小蒼璧，元豐至今人未識。壑源包貢第一春，緗奩碾香供玉食。」陸游〈謝王彥光提刑見訪并送茶〉：「遙想解醒須底物，隆興第一壑源春。」

2. 午晚春風纖手，看一時如雪：言午間煮茶，以春風配之，玉手纖纖，而水湧開如雪。午晚，吳本作「盌」、趙本作「椀」。而「椀」、「盌」皆「碗」之異體字。既已言午，應不宜加「晚」字；且此闋詞以詠茶為主，故此應作「碗」字。纖手，亦作「纖手」。女子柔細之手。漢昭帝〈淋池歌〉：「秋素景兮泛洪波，揮纖手兮折芰荷。」如雪，指煮茶水開時之泡沫。

3. 幽人只慣茂林前，松風聽清絕：幽獨之人只習慣在茂密數林前，聽松風美妙至極之聲。幽人，見〈漢宮春〉（雪與幽人）注 2。

松風，見〈水龍吟〉（水村秋入江聲）注 9。清絕，見〈滿江紅〉
（梁苑當時）注 7。

4. 無奈十年黃卷，向枯腸搜徹：無奈讀書十年，卻落得文思枯竭。
黃卷，見〈水調歌頭〉（丁年跨生馬）注 4。枯腸，亦作「枯腸」。
比喻枯竭之文思。枯腸搜撤，唐・盧全〈走筆謝孟諫議寄新茶〉：
「三椀搜枯腸，唯有文字五千卷。」

七十四、月華清

樓倚明河，山蟠喬木，故國秋光如水[1]。常記別時，月冷
半山環佩[2]。到而今、桂影尋人，端好在、竹西歌吹[3]。如醉。
望白蘋風裏，關山無際[4]。　　可惜瓊瑤千里，有年少①玉人，
吟嘯天外[5]。脂粉清輝，冷射藕花冰蕊[6]。念老去、鏡裏流年，
空解道、人生適意[7]。誰會。更微雲疏雨，空庭鶴唳[8]。

【校勘】

①年少，趙本記《詞林萬選》、《詞律》作「少年」。

【箋注】

1. 樓倚明河，山蟠喬木，故國秋光如水：樓高上聳銀河，山上之樹
木盤曲，故國秋日景色如水般澄徹。明河，即天河、銀河。見〈水
調歌頭〉（星河淡城闕）注 2。唐・宋之問〈明河篇〉：「明河可
望不可親，願得乘槎一問津。」山蟠，見〈減字木蘭花〉（山蟠
酒綠）注 2。

2. 月冷半山環佩：環佩，圓形玉佩。此指半山好似戴了一塊圓形玉
佩。

3. 到而今、桂影尋人，端好在、竹西歌吹：如今在月光下欲尋找昔
日同歡的人，一切歌舞聲影都還好端端的。桂影，見〈水龍吟〉
（水村秋入江聲）注 13。竹西歌吹，見〈雨中花〉（化鶴城高）

注 7。好在，見〈水調歌頭〉（星河淡城闕）注 7。

4. 望白蘋風裏，關山無際：望著風中白蘋，歸去之路途遙遠。白
蘋，亦作「白萍」。水中浮草。南朝宋‧鮑照〈送別王宣城〉：「既
逢青春獻，復值白蘋生。」關山，關隘與山峰。比喻路途遙遠
或行路之困難。唐‧王勃〈滕王閣序〉：「關山難越，誰悲失路之
人？」

5. 可惜瓊瑤千里，有年少玉人，吟嘯天外：可愛的月光普照千
里，有位風神秀異的人，正遺世獨立，嘯咏天外（即松年自
謂）。瓊瑤，美玉。《詩經‧衛風‧木瓜》：「投我以木桃，報之以
瓊瑤。」毛傳：「瓊瑤，美玉。」此指月光。玉人，容貌美麗之
人。《晉書》卷三十六〈衛玠傳〉：「玠字叔寶。年五歲，風神秀
異。祖父瓘曰：『此兒有異於眾，顧吾年老，不見其成長耳！』
總角乘羊車入市，見者皆以為玉人，觀之者傾都。」吟嘯，吟
詩與嘯呼。《晉書》卷七十九〈謝安傳〉：「嘗與孫綽等汎海，風
起浪湧，諸人並懼，安吟嘯自若。」天外，天邊之外。比喻高遠
之處。《文選‧張衡‧思玄賦》：「廓盪盪其無涯兮，乃今窺乎天
外。」

6. 脂粉清輝，冷射藕花冰蕊：清冷之月光，照射藕花與群花，一片
冰清。脂粉，胭脂和香粉。《淮南子‧修務訓》：「曼頰皓齒，形
夸骨佳，不待脂粉芳澤而性可說者，西施、陽文也。」此指月光。
清輝，見〈念奴嬌〉（倦游老眼，負梅花京洛）注 4。冷射，見
〈水龍吟〉（九秋白玉盤高）注 1。

7. 念老去、鏡裏流年，空解道、人生適意：顧念著我老去之歲月，
如鏡裏流年一般迅速，只瞭解人生應該快意自得才是。鏡裏流
年，見〈念奴嬌〉（倦游老眼，看黃塵堆裏）注 7。解道，理解、
知道。唐‧張籍〈涼州詞〉：「邊將皆承主恩澤，無人解道取涼
州。」又指會吟、會詠。李白〈金陵城西樓月下吟〉：「解道澄江
淨如練，令人長憶謝玄暉。」適意，見〈水龍吟〉（九秋白玉盤

高）注6。

8. 更微雲疏雨，空庭鶴唳：微雲疏雨，五代・徐鉉〈又和八日〉：「微
雲疏雨淡新秋，曉夢依稀十二樓。」鶴唳，此形容自己天外高咏
之狀。

七十五、江神子慢　賦瑞香[1]①

　　紫雲點楓葉。巖②樹小、婆娑歲寒節。占高潔[2]③。纖苞
煖、釀出梅魂蘭魄，照濃碧[3]。茗椀添春花氣重，芸窗晚、
濛濛浮霽月[4]。小眠鼻觀先通，廬山夢舊④清絕[5]。　　蕭閒
平生淡泊。獨芳溫一念、猶未衰歇。總⑤陳迹[6]。而今老、
但覓茶酒⑥禪榻，寄閒寂[7]。風外天花無夢也，鴛鴦債、從
渠千萬劫[8]。夜寒回施，幽香與春愁客[9]⑦。

【校勘】

①賦瑞香，趙本記《陽春白雪》、《翰墨大全後戊集》、《花草粹編》
題無「賦」字；《詞林萬選》無題。

②巖，吳本作「生」、趙本記《詞林萬選》、《花草粹編》作「崖」。

③潔，趙本記《陽春白雪》作「格」。

④夢舊，趙本記《翰墨大全後戊集》、《花草粹編》作「舊夢」。

⑤總，吳本作「種種」、趙本記《中州樂府》、《詞林萬選》、《花草
粹編》亦作「種種」、《翰墨大全後戊集》作「種」；從《陽春白
雪》改。

⑥酒，吳本作「煙」。

⑦幽香與春愁客，吳本作「幽香與愁客」、趙本記《詞林萬選》亦
作「幽香與愁客」。

【箋注】

1. 瑞香：植物名，也稱睡香。春季開花，有紅紫色或白色，有濃香。

宋・陶穀《清異錄・睡香》：「廬山瑞香花，始緣一比丘晝寢磐石
上，夢中聞花香酷酷不可名，既覺，尋香求之，因名睡香。四方
奇之，謂乃花中祥瑞，遂以『瑞』易『睡』。」

2. 紫雲點楓葉……占高潔：祥瑞之氣灑落於楓葉之間，岩石上樹
木矮小。在歲寒時節自在地舒展，彷彿擁有高潔的風範。紫雲，
紫色雲。古代以爲祥瑞之兆。漢・焦贛《易林・履之漸》：「黃帝
紫雲，聖且神明，光見福祥，告我無殃。」婆娑，見〈瑞鷓鴣〉
（酬春當得酒如川）注 2。歲寒節，見〈念奴嬌〉（倦游老眼，
看黃塵堆裏）注4。高潔，人品高尚清廉。唐・駱賓王〈在獄詠
蟬〉：「無人信高潔，誰爲表予心？」

3. 纖苞煖、釀出梅魂蘭魄，照濃碧：纖小花苞因溫暖，而醞釀出花
朵之高潔精神，照亮了青翠景色。纖苞，指花苞纖小可愛。煖，
同「暖」。梅魂，指梅花精神。蘭魄，形容高尚精神。濃碧，指
青翠景色。唐・崔櫓〈過南城縣麻姑山〉三首之二：「詩手難題
畫手慚，淺青濃碧疊東南。」

4. 茗椀添春花氣重，芸窗晚、濛濛浮霽月：春日花氣深重，透過紋
飾之窗，看見瀰漫霧氣之明月。茗椀，即「茗碗」，裝茶水之碗。
元稹（一作令狐楚）〈奉和嚴司空重陽日同崔常侍崔郎及諸公登
龍山落帽臺佳宴〉：「萸房暗綻紅珠朵，茗碗寒供白露芽。」花氣，
花之香氣。唐・賈至〈對酒曲〉之一：「曲水浮花氣，流風散舞
衣。」芸窗，即「雲牕」，見〈水龍吟〉（一山星月）注6。濛濛，
見〈水龍吟〉（太行之麓清輝）注 10。霽月，見〈水龍吟〉（水
村秋入江聲）注2。

5. 小眠鼻觀先通，廬山夢舊清絕：若在此小睡必定能先聞到花香，
廬山之夢依然美妙至極。小眠，小睡。鼻觀先通，見〈水龍吟〉
（一山星月）注 7。廬山，山名。位於江西省九江市南。三面臨
水，西臨陸地，萬壑千巖，煙雲瀰漫。相傳周武王時，有匡俗兄
弟七人結廬此山，後登仙而去，徒留空廬而得名；一說以廬江得

名。清絕，見〈滿江紅〉（梁苑當時）注 7。因瑞香始於廬山，
且因比丘於此作夢而聞其香，故有此句。

6. 蕭閒平生淡泊……總陳迹：我平生澹泊名利，只有愛花之念頭還
未衰落，卻已是過去之事。芳溫，賞花之溫情。衰歇，由衰落而
漸趨停止。陳迹，即陳跡。語出王羲之〈蘭亭集序〉，見〈念奴
嬌〉（離騷痛飲）注 9。

7. 而今老、但覓茶酒禪榻，寄閒寂：而今我已年老，只能尋找禪院
中之茶煙，以寄託我空蕩寂靜之情。禪榻，坐禪用之矮床。語出
杜牧〈題禪院〉，見〈滿江紅〉（老境駸駸）注 9。據此，「茶酒」
應作「茶煙」較適宜。閒寂，亦作「閑寂」。空蕩寂靜。南朝梁·
蕭統〈開善寺法會〉：「茲地信閑寂，清曠惟道場。」

8. 風外天花無夢也，鴛鴦債、從渠千萬劫：風外，唐·牟融〈過蠡
湖〉：「風外暗香飄落粉，月中清影無離鸞。」天花，亦作「天華」，
佛教語，天界仙花。《維摩經·觀眾生品》：「時維摩詰室有一天
女……見諸大人聞所說法，便現其身，即以天華散諸菩薩大弟子
上。」鴛鴦債，比喻情侶間未了卻之夙願。千萬劫，見〈水調歌
頭〉（寒食少天色）注 7。

9. 夜寒回施，幽香與春愁客：寒夜裡又將幽香施予愁春的人。春
愁，南朝·梁元帝〈春日詩〉：「春愁春自結，春絲悶更繁。」

七十六、聲聲慢　涼陘[1]寄內①

青蕪平野，小雨千峰，還成暮陘寒色[2]。裁剪芸窗，憶得
伴人良夕[3]。遙憐幾重眉黛，恨相逢、少於行役[4]。梨花淚，
正宮衣春瘦，曉紅無力[5]。　　應怪浮雲夫壻，不解趁新醅，
醉眠涼月[6]。怨入關河，西去又傳音息[7]。誰知倦游心事，向
年來②、苦思泉石[8]。人未老，約閬峰、多占秀碧[9]。

【編年】

　　王慶生以為，天德四年（1152）海陵遷都燕京，松年亦隨車駕往。夏至涼陘，九月至中京。故以此推測，此詞應作於 1152 年。

【校勘】

①涼陘寄內，趙本記《堯山堂外紀》題作「寄內」。

②年來，趙本記《堯山堂外紀》作「來年」。

【箋注】

1. 涼陘：地名，在今河北省沽源縣境。遼代屬西京道。所屬之炭山為遼代夏捺鉢（捺鉢，本指行宮、行帳義，後引伸為帝王四季之漁獵活動。）之地。金代屬西京路。有景明宮，為金代皇帝避暑之地。其北面即世宗以後固定的駐夏場所（避暑休息之地）「金蓮川」。金代自太宗起即在此駐夏之紀錄。

2. 青蕪平野，小雨千峰，還成暮陘寒色：青綠平原，微雨山峰，構成一幅清冷的山間景色。青蕪，青草。白居易〈東坡秋意寄元八〉：「啼蛩隱紅蓼，瘦馬踏青蕪。」陘，山脈中斷之處。《爾雅・釋山》：「山絕，陘。」邢昺疏：「謂山形連延中忽斷絕者。」寒色，寒冷時節之顏色、景色。如枯草、禿枝、荒涼之原野顏色。唐・宋之問〈題張老松樹〉：「日落西山陰，眾草起寒色。」

3. 裁剪芸窗，憶得伴人良夕：整理書齋，回憶起有你陪伴的美好夜晚。裁剪，比喻對事物之取捨安排。此指整理。芸窗，亦作「芸牕」。指書齋。因內有驅蟲之芸香，故稱。唐・蕭項〈贈翁承贊漆林書堂詩〉：「卻對芸窗勤苦處，舉頭全是錦為衣。」良夕，美好之夜晚。

4. 遙憐幾重眉黛，恨相逢、少於行役：疼惜你孤獨地在遠方，怨恨著相逢比分開之時日還多。遙憐，唐・宋之問〈寒食江州滿塘驛〉：「遙憐鞏樹花應滿，復見吳洲草新綠。」眉黛，古代婦女以黛畫眉，故稱眉為眉黛。白居易〈如夢令〉（頻日雅歡幽

會）：「說著暫分飛，蹙損一雙眉黛。」行役，因兵役或公務等事
而出行。《文選・蘇武・詩》四首之三：「行役在戰場，相見未有
期。」

5. 梨花淚，正宮衣春瘦，曉紅無力：你哭泣時之姿容，讓人感受到
你形影憔悴，就像早晨的花朵軟弱無力一般。梨花淚，形容女子
哭泣時如梨花之姿容。意同於「梨花帶雨」，語出白居易〈長恨
歌〉：「玉容寂寞淚闌干，梨花一枝春帶雨。」本用以形容楊貴妃，
後用以形容女子之嬌豔。宮衣，宮中女子所穿之衣。亦指仿照宮
樣所製女子之衣。李賀〈追賦畫紅潭苑〉之一：「吳苑水蒼蒼，
宮衣水濺黃。」春瘦，指佳人形影憔悴。元稹〈三歎〉之三：「春
來筋骨瘦，弔影心亦迷。」曉紅，指清晨之花。唐・崔櫓〈山路
見花〉：「曉紅初拆露香新，獨立空山冷笑人。」

6. 應怪浮雲夫壻，不解趁新醅，醉眠涼月：應該怪身為夫婿的我，
如浮雲般行止不定，無法就著新釀之酒，和你暢飲於涼月之下。
浮雲，飄動之雲。《楚辭・九辯》：「塊獨守此無澤兮，仰浮雲而
永歎。」此比喻夫婿如雲一般漂浮不定。浮雲夫壻，為松年自喻。
新醅，新釀未過濾之酒。白居易〈問劉十九〉：「綠螘新醅酒，紅
泥小火爐。」涼月，即「涼月」，本指秋月。南朝齊・王融〈遊
仙詩五首〉之三：「璧門涼月舉，珠殿秋風迴。」此闋詞應作於
春季，故此應單指月亮。

7. 怨入關河，西去又傳音息：怨恨著入了關河，又傳來西去涼陘之
消息。關河，見〈念奴嬌〉（大江澄練）注 6。西去，松年在涼
陘，對在真定之妻子而言為西去。音息，即消息。

8. 誰知倦游心事，向年來、苦思泉石：但有誰知道我厭倦宦游生
涯，最近正深思如何辭官歸隱。倦游，見〈水調歌頭〉（束垣步
秋水）注 14。泉石，泉水和山石，泛指山水。《梁書》卷三十〈徐
摛傳〉：「摛年老，又愛泉石，意在一郡，以自怡養。」

9. 人未老，約闉峰、多占秀碧：雖然我未年老，但希望能退隱於翠

巫閭山之中，擁有這一片秀麗山景。閭峰，即指醫巫閭山，見〈念奴嬌〉（大江澄練）注 7。蔡松年欲卜居於此，故言。秀碧，秀麗蒼翠。指山景。

七十七、石州慢　高麗使還日作①

雲②海蓬萊，風霧鬖鬖③，不假梳掠[1]。仙衣捲盡雲霓④，方見宮腰纖弱 [2]。心期得處，世間言語非真，海犀一點通寥廓 [3]。無物比⑤情濃，覓⑥無情相博 [4] ⑦。　　離索。曉來一枕餘香，酒病賴花醫卻 [5]。灩灩⑧金尊，收拾新愁重酌 [6]。片⑨帆雲影，載將⑩無際關山，夢魂應被楊花覺 [7]。梅子雨絲絲⑪，滿江干⑫樓閣 [8]。

【編年】

王慶生以為，金朝慣例，使高麗，正使正五品；松年皇統七年前在六品刑部員外郎，天德二年後已為正四品吏部侍郎，故宜使高麗在 1149 年前後。則詞作應成於 1149 年。

【校勘】

①高麗使還日作，趙本記《花草粹編》題作「高麗妓館」；《歸潛志》云伯堅亦嘗奉使高麗，為館伎賦石州慢。

②雲，趙本記《陽春白雪》作「東」。

③風物鬖鬖，趙本記《陽春白雪》作「風鬖霧鬖」。

④雲霓，趙本記《歸潛志》、《花草粹編》作「霓裳」。

⑤比，趙本記《花草粹編》作「被」。

⑥覓，趙本記《歸潛志》、《花草粹編》作「同」。

⑦博，趙本記《歸潛志》、《花草粹編》作「搏」。

⑧灩灩，趙本記《歸潛志》、《花草粹編》作「瀲灩」。

⑨片，趙本記《歸潛志》、《花草粹編》作「半」。

⑩將，趙本記《歸潛志》、《花草粹編》作「得」。

⑪絲絲，趙本記《陽春白雪》》作「疎疎」。

⑫干，吳本作「南」。

【箋注】

1. 雲海蓬萊，風霧鬢鬟，不假梳掠：你像天上仙界神女，美麗之鬢髮，完全不必梳理。雲海，泛指高遠空闊的境地。唐·沈佺期〈答魑魅代書寄家人〉：「何堪萬里外，雲海已溟茫。」蓬萊，見〈水調歌頭〉（丁年跨生馬）注 4。風霧鬢鬟，指女子鬢髮之美。蘇軾〈洞庭春色賦〉：「攜佳人而往遊，勒霧鬢與風鬟。」梳掠，梳理、梳妝。白居易〈嗟髮落〉：「既不勞洗沐，又不煩梳掠。」

2. 仙衣捲盡雲蜺，方見宮腰纖弱：你穿著彷彿彩虹之仙衣，這才見到你纖細之楚腰。仙衣，見〈念奴嬌〉（月下仙衣立玉山）注 3。雲蜺，亦作「雲蜺」。指「虹」。《孟子·梁惠王下》：「民望之，若大旱之望雲蜺也。」趙岐注：「蜺，虹也，雨則虹見，故大旱而思見之。」孫奭疏：「雲蜺，紅也。」宮腰纖弱，《韓非子·二柄》：「楚靈王好細腰，而國中多餓人。」後因以「宮腰」泛指女子之細腰。

3. 心期得處，世間言語非真，海犀一點通寥廓：知心相交，心靈相通，才知道世間言語一點也不真實。心期，見〈永遇樂〉（正始風流）注 2。海犀，指犀牛角，因相傳犀角有種種靈異作用，如鎮妖、解毒、分水等，故亦稱「靈犀」。「靈犀」需從海中求得。歐陽修〈再和聖俞見答〉：「如其所得自勤苦，何憚入海求靈犀。」宋·蘇舜欽〈永叔石月屏圖〉：「老蚌向月月降胎，海犀望星星入角。」而此處應與「靈犀一點通」之義同。舊說犀角中有白紋如線，直通兩頭，感應靈敏。因用以比喻兩心相通。李商隱〈無題〉之一：「身無彩鳳雙飛翼，心有靈犀一點通。」寥

廓，空曠、深遠。《楚辭・遠遊》：「下崢嶸而無地兮，上寥廓而
無天。」

4. 無物比情濃，覓無情相博：無物比情濃，宋・張先〈一叢花令〉
（傷高情遠幾時窮）：「傷高情遠幾時窮，無物似情濃。」博，賭、
獲取。

5. 離索。曉來一枕餘香，酒病賴花醫卻：此時一片蕭索。睡醒枕上
卻留有餘香，我沈湎於酒，只靠如花似玉的你來醫治。離索，蕭
索。《北齊書》卷二十八〈元孝友傳〉：「設令人強志廣娶，則家
道離索，身事迍邅，內外親知，共相嗤怪。」酒病，見〈水龍
吟〉（一山星月）注 9。卻，助詞，至於動詞後，表「掉」、「了」、
「去」。此指酒病仰賴花朵醫治。

6. 灩灩金尊，收拾新愁重酌：杯中酒光閃耀，我應整理好愁緒，再
喝一杯。灩灩，水波映光，閃閃耀眼的樣子。南朝梁・何遜〈望
新月示同羈〉：「的的與沙靜，灩灩逐波輕。」此指酒。金尊，即
「金樽」。形容精美的酒器。《文選・應場・擬魏太子鄴中集詩八
首五言》：「列坐廕華榱，金樽盈清醑。」收拾，將散亂東西加以
整理。

7. 片帆雲影，載將無際關山，夢魂應被楊花覺：我在夢中乘著小
舟，渡過關山正朝歸家路駛去，沒想到凌亂的楊花卻遮住了去
路，使我驚醒。片帆，孤舟、一只船。唐・李頎〈李兵曹壁畫山
水各賦得桂水帆〉：「片帆在桂水，落日天涯時。」雲影，雲之影
像。南朝・梁元帝〈夜宿柏齋〉：「竹暗行人靜，簾開雲影入。」
載將，宋・張耒〈絕句〉：「不管煙波與風雨，載將離恨過江南。」
關山，見〈月華清〉（樓倚明河）注 4。楊花，柳絮。北周・庾
信〈春賦〉：「新年鳥聲千種囀，二月楊花滿路飛。」

8. 梅子雨絲絲，滿江干樓閣：梅雨絲絲落著，彷彿已填滿江邊的
樓閣。梅子雨，即黃梅雨，春末夏初所下的雨。因正值黃梅成熟
時節。宋・賀鑄〈青玉案〉（凌波不過橫塘路）：「一川煙草，滿

城風絮，梅子黃時雨。」絲絲，形容雨極細，爲雨落之景。江
干，江邊、江岸。唐・王勃〈羈遊餞別〉：「客心懸隴路，遊子倦
江干。」

七十八、尉遲杯

紫雲暖，恨翠雛珠樹雙棲晚 [1]。小花靜院相逢①，的的風
流心眼 [2]。紅潮照玉椀。午香重、草綠宮羅淡 [3]。喜銀屏、小
語私分，麝月春心一點 [4]。　　華年共有好願，何時定，妝
鬟零亂② [5]。夢似花飛，人歸月冷，一夜小③山新怨 [6]。劉郎
興、尋常不淺。況不似、桃花春溪遠 [7]。覺情隨、曉馬東風，
病酒餘香相伴 [8] ④。

【校勘】

①相逢，趙本記《絕妙好詞》作「逢迎」。

②妝鬟零亂，吳本作「妝鬟暮雨零亂」。

③小，趙本記《絕妙好詞》作「曉」。

④伴，吳本、趙本記《絕妙好詞》、《詞林萬選》作「半」。

【箋注】

1. 紫雲暖，恨翠雛珠樹雙棲晚：紫雲，見〈江神子慢〉（紫雲點楓
   葉）注2。翠雛，即碧雞，亦作「碧鷄」。傳說中之神物。《漢書》
   卷二十五下〈郊祀志〉：「或言益州有金馬、碧雞之神，可醮祭而
   致，於是遣諫大夫王襃使持節而求之。」珠樹，神話傳說中之仙
   樹。《山海經・海內西經》：「開明北有視肉、珠樹、文玉樹、玗
   琪樹。」

2. 小花靜院相逢，的的風流心眼：在這花朵盛開的幽靜庭院相逢，
   使我瀟灑愉快的欣賞著你。小花靜院，白居易〈宴桃源〉（前度
   小花靜院）：「前度小花靜院，不比尋常時見。」的的，昭著明顯

的樣子。唐・吳融〈西陵夜居〉：「漏永沉沉靜，燈孤的的清。」
風流，見〈水調歌頭〉（雲間貴公子）注 32。心眼，心思。宋・
張先〈武陵春〉（秋染青溪天外水）：「菱蔓雖多不上船，心眼在
郎邊。」

3. 紅潮照玉椀。午香重、草綠宮羅淡：玉椀中之茶水與漂浮落花之
   河水互相映照，午茶氣味濃重，青草碧綠，你穿著淡淡的絲羅
   衣。紅潮，即「潮紅」，見〈臨江仙〉（誰信玉堂金馬客）注 6。
   或謂漂浮落花之流水。玉椀，即「玉盌」，見〈念奴嬌〉（念奴玉
   立）注 8。此應指玉製食具，或泛稱精美之碗。魏・嵇康〈答難
   養生論〉：「李少君識桓公玉椀。」宮羅，一種質地較薄之絲織
   品。

4. 喜銀屏、小語私分，霽月春心一點：我喜歡對著銀屏，和你輕
   聲交談，在月光下互訴戀慕之情。銀屏，鑲銀之屏風。白居易
   〈長恨歌〉：「攬衣推枕起徘徊，珠箔銀屏邐迤開。」霽月，對
   月亮的美稱。南朝陳・徐陵《玉臺新詠・序》：「金星將婺女爭
   華，霽月與嫦娥競爽。」春心，男女互相戀慕之情。南朝・梁
   元帝〈春別應令詩四首〉之一：「花朝月夜動春心，誰忍相思不
   相見。」

5. 華年共有好願，何時定，妝鬟零亂：華年，如花盛開的年紀。指
   少年。《魏書》卷九十三〈恩倖傳・王叡〉：「漸風訓於華年，服
   道教於弱冠。」妝鬟，指女子之裝扮。零亂，散亂。李白〈月下
   獨酌〉之一：「我歌月徘徊，我舞影零亂。」吳本作「妝鬟暮雨
   零亂」，如此便可釋爲「妝容因傍晚之雨而零亂」。

6. 夢似花飛，人歸月冷，一夜小山新怨：夢如飛花一般輕邈無跡，
   你在冷冷的月光中歸去，使我整夜愁眉不展。夢似飛花，秦觀〈浣
   溪沙〉（漠漠輕寒上小樓）：「自在飛花輕似夢，無邊絲雨細如愁。」
   小山，指雙眉。

7. 劉郎興……桃花春溪遠：我賞花之興致高昂，不管桃花春溪之距

離遙遠。劉郎，指劉禹錫。劉郎興，指賞花之興致，見〈水龍吟〉（輭紅塵裏西山）注 7。尋常，平常。尋常不淺，此指賞花興致高昂。

8. 覺情隨、曉馬東風，病酒餘香相伴：我感到這份情感隨著春風晨馬一同遠去，只有酒病花香與我為伴。病酒，見〈水龍吟〉（一山星月）注 9。

七十九、驀山溪

清明綠野，玉色明春酒 [1]。燕地雪如沙，為喚起、斗南溫秀 [2]。鬢絲禪榻，夢覺古揚州，瑤臺路，返魂香，好在啼妝瘦 [3]。　　春前入眼，似是章臺柳 [4]。欲典鸘鷞裘，誤金車、香迎馬首 [5]。綠陰青子，後日便東風，秋千散，暮寒生，月到西廂後 [6]。

【箋注】

1. 清明綠野，玉色明春酒：綠野清新明朗，新釀的酒色澤澄澈。清明，此指清明之景色。玉色，見〈念奴嬌〉（小紅破雪）注 9。春酒，見〈水調歌頭〉（東垣步秋水）注 12。

2. 燕地雪如沙，為喚起、斗南溫秀：北地的雪如沙般眾多，因此想起南方風景之溫和秀麗。燕地，戰國時燕國土地，今北京市附近。斗南，見〈水調歌頭〉（寒食少天色）注 4。

3. 鬢絲禪榻……好在啼妝瘦：我這白髮老人，處在禪榻般的屋內，夢著昔日歌館生活，見到你仍然含淚楚楚，形容依舊動人。鬢絲，即鬢髮。鬢絲禪榻，見〈滿江紅〉（老境駸駸）注 9。夢覺古揚州，喻猛然醒悟過去歲月之虛度。杜牧〈遣懷〉：「十年一覺揚州夢，贏得青樓薄倖名。」瑤臺，仙人居住的地方。李白〈清平調三首〉之一：「若非群玉山頭見，會向瑤臺月下逢。」或指

玉鏡臺。妝臺的美稱。劉禹錫〈傷往賦〉：「寶瑟僵兮弦柱絕，瑤臺傾兮鏡匳空。」瑤臺路，蘇軾〈劉孝叔會虎丘，時王規父齋素祈雨，不至〉二首之二：「歸去瑤臺路，還應月下逢。」返魂香，即「返生香」，傳說中能令死人復活之香。唐・張祜〈南宮歎亦述玄宗追恨太眞妃事〉：「何勞卻睡草，不驗返魂香。」啼妝，亦作「啼粧」、「啼糚」。東漢時，婦女以粉薄拭目下，有似啼痕，故名。《後漢書》卷十三〈五行志一〉：「啼糚者，薄拭目下若啼處……始自大將軍梁冀家所爲，京都歙然，諸夏皆放效。」又借指美人淚痕。

4. 春前入眼，似是章臺柳：春天時在我眼前者，似乎是遠方的你。章臺柳，章臺的柳樹。比喻唐代居住在長安章臺的妓女柳氏。唐・韓翃〈寄柳氏〉：「章臺柳！章臺柳！顏色青青今在否？縱使長條似舊垂，也應攀折他人手。」

5. 欲典鷫鸘裘，誤金車、香迎馬首：我欲典當珍貴之衣裘，希望能阻止前來迎接你之華麗車馬。鷫鸘，亦作「鷫鵊」。鳥名，亦是鼠名。鷫鵊裘，相傳爲漢・司馬相如所著之裘衣。用鷫鵊鳥之皮製成。一說用鷫鸘飛鼠之皮製成。《西京雜記》卷二：「司馬相如初與卓文君還成都，居貧愁懣，以所著鷫鸘裘，就市人陽昌貰酒，與文君爲懽。」金車，用銅作裝飾之車。《易經・困》：「來徐徐，困於金車。」高亨注：「金車，以黃銅鑲其車轅衡等處，車之華貴者也。」馬首，所騎之馬，藉以敬稱他人。唐・戴叔倫〈奉同汴州李相公勉送郭布殿中出巡〉：「馬首先春至，人心比歲和。」

6. 綠陰青子……月到西廂後：你已許嫁他人，後日即使春風再來，但秋千人散，只有曉寒陡生，我們只能學西廂之約了。青子，泛指尚未黃熟之果實。秋千，傳統體育遊戲。兩繩下拴橫板，上懸於木架，人坐或站在版上，兩首分握兩繩，前後往返擺動。相傳春秋時齊桓公自北方山戎傳入。一說本爲漢武帝時宮中之戲，作

千秋，爲祝壽之詞，後例讀爲秋千。南唐・馮延巳〈鵲踏枝〉（庭院深深深幾許）：「淚眼問花花不語，亂紅飛入秋千去。」西廂，西邊廂房。月到西廂，賀鑄〈吹柳絮〉（即鷓鴣詞）（月痕依約到西廂）：「月痕依約到西廂，曾羨花枝拂短牆。」

八十、鷓鴣天

解語宮花出畫檐，酒尊風味為花甜[1]。誰憐夢好春如水，可奈[2]香餘月入簾。　　春漫漫，酒厭厭[3]，曲終新恨到眉尖。此生願化雙瓊柱，得近春風暖玉纖[4]。

【箋注】

1. 解語宮花出畫檐，酒尊風味爲花甜：你走出屋外，美酒之滋味似乎因此而更加香甜。解語，會說話。解語花，五代・王仁裕《開元天寶遺事・解語花》：「明皇秋八月，太液池有千葉白蓮數枝盛開，帝與貴戚宴賞焉。左右皆歡羨，久之，帝指貴妃示於左右曰：『爭如我解語花？』」後因用以比喻美女。畫檐，亦作「畫簷」。有畫飾之屋簷。唐・鄭嵎〈津陽門〉：「象牀塵凝罝罔被，畫檐蟲網頗梨碑。」酒尊，即「酒樽」。酒樽風味，見〈臨江仙〉（夢裏秋江當眼碧）注7。

2. 可奈：怎奈，有怨恨之意。

3. 春漫漫，酒厭厭：春日漫長，我因飲酒而精神不繼。春漫漫，見〈念奴嬌〉（飛雲沒馬）注3。厭厭，精神不振貌。《世說新語・品藻》：「曹蜍李志雖見在，厭厭如九泉下人。」

4. 此生願化雙瓊柱，得近春風暖玉纖：我願意化成琴上之弦柱，如此便能靠近你溫暖之手指。瓊柱，琴、弦柱之美稱。南朝・梁元帝〈和彈箏人〉之二：「瓊柱動金絲，琴聲發趙曲。」玉纖，美人的手指。唐・韓偓〈詠柳〉：「玉纖折得遙相贈，便似觀音手裡時。」

八十一、又①

秀樾橫塘十里香，水花晚色靜年芳 ¹。臙脂雪②瘦熏沈水，翡翠槃高走夜光 ²。山黛遠，月波長，暮雲秋影蘸③瀟湘 ³。醉魂應逐淩波夢，分付西風此夜涼 ⁴。

【校勘】

①吳本題記「樂善堂賞荷花詞。據溽南老人集補。」趙本記《絕妙好詞》題作「賞荷」。

②雪，吳本、趙本記《絕妙好詞》作「膚」。

③蘸，趙本記《絕妙好詞》作「照」。

【箋注】

1. 秀樾橫塘十里香，水花晚色靜年芳：春天秀麗景色伴隨花香，水中花朵也在夜晚靜靜開放。樾，樹蔭。橫塘，指水塘、池塘。溫庭筠〈池塘七夕〉：「萬家砧杵三篙水，一夕橫塘似舊遊。」水花，泛指生長在水中的花。南朝梁·何遜〈寄江州褚諮議〉：「林葉下仍飛，水花披未落。」晚色，傍晚之天色。年芳，指美好春色。南朝梁·沈約〈三月三日率爾成篇〉：「麗日屬元巳，年芳具在斯。」晚色靜年芳，杜甫〈曲江對雨〉：「城上春雲覆苑牆，江亭晚色靜年芳。」

2. 臙脂雪瘦熏沈水，翡翠槃高走夜光：如胭脂般的荷花開在水面上，好像沈香點染著，而且翡翠般的綠葉襯托它，又像是在夜間發光的燭燈。臙脂，亦作「胭脂」。一種用於化妝和國畫之紅色顏料。亦泛指鮮豔之紅色。杜甫〈曲江對雨〉：「林花著雨胭脂濕，水荇牽風翠帶長。」雪瘦，吳本、趙本作「膚瘦」。若以後句對照來看，應為「名詞－形容詞」的句式，故以「膚瘦」為宜。沈水，亦作「沉水」。晉·嵇含《南方草木狀·蜜香沉香》：「此八物同出於一樹也……木心與節堅黑，沉水者為沉香，與水面平者

爲雞骨香。」後因以「沈水」借指沈香。翡翠，即硬玉。色彩鮮
豔之天然礦石，主要用作裝飾品和工藝美術品。南朝齊‧謝朓〈落
梅〉：「用持插雲髻，翡翠比光輝。」夜光，夜晚發光之玉石。

3. 山黛遠，月波長，暮雲秋影蘸瀟湘：遠山山色青蔥濃郁，月光如
水波般悠長。黃昏雲色彷彿是秋天樹影沾上了江水一般朦朧。山
黛，青蔥濃郁之山色。此詞爲松年首用。月波，見〈念奴嬌〉（紫
蘭玉樹）注9。暮雲，黃昏之雲。杜甫〈春日憶李白〉：「渭北春
天樹，江東日暮雲。」蘸，把東西沾上液體或黏附其他物質。瀟
湘，湘江與瀟水之並稱。此泛指江水。

4. 醉魂應逐淩波夢，分付西風此夜涼：醉夢間我行於水波之上，交
代西風應在此夜吹拂涼風。醉魂，見〈點絳唇〉（半幅生綃）注
5。淩波，行於水波之上。常指乘船。漢‧嚴忌〈哀時命〉：「勢
不能淩波以徑度兮，又無羽翼而高翔。」分付，見〈滿江紅〉（春
色三分）注7。

八十二、江城子

　　半年無夢到春溫，可憐人，幾黃昏[1]。想見玉徽，風度更
清新[2]。翠射娉婷雲八尺，誰爲寫，五湖春[3]①。　　好風歸
路軟紅塵，暖冰魂，縷金裙[4]。喚取一天，星月入金尊[5]。留
取木樨花上露，揮醉墨，洒行雲[6]。

　　公有詩：「八尺五湖明秀峰」。又云：「十丈琅玕倒冰玉[7]，明年
爲寫五湖眞」，正用此意。魏道明作注，義有不通，故表出之。

【校勘】

　　①春，吳本、趙本作「眞」。

【箋注】

　　1. 半年無夢到春溫，可憐人，幾黃昏：我已半年沒有夢到故鄉溫暖

之春光，那些令我喜愛之人，又度過了多少黃昏。春溫，見〈烏
夜啼〉（一段江山秀氣）注 3。可憐，惹人喜愛。李白〈清平調
三首〉之二：「借問漢宮誰得似，可憐飛燕倚新妝。」

2. 想見玉徽，風度更清新：我推測彈琴之人，其風度儀態應更爲清
美新穎。想見，想像或推測。《史記》卷八十四〈屈原賈生列傳・
太史公曰〉：「適長沙，觀屈原所自沉淵，未嘗不垂涕，想見其爲
人。」蘇軾〈書韓幹牧馬圖〉：「南山之下，汧渭之間，想見開元
天寶年，八坊分屯隘秦川。」玉徽，玉製琴徽。亦爲琴之美稱。
《梁書》卷四十九〈文學傳上・庾肩吾〉：「故玉徽金銑，反爲拙
目所嗤；巴人下里，更合郢中之聽。」風度，風采儀態。《晉書》
卷三十七〈宗室傳・安平獻王孚・史臣曰〉：「安平風度宏邈，器
宇高雅。」清新，清美新穎。《北史》〈崔贍傳〉：「颺博雅弘麗，
贍氣調清新，並詩人之冠冕。」

3. 翠射娉婷雲八尺，誰爲寫，五湖春：光線返照秀麗碧色，浮雲高
掛天上，誰來描寫這美妙之五湖春光？射，光線映照。娉婷，輕
巧美好。漢・辛延年〈羽林郎〉：「不意金吾子，娉婷過我廬。」
八尺，言其高。五湖，見〈滿江紅〉（玉斧雲孫）注 10。

4. 好風歸路軟紅塵，暖冰魂，縷金裙：在回鄉道路上吹起了美妙的
風，想溫暖我處在北方的靈魂，只有紅粉知己了。好風，見〈南
鄉子〉（霜籟入枯桐）注 4。軟紅塵，即「頓紅塵」，見〈念奴嬌〉
（范侯久別）注 9。冰魂，見〈滿江紅〉（端正樓空）注 9。縷金，
金絲。後蜀・顧敻〈酒泉子〉（羅帶縷金）：「羅帶縷金，蘭麝煙
凝魂斷。」華鍾彥注：「縷金，猶金縷也。」

5. 喚取一天，星月入金尊：呼請滿天的星月，都映入我的酒杯之
中。喚取，見〈念奴嬌〉（倦游老眼、放閑身）注 7。一天，一
塊天空。唐・李洞〈送雲卿上人游安南〉：「島嶼分諸國，星河共
一天。」金尊，見〈石州慢〉（雲海蓬萊）注 6。

6. 留取木樨花上露，揮醉墨，洒行雲：留下木樨花上的露水，用來

揮灑醉中之作品，送給思念之人。木樨，見〈水調歌頭〉（西山六街碧）注 14。花上露，即「花露」，見〈點絳脣〉（半幅生綃）注 4。醉墨，見〈水調歌頭〉（雲間貴公子）注 33。行雲，流動的雲。《文選・曹植・王仲宣誄》：「哀風興感，行雲徘徊，游魚失浪，歸鳥忘栖。」又借指所思念的人。李白〈久別離〉：「東風兮東風，爲我吹行雲使西來。」

7. 十丈琅玕倒冰玉：湖水清徹如琅玕冰玉一般。琅玕，見〈雨中花〉（嗜酒偏憐風竹）注 20。冰玉，見〈水調歌頭〉（西山六街碧）注 10。

八十三、水龍吟　自鎭陽還兵府，贈離筵乞言者[1]

待人間覓箇①，無情心緒，著多情換[2]。

【編年】

詞序「自鎭陽還兵府」，推測可能成於 1136 年，因松年此年兼鎭陽與燕山帥府。

【校勘】

①箇，吳本作「過」。

【箋注】

1. 自鎭陽還兵府，贈離筵乞言者：鎭陽，見〈水調歌頭〉（東垣步秋水）注 2。兵府，掌管國家軍事要政之官府，特指宋代之樞密院。《宋史》卷三百一十九〈歐陽修傳〉：「修在兵府，與曾公亮考天下兵數及三路屯戍多少、地理遠近，更爲圖籍。」

2. 待人間覓箇，無情心緒，著多情換：希望能把無情之人變成多情。心緒，內心的情緒。杜甫〈前出塞九首〉之三：「欲輕腸斷聲，心緒亂已久。」著，將、把。

八十四、失調名

歸興高于灩澦堆¹。

【箋注】

1. 灩澦堆：又作「灧澦堆」。長江瞿塘峽口之險灘。在四川省奉節
縣東。李白〈長干行〉之一：「十六君遠行，瞿塘灧澦堆。」王
琦注引《太平寰宇記》：「灧澦堆，周回二十丈，在夔州西南二百
步蜀將中心瞿塘峽口。冬水淺，屹然露百餘尺。夏水漲，沒數十
丈。其狀如馬，舟人不敢進。諺曰：『灧澦大如馬，瞿塘不可下；
灧澦大如鱉，瞿塘行舟絕；灧澦大如龜，瞿塘不可窺；灧澦大如
襆，瞿塘不可觸。』」

八十五、梅花引

春陰薄，花冥漠，金街三月初行樂¹。碧紵春，玉奩人²。
蟬飛霧鬢，風前立畫裙³。　　浮生酒浪分餘瀝，嬌甚春愁
生遠碧⁴。犀心通，暖芙蓉⁵。此時不恨，蓬山千萬重⁶。

【編年】

　　詞中「金街三月」，可能指北京王府街，而松年應在 1150 年以後
至北京，故推測應成於 1150 以後。

【箋注】

1. 春陰薄，花冥漠，金街三月初行樂：春光稀薄，花朵變得昏暗不
清，三月之北地剛開始享受歡樂。春陰，見〈滿江紅〉（翠掃山
光）注 9。薄，稀疏。冥漠，昏暗看不清。《文選·陸機·弔魏
武帝文》：「悼繐帳之冥漠，怨西陵之茫茫。」宋·張孝祥〈菩薩
蠻〉（東風約略吹羅幕）：「東風約略吹羅幕，一簾細雨春陰薄。」
金街，指北京王府街。行樂，作樂、享受歡樂。《文選·謝朓·

游東田》：「感感苦無悰，攜手共行樂。」

2. 碧紵春，玉奩人：穿著綠色衣服的女子，手持著玉奩。紵，紵麻，或指用紵麻爲原料所織成的粗布。玉奩，亦作「玉匳」，玉製盛香物或梳妝用品之器具。元稹〈開元觀閑居酬吳士矩侍御三十韻〉：「醮起彤庭燭，香開白玉匳。」

3. 蟬飛霧鬢，風前立畫裙：秀髮濃密，裙子繡彩，佇立在風中。霧鬢，亦作「霧髫」。濃密秀美之頭髮。見蔡松年詞〈石州慢〉（雲海蓬萊）注1。畫裙，彩繡之裙。唐・施肩吾〈代征婦怨〉：「畫裙多淚鴛鴦溼，雲鬢慵梳玳瑁垂。」

4. 浮生酒浪分餘瀝，嬌甚春愁生遠碧：人生在酒浪中度過，喝一些酒，便有無限嬌媚，但兩眉間仍可看出些許愁容。浮生，人生。語本《莊子・刻意》：「其生若浮，其死若休。」李白〈春夜宴從弟桃李園・序〉：「而浮生若夢，爲歡幾何？」酒浪，宋・張耒〈遲日〉：「遲日花光亂，東風酒浪深。」餘瀝，剩酒。《韓非子・內儲說下》：「齊中大夫有夷射者，御飲於王，醉甚而出，倚於郎門。門者則跪請曰：『足下無意賜之餘瀝乎？』」甚，很、非常。春愁，見〈江神子慢〉（紫雲點楓葉）注9。生遠碧，唐・李群玉〈洞庭遇秋〉：「涼波弄輕櫂，湖月生遠碧。」此指兩黛眉。

5. 犀心通，暖芙蓉：你我心有靈犀，應共處於芙蓉帳中。犀心通，應指「心有靈犀一點通」，見〈石州慢〉（雲海蓬萊）注3。暖芙蓉，指芙蓉帳，即用芙蓉花染繪製成之帳。泛指華麗之帳。杜牧〈送人〉：「鴛鴦帳里暖芙蓉，低泣關山幾萬重。」

6. 此時不恨，蓬山千萬重：這時便不怨恨仙山路途遙遠。蓬山，見〈水龍吟〉（一山星月）注5。千萬重，指山峰多重而遠阻。此兩句化用李商隱〈無題四首〉之一：「劉郎已恨蓬山遠，更隔蓬山一萬重。」

八十六、又

清陰陌，狂踪跡，朱門團扇香迎客[1]。牡丹風，數苞紅[2]。水香撲蕊，新妝為誰容[3]。　　蠟燈春酒風光夕，錦浪龍鬚花六尺[4]。月波寒。玉琅玕[5]。無情又是，華屋送寶鞍[6]。

【編年】

時間應近上闋，作於 1150 年以後。

【箋注】

1. 清陰陌，狂踪跡，朱門團扇香迎客：清陰，清涼樹蔭。陶潛〈歸鳥詩〉：「顧儔相鳴，景庇清陰。」陌，田間道路，東西為陌。踪跡，亦作「蹤跡」。足跡、行蹤。唐・于武陵〈友人南遊不回因而有寄〉：「一別無消息，水南蹤跡稀。」朱門，古代王侯貴族的府第大門漆成紅色，以示尊貴，後泛指富貴人家。唐・李約〈觀祈雨〉：「朱門幾處看歌舞，猶恐春陽咽管絃。」團扇，圓形有柄的扇子。唐・王昌齡〈長信秋詞五首〉之三：「奉帚平明金殿開，且將團扇共徘徊。」

2. 牡丹風，數苞紅：牡丹，植物名。古無牡丹之名，統稱芍藥，後以木芍藥稱牡丹。一般為牡丹之稱在唐以後，但在唐前，已見於記載。夏初開花。苞，花蒂上包著未開花朵之小葉片。

3. 水香撲蕊，新妝為誰容：你笑容可掬，如此新的容妝，為誰打扮？水香，謂水的芳香。李賀〈月漉漉篇〉：「秋白鮮花死，水香蓮子齊。」蕊，花苞新妝，指女子剛修飾好之容妝。李白〈清平調三首〉之二：「借問漢宮誰得似？可憐飛燕倚新妝。」容，修飾、裝飾。

4. 蠟燈春酒風光夕，錦浪龍鬚花六尺：蠟燭、春酒，一夕纏綿；錦被華蓆，無限溫存。蠟燈，燃燭的燈。李商隱〈無題〉：「隔座送鉤春酒暖，分曹射覆蠟燈紅。」春酒，見〈水調歌頭〉〈東垣步

秋水）注 12。風光，見〈瑞鷓鴣〉（酬春當得酒如川）注 2。錦浪，謂浪似錦一般美麗。唐・李嶠〈江〉：「霞津錦浪動，月浦練花開。」龍鬚，植物名，草類。莖可織蓆，夏開花。

5. 月波寒。玉琅玕：月光如碧玉般清亮。月波，見〈念奴嬌〉（紫蘭玉樹）注 9。琅玕，見〈雨中花〉（嗜酒偏憐風竹）注 20。

6. 無情又是，華屋送寶鞍：你著實無情，趁著星月，送走我乘坐的車馬。華屋，見〈永遇樂〉（正始風流）注 10。寶鞍，以玉石寶物裝飾之馬鞍。李商隱〈無題四首〉之三：「歸去橫塘曉，華星送寶鞍。」

吳激詞箋注

一、訴衷情

夜寒茅店①不成眠，殘月照吟鞭[1]。黃花細雨時候，催上渡頭船[2]。

鷗似雪，水如天，憶當年。到家應是，童穉牽衣，笑我華顛[3]。

【編年】

王慶生以詞言「黃花細雨時候」，推知應在八月；而就詞作內容看，應在皇統二年（1142），宋金議和，允使者南歸之時。吳激等人本得赦南歸，行至河北又被截留。

【校勘】

①店，趙本記《堯山堂外紀》作「屋」。

【箋注】

1. 夜寒茅店不成眠，殘月照吟鞭：在旅社之寒冷夜晚，將落的月光照著飄泊在外，無法入睡的我。茅店，用茅草蓋成之旅舍。言其簡陋。溫庭筠〈商山早行〉：「雞聲茅店月，人迹板橋霜。」「夜

寒」句，化用唐・唐彥謙〈宿田家〉：「停車息茅店，安寢正鼾睡……
使我不成眠，爲渠滴清淚。」殘月，將落之月。白居易〈客中月〉：
「曉隨殘月行，夕與新月宿。」吟鞭，詩人之馬鞭。多以形容行
吟之詩人。唐・车融〈春遊〉：「笑拂吟鞭邀好興，醉敲烏帽逞雄
談。」

2. 黃花細雨時候，催上渡頭船：在飄落細雨的黃花時節，被催促著
上船趕路。黃花，應指菊花。黃花細雨，唐・武元衡〈秋燈對雨
寄史近崔積〉：「空庭綠草結離念，細雨黃花贈所思。」渡頭船，
指停在渡口之船。劉禹錫〈思歸寄山中友人〉：「涼鐘山頂寺，暝
火渡頭船。」

3. 到家應是，童穉牽衣，笑我華顛：到了家鄉，應有兒童拉著我衣
襟，嘲笑我已白頭。童穉，亦作「童稚」。兒童、小孩。《後漢書》
卷十六〈鄧禹傳〉：「父老童穉，垂髮戴白，滿其車下。」牽衣，
通「牽裾」。牽拉著衣襟。南朝・梁元帝〈看摘薔薇〉：「橫枝斜
挽袖，嫩葉下牽裾。」華顛，白頭，指年老。《後漢書》卷五十
二〈崔駰傳〉：「唐且華顛以悟秦，甘羅童牙而報趙。」此三句應
化用唐・賀知章〈回鄉偶書二首〉之一：「少小離家老大回，鄉
音難改鬢毛衰。兒童相見不相識，笑問客從何處來。」

二、人月圓　　宴北人張侍御家有感①

　　南朝千古傷心事②，猶③唱後庭花¹。舊時王謝，堂前燕
子，飛向④誰⑤家²。　　　恍然一夢⑥，仙肌⑦勝雪，宮鬢⑧
堆鴉³。江州司馬，青衫淚溼⑨，同是⑩天涯⁴。

【編年】

　　洪邁《容齋五筆》卷三：「壬戌，公在燕，赴張總侍御家宴。」
壬戌即皇統二年，故王慶生以爲作於此年（1142）。

【校勘】

①宴北人張侍御家有感，趙本記《詞綜》作「宴張侍御家有感」；《歷代詩餘》、《歸潛志》作「席間遇流落婦人」；《花草粹編》、《類編草堂詩餘》作「感舊」。

②事，趙本記《貴耳集》作「地」。

③猶，趙本記《貴耳集》作「還」。

④向，趙本記《貴耳集》作「入」。

⑤誰，趙本記《花庵中興以來絕妙詞選》作「入」。

⑥恍然一夢，趙本記《歸潛志》作「偶然相見」；《容齋題跋》作「恍然相遇」；《貴耳集》、《花庵中興以來絕妙詞選》作「恍然在遇」。

⑦仙肌，趙本記《花庵中興以來絕妙詞選》作「天姿」；《容齋題跋》作「仙姿」。

⑧宮髻，趙本記《歸潛志》作「雲鬟」；《貴耳集》作「宮鬢」。

⑨淚溼，趙本記《貴耳集》作「溼淚」。

⑩是，趙本記《貴耳集》作「在」。

【箋注】

1. 南朝千古傷心事，猶唱後庭花：陳朝亡國之樂聽來格外凄涼。借陳亡後歌〈玉樹後庭花〉，暗指北宋已亡之故實。南朝，即指與北朝對立之宋、齊、梁、陳四朝。後庭花，指樂府清商曲吳聲歌曲名。本名為〈玉樹後庭花〉，為南朝陳後主所作。其辭輕蕩，而其音甚哀，故後多用以稱亡國之音。「猶唱」句化自杜牧〈泊秦淮〉：「商女不知亡國恨，隔江猶唱後庭花。」

2. 舊時王謝，堂前燕子，飛向誰家：言景物依舊，江山、人事已非。三句化自劉禹錫〈烏衣巷〉：「舊時王謝堂前燕，飛入尋常百姓家。」

3. 恍然一夢，仙肌勝雪，宮髻堆鴉：言彷彿看到宮姬年輕時在宋朝

之模樣。恍然，彷彿。宋・韓駒〈題畫太一眞人〉：「恍然坐我水
仙府，蒼煙萬頃波粼粼。」仙肌，形容女子皮膚如天仙一般美麗。
宮髻，指婦女之髮髻。因多仿皇宮髮式，故稱。堆鴉，形容女子
髮黑而美。宋・程俱〈丁巳九日因用己未歲吳下九日詩韻作〉：「笑
引壺觴成一醉，歌筵遙想鬢堆鴉。」

4. 江州司馬，青衫淚溼，同是天涯：言自身與宮姬皆爲身陷金朝，
   不得南歸之人。三句化自白居易〈琵琶行〉：「同是天涯淪落人，
   相逢何必曾相識……座中泣下誰最多，江州司馬青衫溼。」青衫，
   唐制文官八品、九品服以青。後借指失意官員。

三、滿庭芳　　寄友人

柳引青烟，花傾紅雨，老來怕見清明[1]。欲行還住，天氣
弄陰晴[2]。是處吹簫巷陌，衫襟漬、春酒如餳[3]。溪橋畔，涓
涓流水，雞犬靜柴荊[4]。　　　高城。天共遠，山遮望斷，草
喚愁生[5]。等五湖煙景，今有誰爭[6]。悽斷湘靈鼓瑟，寫不盡、
楚客多情[7]。空惆悵，春閨夢短，斜月曉聞鶯[8]。

【箋注】

1. 柳引青烟，花傾紅雨，老來怕見清明：柳樹青綠茂盛，細雨落在
   紅色花上；我已年老，害怕見到清明時候之景象。紅雨，落在紅
   花上之雨。唐・孟郊〈同年春宴〉：「紅雨花上滴，綠煙柳際垂。」
   怕見，唐・姚合〈贈盧沙彌小師〉：「怕見世間事，削頭披佛衣。」
   清明，見蔡松年詞〈驀山溪〉（清明綠野）注1。

2. 天氣弄陰晴：弄，撩撥；逗引。唐・劉希夷〈採桑〉：「青絲嬌落
   日，緗綺弄春風。」弄陰晴，謂陰晴不定。辛棄疾〈江城子〉（臘
   雲殘日弄陰晴）：「臘雲殘日弄陰晴，晚山明，小溪橫。」

3. 是處吹簫巷陌，衫襟漬、春酒如餳：此處街巷有人吹奏簫樂，衣

衫因暢飲甘甜之新釀春酒，而沾上污漬。吹簫，即吹奏簫管。《史記》卷五十七〈周勃世家〉：「勃以織薄曲爲生，常爲人吹簫給喪事。」衫襟漬，唐・岑參〈奉送賈侍御使江外〉：「荊南渭北難相見，莫惜衫襟著酒痕。」春酒，見蔡松年詞〈水調歌頭〉（東垣步秋水）注 12。餳，音ㄒㄧㄥˊ。用麥芽或谷芽熬成之飴糖。白居易〈薔薇正開，春酒初熟，因招劉十九、張大夫、崔二十四同飲〉：「似火淺深紅壓架，如餳氣味綠黏臺。」

4. 溪橋畔，涓涓流水，雞犬靜柴荊：橋畔有溪水細流，村舍間雞犬也安靜無聲。涓涓，細水慢流的樣子。《荀子・法行》：「涓涓源水，不雝不塞。」柴荊，借指村舍。南朝宋・謝靈運〈初去郡〉：「恭承古人意，促裝反柴荊。」

5. 天共遠，山遮望斷，草喚愁生：山遮住天空，使得向遠直望而不見，春愁也似草一般不斷滋生。天共遠，杜甫〈江漢〉：「片雲天共遠，永夜月同孤。」望斷，向遠處望直至看不見。《南齊書》卷二十八〈蘇侃傳〉：「青關望斷，白日西斜。」草喚愁生，杜甫〈愁〉：「江草日日喚愁生，巫峽泠泠非世情。」

6. 等五湖煙景，今有誰爭：同樣是五湖煙景，到如今還有誰要相爭這歸隱之處？五湖，見蔡松年詞〈滿江紅〉（玉斧雲孫）注 10。但此處應指江南之湖泊。唐・崔塗〈春夕〉：「自是不歸歸便得，五湖煙景有誰爭。」

7. 悽斷湘靈鼓瑟，寫不盡、楚客多情：湘水女神所彈的琴瑟，極爲淒涼，卻無法徹底形容我客居他鄉之心情。悽斷，謂極其淒涼或傷心。北周・庾信〈夜聽擣衣〉：「風流響和韻，哀怨聲悽斷。」湘靈，古代傳說中湘水之神。湘靈鼓瑟，謂湘水女神彈奏古瑟。《楚辭・遠遊》：「使湘靈鼓瑟兮，令海若舞馮夷。」楚客，指屈原。屈原忠而被謗，身遭放逐，流落他鄉，故稱。又泛指客居他鄉之人。此應爲吳激自稱，因其爲閩人，且身處金朝不得歸，故自稱楚客。楚客多情，宋・孫洙〈河滿子〉（悵望浮生急景）：

「楚客多情偏怨別，碧山遠水登臨。」此三句化自唐‧錢起〈省試湘靈鼓瑟〉：「善鼓雲和瑟，常聞帝子靈。馮夷空自舞，楚客不堪聽。」

8. 空惆悵，春閨夢短，斜月曉聞鶯：我為春閨夢短感到失望，只有破曉的月色及鶯啼之聲陪伴我。惆悵，因失意或失望而傷感、懊惱。《楚辭‧九辨》：「廓落兮，羈旅而無友生；惆悵兮，而私自憐。」春閨，女子之閨房。亦指閨中女子。南朝‧梁簡文帝〈和湘東王名士悅傾城〉：「非憐江浦珮，羞使春閨空。」斜月，西斜之落月。《樂府詩集‧清商曲辭一‧子夜四時歌秋歌八》：「凉風開窗寢，斜月垂光照。」此三句化自賀鑄〈燭影搖紅〉（波影翻簾）：「惆悵更長夢短。但衾枕、餘芬膩暖，半窗斜月，照人腸斷，啼鳥不管。」

四、其二

千里傷春，江南三月，故人何處汀州[1]。滿簪華髮，花鳥莫深愁[2]。烽火年年未了，清宵夢，定繞林丘[3]。君知否，人間得喪，一笑付文楸[4]。　　幽州[5]。山偃蹇，孤雲何事，飛去還留[6]。問來今往古，誰不悠悠[7]。怪底眉間好色，燈花報、消息刀頭[8]。看看是，珠簾暮卷，天際識歸舟[9]。

【編年】

按詞作內容，戰爭未停、又有還歸之消息，推測可能作於 1142 年。

【箋注】

1. 千里傷春，江南三月，故人何處汀州：我在千里遠之北地，因春來而感到憂傷，三月之江南，不知老朋友身居何處？傷春，因春天到來而引起憂傷、苦悶。千里傷春，《楚辭‧招魂》：「目極千

里兮，傷春心。魂兮歸來，哀江南。」江南三月，南朝梁・丘遲
〈與陳伯之書〉：「暮春三月，江南草長。」故人何處，唐・張說
〈離會曲〉：「何人送客故人情，故人今夜何處客。」汀州，亦作
「汀洲」。指水中小洲。《楚辭・九歌・湘夫人》：「搴汀洲兮杜若，
將以遺兮遠者。」

2. 滿簪華髮，花鳥莫深愁：滿，全、遍。滿簪，唐・張懷〈吳江別
王長史〉：「多年襆被玉山岑，鬢雪欺人忽滿簪。」華髮，見蔡松
年詞〈水調歌頭〉（東垣步秋水）注 8。滿簪華髮，杜甫〈春望〉：
「白頭搔更短，渾欲不勝簪。」花鳥莫深愁，杜甫〈江上值水如
海勢，聊短述〉：「老去詩篇渾漫興，春來花鳥莫深愁。」

3. 烽火年年未了，清宵夢，定繞林丘：戰火仍未停息，清宵之夢，
必定環繞在山林之間。烽火，指戰爭、戰亂。杜甫〈春望〉：「烽
火連三月，家書抵萬金。」烽火年年，唐・李嘉祐〈自蘇臺至望
亭驛人家盡空春物增思悵然有作因寄從弟紓〉：「那堪回首長洲
苑，烽火年年報虜塵。」清宵，清境之夜晚。南朝梁・蕭統〈鍾
山講解〉：「清宵出望園，詰晨屆鍾嶺。」清宵夢，唐・元稹〈使
東川・嘉陵江二首〉之一：「只應添得清宵夢，時見滿江流月明。」
林丘，亦作「林坵」、「林邱」。樹木與土丘，泛指山林。又指隱
居之地。晉・謝安〈蘭亭〉：「伊昔先子，有懷春遊，契茲言執，
寄傲林丘。」

4. 君知否，人間得喪，一笑付文楸：你可知道，人間是非得失，都
在棋盤一笑之間。得喪，猶得失。指名利之得到與失去。《莊子・
田子方》：「而況得喪禍福之所介乎？」一笑，見蔡松年詞〈水調
歌頭〉（西山六街碧）注 10。文楸，棋盤。古代多用楸木做成，
故名。唐・趙光遠〈咏手〉之二：「象床珍簟宮棋處，拈定文楸
占角邊。」一笑付文楸，南宋・李曾伯〈水調歌頭〉（薄酒長亭
別）：「區區塞馬得失，一笑付觀棋。」

5. 幽州：古代九州之一，約今河北省一部分及遼寧省地。《周禮・

夏官‧職方氏》：「東北曰幽州。」此指吳激所處之金代領土。

6. 山偓蹇，孤雲何事，飛去還留：山勢高大，孤寂之雲爲何飛去又歸來？偓蹇，見蔡松年詞〈西江月〉（古殿蒼松偓蹇）注 3。孤雲，見蔡松年詞〈西江月〉（古殿蒼松偓蹇）注 3。飛去還留，指「停雲」。〈停雲‧序〉：「停雲，思親友也。」

7. 問來今往古，誰不悠悠：古往今來，誰不感到人生悠渺難測？來今往古，即古往今來。悠悠，見蔡松年詞〈水龍吟〉（太行之麓清輝）注 6。兩句化自唐‧陳子昂〈登幽州臺歌〉：「前不見古人，後不見來者，念天地之悠悠，獨愴然而涕下。」而此詩恰與前句「幽州」相呼應，因此時詞人也在幽州。

8. 怪底眉間好色，燈花報、消息刀頭：難怪你眉間有好氣色，因夜晚傳來了還家消息。怪底，亦作「怪得」，難怪。唐‧曹唐〈小游仙詩〉四十四：「怪得蓬萊山下水，半成沙土半成塵。」好色，美好之容顏；美色。《莊子‧至樂》：「所樂者，身安、厚味、美服、好色、音聲也。」燈花，燈心餘燼結成之花狀物。北周‧庾信〈對燭賦〉：「刺取燈花持桂燭，還卻燈檠下燭盤。」刀頭，用「三刀夢」之典。《晉書》卷四十二〈王濬傳〉：「濬夜夢懸三刀於臥屋梁上，須臾又益一刀，濬驚覺，意甚惡之。主簿李毅再拜賀曰：『三刀爲州字，又益一者，明府其臨益州乎？』及賊張弘殺益州刺史皇甫晏，果遷濬爲益州刺史。」故本用以指稱升官他遷。但因刀頭有「環」，與「還」音同，故又代指「還歸」，爲「還」之隱語。黃庭堅〈次韻馬荊州〉：「六年絕域夢刀頭，盼得南還萬事休。」

9. 看看是，珠簾暮卷，天際識歸舟：傍晚捲起珠簾，漸漸看到天邊歸來的游子。看看，估量時間之詞。有漸漸、眼看著、轉瞬間等意思。珠簾，貫串或綴飾珍珠的簾子。珠簾暮捲，唐‧王勃〈滕王閣〉：「畫棟朝飛南浦雲，珠簾暮捲西山雨。」天際識歸舟，南朝齊‧謝朓〈之宣城郡出新林浦向板橋〉：「天際識歸舟，雲中辨

江樹。」柳永〈八聲甘州〉（對瀟瀟暮雨灑江天）：「想佳人、妝樓顒望，誤幾回，天際識歸舟。」

五、其三

誰挽銀河，青冥都洗，故教獨步蒼蟾[1]。露華仙掌，清淚向人霑[2]。畫棟秋風嫋嫋①，飄桂子、時入疏②簾[3]。冰壺裏，雲衣霧鬢③，掬手弄春纖[4]。　　厭厭[5]。成勝賞④，銀槃潑汞，寶鑑⑤披匳[6]。待不放楸梧，影轉西檐[7]。坐上淋漓醉墨，人人看、老子掀髯[8]。明年會，清光未減，白髮也休添[9]。

【校勘】

①畫棟秋風嫋嫋，趙本記《永樂大典》引作「高棟層簷縹緲」。
②疏，趙本記《永樂大典》作「珠」。
③鬢，趙本記《永樂大典》作「縠」。
④「厭厭。成勝賞」，趙本記《永樂大典》作「眉間。多少恨」。
⑤鑑，趙本記《永樂大典》作「鏡」。

【箋注】

1. 誰挽銀河，青冥都洗，故教獨步蒼蟾：誰牽引著銀河，彷彿天空被洗淨一般，讓明月獨自徘徊。挽，拉、引。銀河，見〈水調歌頭〉（星河淡城闕）注2。青冥，見蔡松年詞〈滿江紅〉（玉斧雲孫）注6。獨步，獨自漫步。《漢書》卷五十四〈李陵傳〉：「昏後，陵便衣獨步出營。」蒼蟾，即青蟾，指月。因傳說月中有蟾蜍，故稱。賀鑄〈樓下柳〉（滿馬京□）：「白鷺芳洲，青蟾雕艦，勝游三月初三。」

2. 露華仙掌，清淚向人霑：金人所盛的露水，彷彿人流下的眼淚。露華，即露水。《趙飛燕外傳》：「婕妤浴豆蔻湯，傅露華百英粉。」仙掌，漢武帝為求仙，在建章宮神明台上造銅仙人，舒掌捧銅盤

玉杯，以盛接天上仙露，後稱盛露金人爲仙掌。漢・張衡〈西京
賦〉：「立脩莖之仙掌，承雲表之清露。」露華仙掌，劉禹錫〈秋
螢引〉：「露華洗濯清風吹，低昂不定招搖垂……曝衣樓上拂香
裙，承露臺前轉仙掌。」清淚，眼淚。曾鞏〈秋夜〉：「清淚昏我
眼，沈憂回我腸。」霑，浸溼、沾溼。同沾。《文選・江淹・恨
賦》：「此人但聞悲風淚起，血下霑衿。」前蜀・太妃徐氏〈游丈
人觀謁先帝御容〉：「清淚霑羅袂，紅霞拂繡衣。」

3. 畫棟秋風嫋嫋，飄桂子、時入疏簾：秋風吹拂著彩飾的棟樑，桂
   花常飄入我稀疏之珠簾。畫棟，有彩繪裝飾之棟梁。唐・王勃
   〈滕王閣〉：「畫棟朝飛南浦雲，珠簾暮卷西山雨。」嫋嫋，風吹
   拂貌。秋風嫋嫋，《楚辭・九歌・湘夫人》：「嫋嫋兮秋風，洞庭
   波兮木葉下。」桂子，即桂花。柳永〈望海潮〉（東南形勝）：「有
   三秋桂子，十里荷花。」疏簾，唐・王貞白〈馮氏書齋小松二首〉：
   「微陰連迴竹，清韻入疏簾。」

4. 冰壺裏，雲衣霧鬢，掬手弄春纖：冰壺，借指月亮或月光。元稹
   〈獻滎陽公〉：「冰壺通皓雪，綺樹眇晴烟。」雲衣，指雲氣。《楚
   辭・九嘆・遠逝》：「遊清靈之颯戾兮，服雲衣之披披。」王逸
   注：「上遊清冥清涼之處，被服雲氣而通神明也。」此應指月中
   仙女所穿之衣。霧鬢，亦作「霧鬢」。濃密秀美之頭髮。見蔡松
   年詞〈石州慢〉（雲海蓬萊）注 1。掬，兩手相合捧物。春纖，
   形容女子手指。南宋・張孝祥〈滿江紅・思歸寄柳州〉（秋滿漓
   源）：「倩春纖，縷鱠搗香韲，新篘熟。」

5. 厭厭：微弱貌。《漢書》卷七十五〈李尋傳〉：「列星皆失色，厭
   厭如滅。」

6. 成勝賞，銀槃瀲汞，寶鑑披匲：明月如瀲上水銀一般明亮，也像
   打開化妝盒所見的寶鏡一般，成爲賞心悅目的美景。勝賞，指景
   色賞心悅目。宋・無名氏〈念奴嬌〉（素娥不老）：「素娥不老，
   纔勝賞中秋、無邊月色。」銀槃，即「銀盤」，見蔡松年詞〈浣

溪沙〉（瘦骨雲門白玉山）注 1。潑汞，指月亮如潑上水銀一般發亮。寶鑑，即寶鏡，鏡子之美稱，此處喻月亮。《新唐書》卷一百二十六〈張九齡傳〉：「千秋節，公、王並獻寶鑑。」匲，通「奩」。盛裝婦女化妝用品之小匣子。披匲，指打開的化妝盒。

7. 待不放楸梧，影轉西檐：月亮被楸樹、梧樹暫時遮住，轉眼間，又向西檐沉落。楸梧，指楸樹與梧桐樹。唐・許渾〈朱坡故少保杜公池亭〉：「楸梧葉暗瀟瀟雨，菱荇花香淡淡風。」影轉西檐，指時光流逝，月將落下。

8. 坐上淋漓醉墨，人人看、老子掀髯：席上人人看我醉後興高，暢快地寫下文章。坐上，座席上。《史記》一百七〈魏其武安侯列傳〉：「夫（灌夫）起舞屬丞相，丞相不起，夫從坐上語侵之。」淋漓，見蔡松年詞〈水調歌頭〉（雲間貴公子）注 10。醉墨，見蔡松年詞〈水調歌頭〉（雲間貴公子）注 33。老子，見蔡松年詞〈一翦梅〉（白璧雄文冠玉京）注 4。掀髯，笑時啟口張鬚貌；激動貌。蘇軾〈次韻劉景文兄見寄〉：「細看落墨皆松瘦，想見掀髯正鶴孤。」

9. 明年會，清光未減，白髮也休添：明年月光不減皎潔明亮，希望我的白髮也不因此增加。清光，皎潔明亮的光輝。南朝齊・謝朓〈侍宴華光殿曲奉勑爲皇太子作〉：「歡飫終日，清光欲暮。」又指敬稱他人的容貌丰采。《漢書》卷四十九〈鼂錯傳〉：「今執事之臣皆天下之選已，然莫能望陛下清光，譬之猶五帝之佐也。」清光未減，宋・晁端禮〈綠頭鴨〉（晚雲收）：「料得來宵，清光未減，陰晴天氣又爭知。」添，增加。

六、其四

射虎將軍，釣鼇公子，騎鯨天上仙人[1]。少年豪氣，買斷杏園春[2]。海內文章第一，屬車從、九九清塵[3]。相逢地，歲

云暮矣，何事又參辰[4]。　　霅巾[5]。雲雪暗，三韓底是，方丈之濱[6]。要遠人都識，物外精神[7]。養就經綸器業，結來看、開闔平津[8]。應憐我，家山萬里，老作北朝臣[9]。

【編年】

按詞中所述，對方曾使高麗。應作於吳激使高麗後，即 1136年以後。

【箋注】

1. 射虎將軍，釣鼇公子，騎鯨天上仙人：你就像李廣、李白等人，年少而有才氣。射虎，指漢‧李廣和三國吳‧孫權射虎之故事。《史記》卷一百九〈李將軍列傳〉：「廣所居郡，聞有虎，嘗自射之。及居右北平，射虎，虎騰傷廣，廣亦竟射殺之。」《三國志‧吳書》卷二〈吳主傳〉：「（建安）二十三年十月，權將如關，親乘馬射虎於庱亭。馬為虎所傷，權投以雙戟，虎卻廢，常從張世擊以戈，獲之。」詩文中常用以形容英雄豪氣。蘇軾〈江城子〉（老夫聊發少年狂）：「為報傾城隨太守，親射虎，看孫郎。」辛棄疾〈水調歌頭〉：「插架牙籤萬軸，射虎南山一騎，容我攬鬚不？」釣鼇，亦作「釣鰲」。《列子‧湯問》：「（渤海之東有五山，）而五山之根，無所連著，常隨潮波上下往還，不得暫峙焉。仙聖毒之，訴之於帝。帝恐流於西極，失群仙聖之居，乃命禺彊，使巨鼇十五，舉首而戴之，迭為三番，六萬歲一交焉。五山始峙而不動。而龍伯之國有大人，舉足不盈數步，而暨五山之所，一釣而連六鼇。合負而趣歸其國，灼其骨以數焉。於是岱輿、員嶠二山，流於北極，沈於大海。」騎鯨，見蔡松年詞〈水龍吟〉（亂山空翠尋人）注7

2. 少年豪氣，買斷杏園春：年紀輕輕即有豪邁不拘之才氣，在科舉中獨占鼇頭。豪氣，見蔡松年詞〈水調歌頭〉（西山六街碧）注

14。買斷，獨占、占盡。宋・楊萬里〈瑞香〉：「買斷春光與曉晴，幽香逸豔獨婷婷。」杏園，園名。故址在今陝西省西安市郊大雁塔南。唐代新科進士賜宴之地。唐・賈島〈下第〉：「下第只空囊，如何住帝鄉。杏園啼百舌，誰醉在花傍？」

3. 海內文章第一，屬車從、九九清塵：你所作的文章爲天下第一，日後仕途必節節高昇。海內，天下、四海之內。《孟子・梁惠王上》：「海內之地，方千里者九。」屬車，帝王出行時之侍從車。秦漢以來，皇帝大駕屬車八十一乘，法駕屬車三十六乘，分左中右三列行進。《漢書》卷六十四下〈賈捐之傳〉：「鸞旗在前，屬車在後。」顏師古注：「屬車，相連屬而陳於後也。」九九，八十一，九之自乘數。《文選・東京賦》：「屬車九九，乘軒並轂。」李善注引《漢雜事》：「諸侯貳車九乘，秦滅九國，兼其車服，故大駕屬車八十一乘。」清塵，車後揚起之塵埃。亦用作對尊貴者之敬稱。清，敬詞。《漢書》卷五十七下〈司馬相如傳〉：「犯屬車之清塵。」顏師古注：「塵，謂行而起塵也。言清者，尊貴之意也。」

4. 相逢地，歲云暮矣，何事又參辰：你我在此相逢，是一年將盡之時，卻又即將各分東西。歲云暮，即「歲聿云暮」，又作「歲聿其莫」。爲一年將盡。聿，語助詞。莫，「暮」之古字。《詩經・唐風・蟋蟀》：「蟋蟀在堂，歲聿其莫。」亦作「歲聿云暮」。參辰，即參星和辰星。分別在西方和東方，出沒各不相見。辰星也叫商星。因用以比喻彼此隔絕。漢・揚雄《法言・學行》：「吾不覩參辰之相比也，是以君子貴遷善。」

5. 霑巾：即「沾巾」。形容淚如雨下。參見〈滿庭芳〉（誰挽銀河）注 2。

6. 雲雪暗，三韓底是，方丈之濱：北方天氣寒冷黑暗，三韓之地看起來就像住在仙山的水邊。三韓，見蔡松年詞〈臨江仙〉（夢裏秋江當眼碧）注 1。底是，到底是。方丈，此指海上神山。見〈水

調歌頭〉（丁年跨生馬）注 4。

7. 要遠人都識，物外精神：要遠方的人都瞭解我們具有超然塵世外的精神。遠人，指異族。《左傳・定公元年》：「周鞏簡公棄其子弟而好用遠人。」物外，見蔡松年詞〈念奴嬌〉（離騷痛飲）注 11。

8. 養就經綸器業，結來看、開闔平津：培養治國的才能學識，最後終能憑這治術，到達高位。養就，培植成功。陸游〈木蘭花慢〉（閱邯鄲夢境）：「養就金芝九畹，種成琪樹千林。」經綸，指治理國家之抱負和才能。宋・秦觀〈滕達道挽詞〉：「經綸未了埋黃土，精爽還應屬斗牛。」器業，才能學識。晉・葛洪《抱朴子・知止》：「夫器業不異而有抑有揚者，無知己也。」結來看，總的來看。開闔，指古代統治者之權術和策略。漢・董仲舒《春秋繁露・立元神》：「據位治人，用何爲名；累日積久，何功不成。可以內參外，可以小占大，必知其實，是謂開闔。」平津，古地名。漢時爲平津邑，武帝封丞相公孫弘爲平津侯，見蔡松年詞〈朝中措〉（玉霄琁牓陋凌雲）注 4。

9. 應憐我，家山萬里，老作北朝臣：應該憐憫我，距離家國有萬里之遠，老來還成爲北國之臣。家山，即故鄉。唐・錢起〈送李栖桐道舉擢第還鄉省侍〉：「蓮舟同宿浦，柳岸向家山。」家山萬里，唐・黃滔〈下第東歸留辭刑部鄭郎中誠〉：「萬里家山歸養志，數年門館受恩身。」

七、木蘭花慢　中秋

敞千門萬戶，瞰滄海、爛銀盤[1]。對沆瀣樓高，儲胥雁過，墜露生寒[2]。闌干[3]。眺河漢外，送浮雲、盡出眾星乾[4]。丹桂霓裳縹緲，似聞雜佩珊珊[5]。　　長安底處高城①，人不見，路漫漫[6]。歎舊日心情，如今容鬢，瘦沈愁潘[7]。幽歡[8]。縱

容易得，數佳期②、動是隔年看⁹。歸去江湖一葉，浩然對影垂竿¹⁰。

【校勘】

①長安底處高城，趙本以爲當作「高城底處長安」。

②數佳期，趙本作「奈佳期」。然《全金元詞》所收吳激詞作，乃依趙萬里輯本而來，此處確有出入。趙本記《花草粹編》誤脫上三字，《草堂詩餘別集》作「算光陰」。

【箋注】

1. 敞千門萬戶，瞰滄海、爛銀盤：家家戶戶都敞開著門，遠望從海邊升起的明月。千門萬戶，形容人戶眾多。唐・劉知幾《史通・書志》：「千門萬戶，兆庶仰其威神。」瞰，看、俯視。滄海，即大海。漢・董仲舒《春秋繁露・觀德》：「故受命而海內順之，猶眾星之共北辰，流之宗滄海也。」爛銀盤，見蔡松年詞〈浣溪沙〉（瘦骨雲門白玉山）注1。

2. 對沆瀣樓高，儲胥雁過，墜露生寒：對著仙人所居的高樓，看宮殿有鴻雁飛過，秋日之露水也開始變得寒冷。沆瀣，夜間水氣，露水。舊謂仙人所飲。《楚辭・遠遊》：「餐六氣而飲沆瀣兮，漱正陽而含朝霞。」儲胥，漢宮館名。漢・張衡《西京賦》：「既新作於迎風，增露寒與儲胥。」後亦泛指帝王宮殿。墜露，指降下的露水。《楚辭・離騷》：「朝飲木蘭之墜露兮，夕餐秋菊之落英。」後爲高潔之象徵。唐・駱賓王〈在獄詠蟬・序〉：「韻資天縱，飲高秋之墜露，清畏人知。」

3. 闌干：指憑著欄杆。

4. 眺河漢外，送浮雲、盡出眾星乾：看浮雲飄過，遠望銀河之外，彷彿眾星皆因此乾涸。河漢，見〈水調歌頭〉（年時海山路）注5。浮雲，見蔡松年詞〈聲聲慢〉（清蕪平野）注6。眾星乾，指

眾星極亮。杜甫〈水會渡〉:「炯眺積水外,始知眾星乾。」

5. 丹桂霓裳縹緲,似聞雜佩珊珊:月中桂花飄香,仙人衣衫渺遠不清,卻彷彿聽見他們身上玉佩所發出之撞擊聲。丹桂,即木樨,見蔡松年詞〈水調歌頭〉(西山六街碧)注 13。霓裳,見蔡松年詞〈念奴嬌〉(念奴玉立)注 3。縹緲,見蔡松年詞〈石州慢〉(京洛三年)注 9。雜佩,亦作「雜珮」。總稱連綴在一起之各種佩玉。《詩經‧鄭風‧女曰雞鳴》:「知子之來之,雜佩以贈之。」毛傳:「雜佩者,珩、璜、琚、瑀、衝牙之類。」一說指佩玉之中綴,即琚瑀。珊珊,玉佩聲。《文選‧神女賦》:「動霧縠以徐步兮,拂墀聲之珊珊。」李善注:「珊珊,聲也。」

6. 長安底處高城,人不見,路漫漫:故國都城究竟在何處?不見人影,而感到路途遙遠漫長。底處,何處。宋‧林逋〈孤山封端上人房寫望〉:「底處憑闌思渺然?孤山塔後閣西偏。」高城,唐‧歐陽詹〈初發太原途中記太原所思〉:「驅馬覺漸遠,迴頭長路塵。高城已不見,況復城中人。」漫漫,見蔡松年詞〈水龍吟〉(水村秋入江聲)注 12。

7. 歎舊日心情,如今容鬢,瘦沈愁潘:懷念往日之情景,如今我已年老,身體衰弱,白髮蒼蒼。容鬢,容顏鬢髮。杜甫〈早花〉:「直苦風塵暗,誰憂容鬢催。」瘦沈,指沈約因病日瘦,腰帶逐漸鬆。《梁書》卷十三〈沈約傳〉:「百日數旬,革帶常應移孔;以手握臂,率計月小半分。以此推算,豈能支久?」後以比喻身體漸趨瘦弱、消瘦。愁潘,指潘岳三十二歲即出現白髮。《文選‧秋興賦‧序》:「晉十有四年,余春秋三十有二,始見二毛。」後以此比喻時光易逝而無成就,或感嘆未老先衰。瘦沈愁潘,即指「沈腰潘鬢」,比喻男子的身體瘦弱,早生白髮。南唐‧李煜〈破陣子〉(四十年來家國):「一旦歸爲臣虜,沈腰潘鬢銷磨。最是倉皇辭廟日,教坊猶奏別離歌,垂淚對宮娥!」

8. 幽歡:幽會之歡樂。幽會應釋爲「在勝處聚會」。

9. 縱容易得，數佳期、動是隔年看：即使親友重會不難，相聚之日卻往往需等待隔年。佳期，美好時光。多指同親友重晤或故地重游之期。南朝齊・謝朓〈晚登三山還望京邑〉：「佳期悵何許，淚下如流霰。」動，每每、往往，為副詞。杜甫〈贈衛八處士〉：「人生不相見，動如參與商。」看，相見。

10. 歸去江湖一葉，浩然對影垂竿：我希望能乘著小舟，垂釣歸隱於山光水色之中。江湖，舊時只隱士之居處。陶潛〈與殷晉安別〉：「良才不隱世，江湖多貧賤。」一葉，比喻小船。唐・司空圖〈自河西歸山詩〉之一：「一水悠悠一葉危，往來長恨阻歸期。」浩然，不可阻遏、無所留戀貌。《孟子・公孫丑下》：「夫出晝，而王不予追也，予然後浩然有歸志。」朱熹集注：「浩然，如水之流不可止也。」垂竿，即垂釣。南朝齊・謝朓〈始出尚書省〉：「承此終蕭散，垂竿深澗底。」

八、春從天上來

會寧府遇老姬，善鼓瑟，自言梨園舊籍，因感而賦此 [1] ①

海角飄零。歎漢苑秦宮，墜露飛螢 [2]。夢裏天上②，金屋銀屏 [3]。歌吹競舉青冥 [4]。問當時遺譜，有絕藝、鼓瑟湘靈 [5]。促哀彈，似林鶯嚦嚦，山溜泠泠 [6]。　　梨園太平樂府，醉幾度春風，鬢變③星星 [7]。舞破④中原，塵飛滄海，飛雪⑤萬里龍庭 [8]。寫胡笳幽怨⑥，人憔悴、不似丹青 [9]。酒微醒。對一窗⑦涼月，燈火青熒 [10]。

【編年】

詞序「會寧府」即指金上京。吳激於 1126 年入金被俘，故應成於 1126 年以後。

【校勘】

①「會寧府遇老姬……因感而賦此」，趙本記題據《草堂詩餘》、《堯山堂外紀》補。《花庵詞選》無末一句；《翰墨大全》題作「詠琵琶」；《類編草堂詩餘》題作「感舊」；《歷代詩餘》無題。

②裏，趙本記《堯山堂外紀》作「回」。

③變，《草堂外紀》作「髮」。

④破，《花庵詞選》作「徹」。

⑤破，《花草粹編》作「雲」。

⑥胡笳幽怨，《詞譜》「胡」作「秋」；《古今詞統》「幽」作「哀」。

⑦窗，《草堂外紀》作「軒」。

【箋注】

1. 會寧府遇老姬……因感而賦此：我於會寧府碰見一位年老歌姬，她善於鼓瑟，自稱是宮廷樂坊之人，我因感傷而作此詞。會寧府，今哈爾濱市一帶。在金屬上京路。《金史》卷二十四〈地理志上〉：「上京路，即海古之地，金之舊土也。國言『金』曰『按出虎』，以按出虎水源於此，故名金源，建國之號蓋取諸此。國初稱為內地，天眷元年號上京。海陵貞元元年遷都于燕，削上京之號，止稱會寧府，稱為國中者以違制論。大定十三年七月，復為上京。」梨園，亦作「棃園」。唐玄宗時教練宮廷歌舞藝人之地。《新唐書》卷二十二〈禮樂志〉：「玄宗既知音律，又酷愛法曲，選坐部伎子弟三百教於梨園，聲有誤者，帝必覺而正之，號『皇帝梨園弟子』。宮女數百，亦為梨園弟子，居宜春北院。」

2. 海角飄零。歎漢苑秦宮，墜露飛螢：飄泊流落到這遙遠北方，感嘆舊時之宮殿，殘敗凋零，渺無人煙。海角，本指突出於海中之狹長型陸地，常形容極遠闊之地。飄零，飄泊流落。杜甫〈衡州送李大夫七丈赴廣州〉：「王孫丈人行，垂老見飄零。」海角飄零，北宋·晁說之〈視蘊文〉：「飄零海角悟平生，豈料王孫肯遠行。」漢苑秦宮，指舊時王朝宮殿。墜露，見〈木蘭花慢〉(敵千門萬

戶）注 2。飛螢，唐‧沈佺期〈長門怨〉：「玉階聞墜葉，羅幌見飛螢。」

3. 夢裏天上，金屋銀屏：在夢中，宮殿中仍有著華屋銀屏。金屋，華美之屋。南朝梁‧柳惲〈長門怨〉：「無復金屋念，豈照長門心。」銀屏，見蔡松年詞〈尉遲杯〉（紫雲暖）注 4。

4. 歌吹競舉青冥：歌聲樂曲喧囂，彷彿直上青天。歌吹，見蔡松年詞〈雨中花〉（化鶴城高）注 7。青冥，見蔡松年詞〈滿江紅〉（玉斧雲孫）注 6。

5. 問當時遺譜，有絕藝、鼓瑟湘靈：當時之樂工歌伎，皆有著卓越之技藝，如湘水女神鼓瑟一般美妙。遺譜，前代留下之樂譜、茶譜、棋譜等。絕藝，超群卓越，無人可及之技藝。《新唐書》卷四十四〈選舉志上〉：「下至軍謀將略，翹關拔山，絕藝奇伎，莫不兼收。」鼓瑟湘靈，見〈滿庭芳〉（柳引青烟）注 7。

6. 促哀彈，似林鶯嚦嚦，山溜泠泠：急湊地彈著哀傷旋律，這樂音彷彿林中之鶯清脆啼叫，又像山泉之水聲清越。促，催迫。哀彈，猶哀弦。指悲淒之弦樂聲。晉‧潘岳〈笙賦〉：「輟張女之哀彈，流廣陵之名散。」林鶯，林中之鶯。嚦嚦，形容鳥類清脆之叫聲。山溜，見蔡松年詞〈洞仙歌〉（六峯翠氣）注 3。泠泠，形容聲音清越、悠揚。晉‧陸機〈招隱詩〉之二：「山溜何泠泠，飛泉漱鳴玉。」此三句應化自白居易〈琵琶行〉：「間關鶯語花底滑，幽咽泉流水下灘。」

7. 梨園太平樂府，醉幾度春風，鬢變星星：宮中樂部所彈奏之太平樂章，彷彿春風拂面，讓人沈醉；但曾幾何時，人卻鬢髮斑白。梨園，見注 1。太平，謂時事安寧和平。《呂氏春秋‧大樂》：「天下太平，萬物安寧。」樂府，本為詩體名，初指樂府官署所采制之詩歌。後將魏晉至唐可入樂之詩歌，及仿樂府古題之作品統稱樂府。宋以後之詞、散曲、劇曲，因配樂，有時也稱樂府。幾度春風，經過許多年。歐陽修〈朝中措〉（平山闌檻倚晴空）：「手

種堂前垂柳，別來幾度春風。」醉幾度春風，唐・楊凝〈感懷題從舅宅〉：「卻家庭樹下，幾度醉春風。」星星，頭髮花白貌。晉・左思〈白髮賦〉：「星星白髮，生於鬢垂。」劉禹錫〈重寄表臣二首〉之一：「分明記取星星鬢，他日相逢應更多。」

8. 舞破中原，塵飛滄海，飛雪萬里龍庭：然而戰爭爆發，中原因此殘破，我也來到北方飄雪的金朝。舞破中原，杜牧〈過華清宮絕句三首〉之二：「霓裳一曲千峯上，舞破中原始下來。」滄海，見〈木蘭花慢〉（敞千門萬戶）注1。飛雪，飛散的雪花。《文選・顏延之・北使洛詩》：「陰風振涼野，飛雪瞀窮天。」龍庭，亦作「龍廷」。匈奴單于祭天地鬼神之所。《後漢書》卷二十三〈竇憲傳〉：「躡冒頓之區落，焚老上之龍庭。」李賢注：「匈奴五月大會龍庭，祭其先、天地、鬼神。」後用以借指匈奴和其他邊塞少數國家。此指金朝。

9. 寫胡笳幽怨，人憔悴、不似丹青：胡笳彷彿傾訴著愁怨，人也因此而消瘦憔悴，容貌少了顏色。胡笳，我國古代北方民族之管樂器，傳說由漢・張騫從西域傳入，漢魏鼓吹樂中常用之。漢・蔡琰〈悲憤詩〉之二：「胡笳動兮邊馬鳴，孤雁歸兮聲嚶嚶。」幽怨，鬱結於心之愁恨。唐・李頎〈古從軍行〉：「行人刁斗風沙暗，公主琵琶幽怨多。」憔悴，亦作「憔頓」、「憔瘁」。黃瘦、瘦損。《國語・吳語》：「使吾甲兵頓弊，民日離落而日已憔悴，然後安受吾燼。」韋昭注：「憔悴，瘦病也」。丹青，指畫圖、圖畫。杜甫〈過郭代公故宅〉：「迥出名臣上，丹青照臺閣。」楊倫箋注：「丹青，謂畫像也。」不似丹青，用王昭君典故。杜甫〈詠懷古跡五首〉之三：「畫圖省識春風面，環珮空歸月夜魂。千載琵琶作胡語，分明怨恨曲中論。」王安石〈明妃曲〉：「歸來卻怪丹青手，入眼平生幾曾有。」

10. 酒微醒。對一窗涼月，燈火青熒：酒後神智稍微清醒，對著一窗月色，感到孤獨冷清。涼月，秋月。南朝齊・謝朓〈移病還園示

親屬〉：「停琴佇涼月，滅燭聽歸鴻。」青熒，青光閃映貌。《文選・揚雄・羽獵賦》：「玉石嶜崟，眩耀青熒。李善注：「青熒，光明貌。」燈火青熒，北宋・王之道〈水調歌頭・追和東坡〉（湖上有佳色）：「歸去草堂侵夜，一點青熒燈火，得句可忘憂。」

九、瑞鶴仙　寄友人

曉溪烟曳縷。乍潤入芳草，東風吹雨。桃花破冰渚[1]。看葡萄東漲，孤舟掀舞。沿吳泝楚[2]。記孤烟、相對夜語[3]。到而今醉裏，聽打小窗，夢隨雙櫓[4]。　　羇旅餘生飄蕩，地角天涯，故人何許。離腸最苦[5]。思君意，渺南浦[6]。會收身卻向，小山叢桂，重尋林下舊侶[7]。把千巖萬壑雲霞，暮年占取[8]。

【箋注】

1. 曉溪烟曳縷……桃花破冰渚：清晨之溪流伴隨著縷縷輕煙，彷彿剛濕潤青草；此時春風吹拂，飄著細雨，桃花在冰凍之沙洲上開放。乍，初、剛剛。芳草，香草。漢・班固〈西都賦〉：「竹林果園，芳草甘木。郊野之富，號爲近蜀。」「乍潤」句，唐・張友正〈春草凝露〉：「蒼蒼芳草色，含露對青春。已賴陽和長，仍慚潤澤頻。」東風，見蔡松年詞〈瑞鷓鴣〉（東風歲月似斜川）注2。東風吹雨，唐・盧綸〈長安春望〉：「東風吹雨過青山，卻望千門草色閒。」渚，小洲：水中之小塊陸地。《詩經・召南・江有汜》：「江有渚。」毛傳：「渚小洲也。」

2. 看葡萄東漲，孤舟掀舞。沿吳泝楚：看著江水深碧，我乘著孤獨的船隻，隨波而起伏，從吳地駛向楚地。葡萄，即「蒲萄」，見蔡松年詞〈滿江紅〉（翠掃山光）注7。孤舟，孤獨之船。陶潛〈始做鎮軍參軍經曲阿作〉：「眇眇孤舟遊，綿綿歸思紆。」掀舞，

飛舞、翻騰。宋・楊萬里〈蘇木灘〉:「忽逢下灘舟,掀舞快雲駛。」
辛棄疾〈山鬼謠〉(問何年):「昨夜龍湫風雨,門前石浪掀舞。」
泝,逆水而上。《左傳・文公十年》:「漢泝江,將入郢。」沿吳
泝楚,沿著吳地逆水而上到楚地。

3. 記孤烟、相對夜語:憶起在炊煙下我們對牀夜語的情景。孤烟,
   即「孤煙」。遠處獨起之炊煙。王維〈使至塞上〉:「大漠孤煙直,
   長河落日圓。」相對夜語,通「對牀夜語」,「對牀夜雨」之意,
   見蔡松年詞〈念奴嬌〉(九江秀色)注 10。

4. 聽打小窗,夢隨雙櫓:賀鑄〈渡冷水澗投宿萬歲嶺〉:「今夜行人
   短亭宿,小窗風雨夢漁舟。」

5. 羈旅餘生飄蕩……離腸最苦:客居異鄉之人,晚年還在這遠方飄
   泊不定。而老友們不知身在何處,離別之愁緒令人難以承受。羈
   旅,亦作「羇旅」。指客居異鄉之人。《周禮・地官・遺人》:「野
   鄙之委積,以待羈旅。」鄭玄注:「羈旅,過行寄止者。」餘生,
   猶殘生。指晚年。南朝宋・謝靈運〈君子有所思行〉:「餘生不歡
   娛,何以竟暮歸。」地角,地之盡頭。多比喻及僻遠之地。南朝
   梁・蕭統〈謝敕賚地圖啓〉:「域中天外,指掌可求;地角河源,
   戶庭不出。」地角天涯,形容極遠之地方或彼此相隔很遠。南朝
   陳・徐陵〈答族人梁東海太守長孺書〉:「燕南趙北,地角天涯,
   言接未由,但以潛歆!」何許,何處;如何、怎麼樣。離腸,充
   滿離愁之心腸。唐・武元衡〈南徐別業早春有懷〉:「虛度年華不
   相見,離腸懷土併關情。」

6. 思君意,渺南浦:思念你的心情,送別的水邊,顯得分外渺遠。
   渺,微渺。南浦,南面水邊。《楚辭・九歌・河伯》:「子交手兮
   東行,送美人兮南浦。」王逸注:「願河伯送己南至江之涯。」
   後常用稱送別之地。

7. 會收身卻向,小山叢桂,重尋林下舊侶:等到歸隱之時,我應該
   會在林下風裏,碰到舊日和我相約的你。會,適、值。收身,指

退隱。韓愈〈和僕射相公朝回見寄〉：「放意機衡外，收身矢石間。」
小山叢桂，指隱居地。漢・王逸《楚辭・招隱士》解題：「淮南
王劉安博雅好古，招懷天下俊偉之士，字八公之徒，咸慕其德而
歸其仁。各竭才智，著作篇章，分造辭賦，以類相從，故或稱小
山，或稱大山，其義猶《詩》有小雅、大雅也。」《楚辭・招隱
士》：「桂樹叢生兮山之幽，偃蹇連蜷兮枝相繚。」林下，見蔡松
年詞〈念奴嬌〉（黃塵堆裏）注9。侶，同伴。

8. 把千巖萬壑雲霞，暮年占取：在年老之時，會將這些山光水色，
全都佔據而獨自享受。把，將。千巖萬壑，《世說新語・言語》：
「顧長康從會稽還，人問山川之美。顧云：『千巖競秀，萬壑爭
流，草木蒙籠其上，若雲興霞蔚。』」後用以形容峯巒與山谷極
多。暮年，老年。杜甫〈詠懷古跡五首〉之一：「庾信平生最蕭
瑟，暮年詩賦動江關。」占取，猶占有。宋・晏殊〈迎春樂〉：「莫
惜明珠百琲，占取長年少。」

十、風流子①

書劍憶游梁。當時事、底事②不堪傷¹。念蘭楫嫩漪③，
向吳南浦，杏花微雨，窺宋東牆²。鳳④城外，燕隨青步障，
絲惹紫游韁³。曲水古今，禁烟前後，暮雲⑤樓閣，春⑥早池
塘⁴。　　回首斷人⑦腸。年芳但如霧⑧，鏡髮成霜⑤⑨。獨
有蟻尊陶寫，蝶夢悠揚⑩⁶。聽出塞琵琶，風沙淅瀝，寄書鴻
雁，煙月微茫⁷。不似海門潮信，能⑪到潯陽⁸。

【校勘】

①趙本記《古今詞統》題作「感舊」。

②事，趙本記《陽春白雪》作「處」。

③念蘭楫嫩漪，趙本記「念」從《庚溪詩話》補《陽春白雪》作

「望」；《花草粹編》「楫」作「茗」、《陽春白雪》作「棹」；《花草粹編》「漪」作「葉」。

④鳳，趙本記《庚溪詩話》作「禁」。

⑤暮雲，趙本記《庚溪詩話》作「綠楊」。

⑥春，趙本記《庚溪詩話》作「芳」。

⑦人，趙本記《中州樂府》作「回」、《陽春白雪》作「柔」，據《庚溪詩話》、《花草粹編》、《堯山堂外紀》、《古今詞統》、《詞綜》、《歷代詩餘》、《詞譜》改。

⑧年芳但如霧，趙本記《庚溪詩話》作「流年去如電」；《歷代詩餘》「但如霧」作「去如電」。

⑨鏡髮成霜，趙本記《庚溪詩話》作「雙鬢如霜」；《古今詞統》、《詞綜》、《花草粹編》、《詞譜》「髮」下皆衍「已」字。

⑩獨有蟻尊陶寫，蝶夢悠揚，趙本記《陽春白雪》「獨」作「猶」《陽春白雪》「有」作「賴」、《詞譜》作「自」；《庚溪詩話》此十字作「欲遣當年遺恨，頻近清觴」，《古今詞統》、《詞綜》、亦同，惟「當年」作「從來」。

⑪能，趙本記《庚溪詩話》作「猶」。

【箋注】

1. 書劍憶游梁。當時事、底事不堪傷：憶起在梁州學習書劍，當時往事想來令人悲傷。書劍，書和劍。又指學書學劍，即學文學武。唐・孟浩然〈自洛之越〉：「遑遑三十載，書劍兩無成。」游梁，遊歷梁州。底事，見蔡松年詞〈念奴嬌〉（離騷痛飲）注3。

2. 念蘭楫嫩漪……窺宋東牆：想念著在南方河海上泛舟，與你在吳地分別之暮春時分。念，惦記、想念。白居易〈傷遠行賦〉：「惟母念子之心，心可測而可量。」蘭楫，即蘭槳。用木蘭做成之船槳。唐・陸龜蒙〈奉和襲美太湖詩二十首・聖姑廟〉：「明朝懂蘭楫，不翅星河津。」嫩，形容顏色新鮮淺淡。唐・段成式〈折楊

柳〉之一：「枝枝交影鎖長門，嫩色曾霑雨露恩。鳳輦不來春欲
盡，空留鶯語到黃昏。」南浦，見〈瑞鶴仙〉（曉溪烟曳縷）注
6。「念蘭楫」兩句，化自唐黃滔・〈送君南浦賦〉：「玉恖之歸步
愁舉，蘭棹之移聲忍聞。」東牆，東邊的牆垣。借指鄰家。窺宋
東牆，形容女子對男子的傾慕。宋玉〈登徒子好色賦〉：「天下之
佳人，莫若楚國；楚國之麗者，莫若臣里；臣里之美者，莫若臣
東家之子……眉如翠羽，肌如白雪，腰如束素，齒如含貝。嫣然
一笑，惑陽城，迷下蔡。然此女登牆虧臣三年，至今未許也。」
「杏花」兩句，化自唐・羅隱〈桃花〉（一作杏花）：「數枝豔拂
文君酒，半里紅敧宋玉牆。」

3. 鳳城外，燕隨青步障，絲惹紫游韁：京城外，燕子圍繞青綠色的
布幕飛翔，柳絮沾上我們出遊的車馬。鳳城，京都之美稱。唐・
沈佺期〈奉和立春游苑迎春〉：「歌吹衙恩歸路晚，棲烏半下鳳城
來。」步障，亦作「步鄣」。用以遮蔽風塵或視線之屏幕。《晉書》
卷三十三〈石崇傳〉：「（崇）與貴戚王愷、羊琇之徒以奢靡相尚。
愷以飴澳釜，崇以蠟代薪。愷作紫絲布步障四十里，崇作錦步障
五十里以敵之。」惹，染上、沾著。游韁，馬繮繩。借指出遊之
車馬。

4. 曲水古今……春早池塘：古今曲水流觴之俗，大約在寒食前後；
此時春色尚早，洋溢池塘樓閣間。曲水，古代風俗，於農曆三月
上巳日（上旬之巳日，魏晉以後始固定爲三月三日）就水濱宴飲，
認爲可被除不祥，後人因引水環曲成渠，流觴取飲，相與爲樂，
稱爲曲水。見蔡松年詞〈念奴嬌〉（離騷痛飲）注9〈蘭亭集序〉。
禁烟，亦作「禁煙」。猶禁火，亦指寒食節。唐・張仁寶〈題芭
蕉葉上〉：「寒食家家盡禁煙，野棠風墜小花鈿。」暮雲，見蔡松
年詞〈鷓鴣天〉（秀月橫塘十里香）注3。暮雲樓閣，唐・韓琮
〈暮春滻水送別〉（一作暮春送客）：「綠暗紅稀出鳳城，暮雲樓
閣古今情。」春早池塘，南朝宋・謝靈運〈登池上樓〉：「池塘生

春草，園柳變鳴禽。」

5. 回首斷人腸。年芳但如霧，鏡髮成霜：如今回首，這些往事卻
讓人感到悲傷。年華如霧般消失無蹤，但白髮卻已如霜雪般眾
多。年芳，見蔡松年詞〈鷓鴣天〉（秀樾橫塘十里香）注 1。鏡
髮，唐‧趙嘏〈東歸道中二首〉之二：「星星一鏡髮，草草百年
身。」

6. 獨有蟻尊陶寫，蝶夢悠揚：只有酒杯能夠抒發我這般心情，讓
我沈醉在迷離悠常之夢境中。蟻尊，酒杯，亦借指酒。（此詞始
自吳激。）陶寫，見蔡松年詞〈石州慢〉（京洛三年）注 14。蝶
夢，語出《莊子》，見蔡松年詞〈浣溪沙〉（溪雨空濛灑面涼）
注 3。後因以「蝶夢」喻迷離惝怳之夢境。悠揚，久遠、連綿不
斷。

7. 聽出塞琵琶……煙月微茫：我來到這北方邊塞，聽見悲涼琵琶，
以及風沙捲地之聲，想托鴻雁捎信，他卻飛在茫茫的煙月中，讓
我感到無限悽涼。出塞，遠出邊塞。古稱遠適異國，或出征外夷
為出塞。《史記》卷四〈周本紀〉：「今又將兵出塞攻梁，梁破則
周危矣。」出塞琵琶，用昭君出塞典。可參見〈春從天上來〉（海
角飄零）注 9。唐‧李頎〈古塞下曲〉：「琵琶出塞曲，橫笛斷君
腸。」風沙，風和被風捲起之沙土。唐‧李頎〈塞下曲〉：「黃雲
雁門郡，日暮風沙裏。」淅瀝，象聲詞，形容雪霰、風雨、落葉、
機梭等聲音。晉‧夏侯湛〈寒雪賦〉：「集洪霰之淅瀝，煥催磊以
纚索。」寄書，寄信。北周‧庾信〈竹杖賦〉：「親友離絕，妻孥
流轉，玉關寄書，章臺留釧。」鴻雁，亦作「鴻鴈」。動物名。
一種群居水邊的候鳥。羽毛呈紫褐色，腹部白色，嘴扁平，腿短，
趾間有蹼。食植物種子、蟲、魚以維生。寄書鴻雁，即鴻雁傳書。
《漢書》卷五十四〈蘇武傳〉：「漢求武等，匈奴詭言武死。後漢
使復至匈奴，常惠請其守者與俱，得夜見漢使，具自陳道。教使
者謂單于，言天子射上林中，得雁，足有係帛書，言武等在某澤

中。使者大喜，如惠語以讓單于。單于視左右而驚，謝漢使曰：
『武等實在』……單于召會武官屬，前以降及物故，凡隨武還者
九人。」後比喻投寄書信或書信往來。王安石〈明妃曲〉：「寄聲
欲問塞南事，只有年年鴻雁飛。」煙月，雲霧籠罩的朦朧月色。
唐・張九齡〈初發道中贈王司馬兼寄諸公〉：「林園事益簡，煙月
賞恆餘。」微茫，模糊隱約的樣子。李白〈惜餘春賦〉：「試登高
兮望遠，極雲海之微茫。」

8. 不似海門潮信，能到潯陽：感嘆我不若海口的潮水，能逆流上溯
到潯陽江頭，與你相見。海門，海口。內河通海之處。唐・韋應
物〈賦得暮雨送李冑〉：「海門深不見，浦樹遠含滋。」潮信，潮
水。因潮汐起落有一定的時刻，故稱為潮信。潯陽，江名，長江
流經江西省九江市北的一段。此二句化用唐・劉長卿〈江州留別
薛六柳八二員外〉：「離心與潮信，每日到潯陽。」